ちくま文庫

評伝 獅子文六

二つの昭和

牧村健一郎

筑摩書房

目次

評伝　獅子文六　二つの昭和

序

やめられない、とまらない面白さ

獅子文六《ししぶんろく》という、奇妙な名前の作家を知ったのはいつだったろうか。

大正生まれの亡父の本棚に、彼の単行本や文庫が並んでいたのを記憶している。子どものときに見たNHKの朝の連続ドラマ『娘と私』の原作者で、ユーモラスな物語を書く作家ということも、いつのまにか知っていた。一〇年ほど前、その『娘と私』を手に取ったきっかけはよく覚えていないが、読み出したら、やめられなくなった。

出だしから、ひきつけられた。

大正末の嵐の日の夕方、横浜の産院の病室で、若い日本人の男が、そわそわして待っていた。フランス人の妻が、担架で分娩室に運ばれたところだった。しばらくすると、看護婦が病室のドアから姿を現し、抱えてきた白布につつまれたモノを差し出した。父親は、赤ン坊と対面する。

〝初めての子を持った〟という意識で、頭も、胸も一杯だった。私は、一心に〝わが子〟を覗《のぞ》き込んだ。小さな、小さな存在だった。普通の赤ン坊のように、真ッ赤ではなく、眼が大きく、繊細《せんさい》な手を動かし、口からバラ色の舌を、少し、現わしていた。ジッと見ていると、私の胸の扉《とびら》が、音立てて開き、私の魂が抜け出して、赤ン坊の中へ入っていくような気持になった。

感動で、私は、立っても、坐《すわ》ってもいられなかった。産婦は、疲れて眠り出し、看護婦が、赤ン坊の世話をしていたが、私は、病室を飛び出して、世界中の人に、わが子の誕生を告げたい衝動を、感じた。

実際にも、姉と弟のところに、無事出産の電報を打つ必要があった。私は、それを口実に、外へ飛び出した。出産は、午後五時一分だったそうだが、街路へ出た時は、もう、薄暗く、暴風雨の勢いも、弱まっていた。それでも、私はビショ濡れになり、桜木町駅まで行って、電報を打った。二通の電報では、もの足りず、親戚《しんせき》と知人の全部に知らせたい要求を、やっと抑《おさ》えた。

（『娘と私』）

きびきびした文章、的確な描写、平明な語り口のうちに、みずみずしい情感がこもる。はじめて子を授かったとき、若い父親が感じる、突き抜けるような、照れくさいような喜びが、みごとに表れている。

『娘と私』は文六の自伝小説である。フランス人妻は日本に溶け込めず、幼い娘を残して帰国、しばらくして亡くなる。文六は幼児を男手ひとつで育てるが、病気がちで手がかかり、とても仕事ができない。一時は親子心中も頭をよぎるほどの苦境だった。日本人妻と再婚すると、家庭は安定し、作家としても上向くが、その妻も戦後、急死してしまう。最近娘の結婚が決まり、ようやく肩の荷を下ろした気持になる、という物語だ。福音にあふれた出だしとはうらはらの、苦悩に満ちたストーリーだが、愚痴っぽくも、湿っぽくもならない。歯を食いしばって不幸と戦う父親の姿が、くっきりと浮かび上がる。背後に豊かな知性を感じさせた。続けて読んだ、四国の田舎町を舞台にした『てんやわんや』も、ドタバタ喜劇の中に、鋭い批評眼がある。この人はただものではないと思った。

そのころ私は朝日新聞読書欄の編集部員をしており、読書欄の小コラムに『娘と私』の魅力について書いた。獅子文六をもっと読みたいが、なかなか見つからない、忘れられるのは惜しい作家だ、というような小文だった。

この文に注目してくれた読者がいた。確か七、八通、手紙やはがきをいただいたが、こんな反響は異例のことだった。どれも、「同感だ」「また読みたいがどこにあるのか」というものだった。かつては文庫本が二〇冊近くも並び、作品集（一二巻）や全集（一六巻・別巻一）も出たのに、最近はどこの書店の棚でも、彼の名を探すのは難しい。

その後もおりにふれ、図書館などで探して文六作品を読んだ。時代風俗を知らなくても十分楽しめた。勘と度胸で成り上がる相場師ギューちゃんが主人公の『大番《おおばん》』を読んでいたころ、ホリエモンが華々しく世間に登場し、ギューちゃんと重なって見えた。戦前の彼の戯曲『東は東』は、フランス人妻と離別する痛切な体験をもとに、国際結婚や異文化理解の本質的な難しさを描いた作品だが、中国人妻やフィリピン人花嫁を巡る家庭の悲劇のニュースを聞く昨今、まったく現代的なテーマだと思った。

太平洋戦争中、文六は朝日新聞に小説『海軍』を書き、そのため戦後、戦犯作家とも呼ばれた。パリ留学の経験があり、昭和モダニズムの洗礼を受け、軍国主義と無縁の個人主義者の文六が、戦争に協力したのも、気になるところだった。

稀代の作家と読む昭和

獅子文六（本名岩田《いわた》豊雄《とよお》、一八九三〜一九六九）は、ちょっと日本人離れした男である。新劇（文学座）の創設者で、演劇人であり、同時にユーモア文学の流行作家だった。一七五センチはあろうという、当時の日本人としては大男で、昭和初年に妻がフランス人というのも珍しいが、極めつきの合理主義者として知られた。贅沢好き、美食家のくせに、損得感覚が鋭く、戦前から原稿料は事前に要望額を提示した。長年編集者として付き合った人は、三〇年間、原稿が間に合わなかったことは一度もなく、こんな作家は他にいない、という。そのかわり、こちらに落ち度があるとこっぴどく叱られた、実に公平で合理的だ、と感心する。

今では主に、食べ物エッセイの名手として、知られているのかもしれない。

稀代の食いしん坊だった。男は出された食べ物を黙って食べればいい、という倫理観が根強いなか、パリ留学中に覚えた本場フランス料理から京都の懐石料理まで、おいしいものには目がなかった。グルメ（味の批評家）というより、グルマン（食いしん坊）がふさわしく、よく食べ、よく飲んだ。戦後、暴飲暴食がたたって胃潰瘍の手術を受けたが、手術の半年後に、鮎の塩焼きを一度に二六尾も平らげた、というから恐れ入る。気難しく「食えない」おやじだが、妙に愛敬があるのだ。家父長的な保守主義者だが、儒教的な堅苦しさとは無縁のエピキュリアン、快楽肯定主義者だ。清貧なぞ大嫌い、説教臭さがないのもうれしい。獅子文六という筆名は、四四の十六をもじったとか、文豪ではないから文六とかいわれる。

晩年、読売新聞に連載したエッセイ『愚者の楽園』の最終回では、新聞連載の効能を説いて、一週一度でも、自分の考えを書く場所を持ってることは、気丈夫である。大きな声ではいえないが、公憤の形をかりて、私憤を晴らすこともできる。あれは、なかなかいい気持である。

などとヌケヌケと書く。ごちそうだけでなく、人も食っているよ、この人は。

文六は「昭和の漱石」という側面も見受けられる。本人も若いころ「ぼくは昭和の漱石を目指す」といったというが、ふたりに共通点は多い。作品の質というより、作家としての歩みに、近しいものを感じる。

山の手中産階級の町っ子であり、西洋留学の経験があった。作家デビューが三〇代後半と遅く、もの書きになるまでに豊かな蓄積があった。日本近代文学では軽視されがちのユーモア感覚があり、ユーモア文学で独自の世界を築いた。

初期の『信子』という小説は、『坊っちゃん』の女性版だ。『坊っちゃん』と反対に、地方から上京して東京で教師になった元気のいい女性が、校長や同僚教員ら複雑な人間関係にもまれ、ついに辞表を出して帰郷する話だ。主な発表舞台は新聞や婦人雑誌であり、読者は文学青年、文学少女よりむしろ、本好きのサラリーマン、教師、主婦と幅広かったのも共通する。

気難しい読書家のなかに、熱心なファンがいた。作家の阿川弘之は「教養も高くユーモアも解する立派な社会人であり読書家でありながら、文学にはあまり縁がないといった人」、たとえば「年輩の銀行家、外交官、科学者、財界人の中などにいるこの種の読書家たちは、日本のいわゆる文壇小説にも通俗物語にも求めて得られないものを、獅子文六の作品の中に見出していたのだと思う」（『新潮日本文学全集』二四　獅子文六「解説」）と見る。漱石の読者と重なるのではないか。

日清戦争前年に生まれ、大阪万博の前年に亡くなった文六は、明治の骨格をもった昭和の男といえるだろう。

中村草田男が「降る雪や明治は遠くなりにけり」という句を作ったのは昭和六年（一九三一）ごろ。明治が終わってほぼ二〇年後だ。昭和がさかんに回顧される今日、戦前戦後の二つの昭和を生き、時代の空気に敏感に反応して作品を書いた文六は、再び注目されていいのではないか。セピア色ばかりでない、生々しい昭和が、文六とその作品から蘇ってくる。

一時の流行作家として、昭和文学史の脚注で片づけられるのは、いかにも残念だ。時の風俗に材を得た作品が多いために読まれなくなったといわれるが、文六の苦いユーモアや鋭い人間観察は古びていないし、平明で向日性のある文章は、物語を読む快感を味わわせてくれる。熟練したプロの仕事、大人の文学である。今や絶滅寸前の、おっかなく、でもシャイで武骨な父親像にも、魅力がある。

文六を読み直すときが来た。文六作品とともに昭和という時代を歩いてみたい。

まずは文六が生まれた明治の横浜、文明開化の港町に、足を向けた。

1章

異国への扉——横浜

少年期を過ごした横浜居留地、実家の裏手にあたる商館（『日本絵入商人録』エー・ダブリュー・グレンニー商会、明治19年刊より）

父と福澤諭吉

横浜に育つ

横浜の人気エリア、山下公園のすぐわきに、横浜マリンタワーが建っている。高さ一〇六メートル、世界一高い灯台といわれ、みなとみらい21地区が開発される前は、横浜最大のランドマーク、横浜観光の目玉だった。ここの展望台からは横浜港が真下に展開し、大桟橋《おおさんばし》、氷川丸《ひかわまる》が見おろせ、晴れていれば房総の山々が望める。このマリンタワーのすぐ後ろに、水町通り（ウオーターストリート）が走り、その三五番地に獅子文六《ししぶんろく》（岩田豊雄《いわたとよお》）の父岩田茂穂《しげほ》が開いた絹物貿易の岩田商店があった。

父の店は、海岸通りから、一側《ひとかわ》、次ぎの通りの町角で、木と石を半々に使った、二階洋館だった。店の入口から、海が見えた。山手の緑と英国領事館の旗も見えた。

と、文六は自伝的小説『父の乳』で紹介している。

このあたりは当時、外国人居留地で、横浜最高級のホテルである横浜グランドホテル（現在のホテルニューグランドのところ）の目の前がすぐ海岸線だった。昭和初期に関東大震災の瓦礫《がれき》を埋め立てて造成された山下公園は、まだなかった。水町通りは海岸線からひとつ手前の通りで、グランドホテルの正面玄関は水町通りに面していた。

私は、獅子文六の生涯をたどるにあたり、幼い文六がよく遊び、しばしばなつかしげに回想するこの岩田商店の場所を確認すべきだと思い、市内地図と当時の地図を比較参照した。横浜開港資料館（横浜市中区）で『明治二八年　新撰横浜全図』の複製を売っていたので手に入れ、居留地の三五番地を探すと、すぐに知れた。横浜は、幕末に開港のためにつくられた人工的な町で、歴史が浅い。とくに居留地は碁盤の目のように区切られており、地番をたどれば、一目瞭然なのである。

地図をたよりに三五番地に行ってみると、なんとマリンタワーのすぐ近くだった。ここだろうと思える地には、神奈川県の社会保険関係の一〇階建てのビルが、無愛想に建っていた。ビルの前からは、マリンタワーや山下公園がさえぎって、海を見ることはできなかった。山下公園ができて海岸通りが整備され、水町通りはすっかり裏通り扱いで、今はトラックの搬入口が並び、昔日の華やかさは想像しにくい。近くに海外ブランドのバーニーズニューヨーク横浜店があり、このあたりが、かつて外国人が闊歩《かっぽ》した、おしゃれな一画だったことをわずかにしのばせた。

文六は明治二六年（一八九三）、横浜の中心地・弁天通三丁目に生まれた。本名岩田豊雄。父茂穂は大分県・中津《なかつ》藩の武士の出で、同郷の先輩福澤諭吉《ふくざわゆきち》の門下生だった。福澤の感化で、絹物貿易岩田商店を弁天通に開いていた。豊雄は長男で、上に姉がおり、後に弟ができた。

文六が生まれた翌年、一家は山の手に当たる月岡町九番地に移り住んだ。月岡町は現在、西区の野毛山《のげやま》公園の近くで、京急日ノ出町駅の坂上あたりだ。ここはかつて横浜税関の官舎があったところで、父が横浜税関長だった作家・里見弴《さとみとん》が、同じ場所で五年前に生まれている。官舎が移転し、その跡を横浜の富豪が買い、貸家にしたのを、茂穂が借りたらしい。

茂穂は同時に、弁天通の店を外国人が行き来する水町通三五番地に移した。外国人居留地のため、中国人の所有する家屋を借りて店を構えた。

幼い文六は、月岡町の自宅から人力車で店に通う父に連れられ、よく店に遊びに行った。客はほとんどが外国人で、とくに英米人が多かった。一階にはハンカチ、肌着、パジャマなどの絹製品が展示された。二階は、壁掛けや屛風のような大物が置かれ、店員も客もめったに上がってこなかった。文六は、ひそかに上へあがるのを楽しみにしていた。乾いた絹の匂いや、薄闇から浮かぶ屛風の刺繡や織り模様が、少年の官能をむずがゆく刺激した。

店の近所の路地で外国人の子どもと遊んだ。領事館に住む男の子にクリケットという球遊びを教えられた。言葉はよく通じなくても楽しく遊んだ。長じて外国に行き、とくに構えずに外国人とコミュニケートできた能力は、この時分から育ったのかもしれない。ユダヤ人の経営する菓子屋もあり、父の店の店員に連れられて入ると、主人が首にナプキンを巻いてくれ、シュークリームやエクレアを食べさせてくれた。当時は東京の風月《ふうげつ》堂《どう》でも、その種のケーキはなかったというから、横浜の居留地はいかにハイカラだったかがわかる。

明治三二年、明治政府が悲願とした不平等条約の改正条約が発効し、外国人の内地雑居が実現した。外国人は居留地以外にも住むことが可能になる半面、居留地が実質的に消え、それに伴う治外法権（領事裁判権）などの外国人の特権も消失した。文六がものごころつくころには、すでに居留地撤廃の後だったが、店の周りは、まだ外国人が多かった。

平成二一年（二〇〇九）の横浜は、開港一五〇年の節目の年だ。安政五年（一八五八）六月、日米修好通商条約が結ばれ、その翌年の安政六年、横浜（神奈川）は、長崎、函館（箱館）とともに、開港する。江戸に近い横浜は三つのうちの最重要港で、一〇〇戸ばかりの半農半漁の寒村が、いっきに国際的な町に発展していく。

各国の領事館が設置され、外国人水兵、貿易商らが上陸し、外国人居留地がつくられた。キリスト教会が建ち、新聞が発行され、新橋と横浜間に鉄道が開通した。こうした発展を支えたのは、当時の日本の最大の輸出品である生糸《きいと》と絹の取引だった。生糸は関東各地から運ばれ、横浜で船積みされ、欧米へ運ばれた。日本の生糸、絹は良質で評判がよかった。岩田商店はもっとも早い時期にこうした絹製品を扱う店だった。

自伝的長編小説『父の乳』は、父が死去する場面から始まる。

東京・日本橋の叔母の家に遊びに行っていた九歳の文六は、家から急報がきて、横浜に連れ戻される。しばらく前から寝たきりだった父が、危篤になった。汽車と人力車を乗り継ぎ、家に戻ると、父はすでに亡くなっていた。帰ってきた文六を見て弟が「お父つァんが死んじゃったよ」とさわいでいた。明治三五年七月、父は五〇歳だった。前年の二月、同郷で師匠格の福澤諭吉が亡くなり、東京麻布であったその葬式に、すでに体調が悪かったにもかかわらず、無理して上京し、出席をしたのが、響いたといわれた。

文六は父が好きだった。無口で茫洋としており、いつも遠くを見ているような大柄な男だった。

まだ父が元気なころ、珍しく二人きりで公園の桜並木を歩いたことがあった。文六はうれしくて、しきりに話しかけた。

しかし、父は、ひどく、無言だった。「そうか」とか、「うん？」とか、短い返事をするだけで、まるで、私のいうことを、聞いてないようだった。少し、前屈《まえかが》みな姿勢で、考えごとでもしてるように、地面を見ながら、ゆっくり歩いている父を、私は、もの足りなく感じたり、何か、尊敬感を持ったりした。……

何にしても、今の私は、その時の父の態度が、わからないままに、好もしく、そういう慈愛の形が、身に浸みるのである。そして、私自身が、人の子の父となって、ともすれば、そういう愛し方をする自分を、見出して、驚くこともあるのである。

（『父の乳』）

文六ははるか昔の父の面影を追い、懐旧をこめてこう記す。『父の乳』の執筆を始めたとき、文六は七二歳であり、父より、二〇年以上長く生きていた。

巨体で茫洋とした男。このタイプの男は、文六の小説の主人公におなじみである。『南の風』の宗像六郎太、『自由学校』の五百助《いおすけ》、『バナナ』の呉天童、『大番』のギューちゃん。文六にとって、理想の男は、こういうタイプだった。シニカルでつねに批評的なスタンスを失わない文六も、父だけは全面的に肯定し、ひたすらなつかしむ。パリ留学中、父の祥月命日に、わざわざパリでは珍しい精進料理の店を探し、友人と食べに行っている。子どものころに亡くなったため、父と息子の宿命的な対立・葛藤がなかったこともあるだろうが、文六の「父恋い」は、生涯変わらなかった。

ところで文六の生涯をたどるにあたり、私は『娘と私』と『父の乳』をしばしば引用するが、これらの作品は、フィクションを交えた小説なのか、事実をそのまま書いたノンフィクション的な作品なのだろうか。

文六は「モデルと小説」というエッセイで、『娘と私』は、人物名こそ変えているが、娘や亡妻、私自身のことを「できるだけ有りのままに書いた」とし、純粋のモデル小説といえるかもしれない、という。その上で「しかし、すみからすみまで真実に満たされてるかときかれると、私は即答をしかねる。自分では多くの恥をしのんで、できるだけ真実を書いたつもりでも、やはり自分で自分の体を解剖するメスは、手が緩《ゆる》むであろう」と正直に書いている。

私はこう思う。

優れた自伝がどれもそうであるように、たぶん、『娘と私』にも、書かざる部分はあるだろうし、あえて省略した箇所もあるに違いない。話を面白くするために、いくぶんかの誇張、前後の入れ替えもしたかもしれない。ただ、文六はウソからでたマコトを追求する小説家である。ウソは小説で存分に書いている。『娘と私』や『父の乳』のような自己を省察する作品で、あえて大ウソを書く必要はないだろう。けして露骨ではないが夫婦の性生活や、自家の女中との童貞喪失体験などを書くのは、自分の歩んだ道すじを、できるだけ正確に描きたい、という文六の覚悟の表れだろう。

福澤を暗殺しようとした父

さて、このような男、明治中期に横浜の一等地の居留地で、外国人相手にハイカラな商売を始めた岩田茂穂とは、いったいどういう人物だったのだろうか。

茂穂は嘉永六年（一八五三）、豊前《ぶぜん》中津藩の武士の家に生まれている。二十人扶持《ぶち》というから中級クラスの家だったようだ。中津藩は小藩だが、時は幕末、海を隔てて激発する長州藩が控え、時代の大きなうねりに、若者たちは無関心ではいられなかった。若い茂穂は国学を学び、水戸流の尊皇攘夷《そんのうじょうい》思想にとりつかれた。神官を目指していた、ともいわれる。

茂穂の国学の仲間に増田宋太郎《ますだそうたろう》という男がいた。同じ中津藩の下級武士の出である福澤諭吉のまたいとこにあたり、福澤家とは家も近く、少年時代から福澤に接していた。だが、思想的には尊攘思想のとりこになっていた。幕府は倒れ、新政府が生まれたが、政府はそれまでと打って変わって開国の道を選択、しかも廃刀令《はいとうれい》など武士の身分の解消につながる改革を矢継ぎ早に実施した。増田は次第に中津における不平士族、草莽《そうもう》の志士のリーダー格になっていく。欧米に渡航し、洋学を推奨し、牛肉や卵を食べる福澤は西洋かぶれ、裏切り者として許しがたい存在に映った。福澤はすでに東京三田で慶応義塾を開いており、増田は久しぶりに中津に帰郷してきた福澤を狙う。この後のことは『福翁自伝』が詳しい。

頃は明治三年、私が豊前中津へ老母の迎いに参って、母と姪《めい》と両人を守護して東京に帰ったことがあります。その時は中津滞留も、さまで怖いとも思わず、まず安心していましたが、数年の後に至って実際の話を聞けば、恐ろしいとも何《なん》とも、実に命拾いをしたようなことです。

昔からよく知っているまたいとこの増田が訪ねてきて、親しく話をした。ニコニコ優しい顔の「宋さん」は実はこのとき、福澤の動静を探るためにやってきたのだった。ある日いよいよ今夜は福澤を片付けようと家に忍び寄ったが、たまたま客がいてなかなか帰らない。深夜になっても談論がつづくのでこの日の決行はあきらめた。

数日後、福澤は中津を出発するため、港近くの船宿で老母らと船待ちをしていた。その宿の若主人が攘夷派の一味で、増田にさっそく通報。同志が集まって今夜福澤を襲うことを決めた。ところがここにいたって「おれがさきがけする」と先陣争いが生じ、大声の喧嘩になった。その声を聞いた隣人の老武士が仲裁にはいって「人を殺すのはいけない」となだめるものの、いややるんだ、と今度は老武士相手に議論が始まり、ついに夜が明けた。「私は何《なん》にも知らずにその朝、船に乗って海上無事、神戸に着きました」（『福翁自伝』）。

このときの間抜けな暗殺団のメンバーに、岩田茂穂が入っていたといわれる。文六の回想や『福澤全集』の注釈で、その旨が記されている。いずれにせよ、文六が『父の乳』などで描写する、穏やかで重厚な中年以降の茂穂からは想像しにくい姿で、幕末維新の激しい時代を感じさせるエピソードだ。なお増田宋太郎は、後に西南《せいなん》戦争で中津隊を結成して西郷軍に加わり、九州を転戦、鹿児島で戦死している。

福澤諭吉で結ばれた父と母

福澤暗殺団の一員だった茂穂は明治五年、一転して慶応義塾に入塾した。「その福澤に、一も二もなく降参して、その門下生にかわったというのは、父もダラシがないが、福澤の偉大もさることながら、当時の時勢の変転が大変な勢いだったからだと思う」（「福澤諭吉で結ばれた父と母」）。どんないきさつがあったか不明であるが、以降、茂穂は福澤の忠実な門下生として生涯を過ごす。

茂穂は明治一六年にニューヨークのカレッジに留学する。むろん、福澤の勧めだったのだろう。このころの福澤の書簡に茂穂の名が散見する。同年八月二七日、福澤はアメリカ・オハイオ州に留学中の息子一太郎、捨次郎あての書簡で、岩田茂穂が三〇日発の郵船でアメリカに向かうことを知らせている。岩田はニューヨークに住むのでなかなか会えないだろうが、文通をしたらいい、今晩、岩田を自宅に呼んで餞別《せんべつ》の会をしたから、そちらで会うことがあったら、家の近況を聞けるだろう、というようなことが書かれている。翌一七年五月の在米知人あての書簡には、茂穂が帰国し、そちらの様子を詳しく聞いた、とある。福澤に信頼されている様子がうかがわれる。

茂穂は帰国後、絹物貿易と小売の店を横浜で開いた。実業を重視する福澤の意向と推察される。明治三一年出版の『横浜姓名録』という本を開くと、絹物売込商之部に岩田茂穂の名が載っている。名前に続き、「電話七五七　居留地三十五番館」とある。絹物売込商は八四人掲載されており、茂穂は八番目に記載され、電話所持はそのうち二五人である。岩田商店はかなり有力な店だったことがうかがえる。また別の記録には、上海を拠点にアジアを席巻していた商社ジャーデン・マセソン商会が、横浜でも居留地一番として真っ先に記され、三五番に茂穂の名がある。英語の表記はS.EWATA SILK STOREで、IWATAだと英米ではアイワタと読まれるので、Eの表記にしたという。

文六はのちに、学校で自分の名を英語で書くとき、EWATAと綴るくせがぬけず、よく教師に直された。

母アサジは三河吉田藩の藩士、平山甚太《ひらやまじんた》の娘である。甚太は藩の勘定方《かんじょうがた》を務めるなど、計数に明るい人物だったようで、明治以降は横浜に出、「事業道楽」と文六が記すほどいろんな活動をしたらしい。町議会の議員になったほどの、横浜の名士だった。甚太の手がけた商売のうち、ある程度分かっているのは旅館業と花火商である。

旅館は「いとう屋」といい、中区太田町五丁目あたりにあった。『横浜浮世絵』にも載っており、日本式の旅館なのに、ホテルの看板を掲げ、横浜に来る福澤や慶応関係者の定宿だったらしい、と文六は書く。その『横浜浮世絵』を横浜開港資料館で探して開くと、『糸屋仙太郎旅館の図』という銅板の絵が載っている。二階建ての日本式の旅館で、「ITOYA SENTARO YOKOHAMA STEAM COMMISSION HOTEL」というタイトルが描かれる。「明治二十年頃、船宿（汽船問屋）、住吉町六丁目、うちわ絵」と解説にある。

さて、これが、甚太の「いとう屋」だろうか。名前が似ているし、旅館なのにホテルと称しているのも同じだが、文六の記す住所と違うのが気になる。所有者が変わったのだろうか。地図を見ると、太田町五丁目と住吉町六丁目はすぐ近くで、いずれも横浜ステーションの間近だ。

花火の方はもう少しはっきりしている。三河豊橋は花火製造が有名で、甚太は故郷の花火師をつれてきて、横浜で花火を製造、実演した。

横浜県立図書館で珍しいものを見つけた。『横浜花火図録』という、和とじの新書判くらいの小型木版本だ。黒地に鮮やかな赤、青、黄、紫で彩色された花火の図案が一〇〇種以上描かれている。色鮮やかで美しく、夜空にぱっと広がる華やかな花火をイメージしている。それぞれの絵の上にドル表示がある。青色の大菊の下に八つの白の小菊があしらわれる図柄は二ドルだ。巻末にはローマ字でHirayama jintaと署名がある。平山商店の海外輸出用花火の商品カタログであろう。

記録によると明治一一年一一月、横浜公園で平山は大花火大会を開き、三〇〇発打ち上げた。翌一二年、来日していたグラント前アメリカ大統領が横浜から帰国した際も盛大に花火を打ち上げ、「平山花火」は横浜花火として一挙に名が上がり、海外輸出への道も開けたという。『横浜近代史辞典』（大正七年〈一九一八〉刊）には「平山煙火製造所」という項目があり、「横浜煙火の開山と称せらる平山煙火製造所は……三州の人平山甚太郎、筑前の人岩田茂穂等の共同事業にて明治十年高島町に煙火製造所を開きて欧米各国に輸出し、平山岩田両君没後は保土ヶ谷の人小野栄之助の経営する所となり」という記載がある。

これはどういうことか。平山甚太と岩田茂穂は明治一〇年から知り合いだった、共同事業者として親しい仲だったことになる。甚太の兄は、福澤門下生で後に横浜正金《しょうきん》銀行初代総裁になる中村道太という人物で、同銀行は福澤の肝いりで創設されている。福澤門下生の茂穂は、福澤のつながりで中村を知り、その弟の甚太を知ったのだろうか。茂穂は店を開く前に、横浜生糸合名会社員になっており、そのころ、旅館いとう屋に出入りして、そこの帳場を手伝っていた甚太の娘と知り合い、結婚話が持ち上がったらしい、と文六は書いている。いずれにせよ、文六は生まれる前から福澤諭吉と関係が深いのである。

なお、この『横浜花火図録』について、文六の追悼集『牡丹の花』に、やはり横浜出身の大佛次郎《おさらぎじろう》が触れている（「文六さん」）。「いつか、ぼくは横浜の古本屋で、花火の絵が描いてある木版のカタログを買いました。古い横浜の人に聞いたら『これは岩田商店で出したんだ』というんです。独立祭の花火なんかの絵をどこかでつくらせて売っていたらしいんです」。出したのは平山甚太なので誤解があるようだが、この図録は岩田商店の店頭で売っていたのかもしれない。

『福澤諭吉全集』に「豊橋煙火目録序」（明治一〇年一一月）という文があり、福澤は、甚太の名を挙げて彼の花火を称揚している。たんに花火の宣伝にとどまらず、福澤精神の発露がみられると思うので、少し紹介したい。

「駿河の富士は高大なり、近江の八景は絶妙なりと雖ども、未だ以て外人に誇るに足らず。文明は人の智識を闘わし人の技芸を争うの一大劇場にして、天然の山水は之を用ゆるに処なし」と始まり、前述の横浜公園での花火大会の花火が「電光雲外に閃き百雷晴天に轟き、狂龍玉を弄《もてあそ》んで玉を離れず、猛虎煙雲に嘯《うそぶき》て雲虎に従う」見事さだったと感嘆する。「蓋《けだ》し富士山近江八景の如き、名勝は即ち名勝なれども偶然の天工、勉《つとめ》て得べからずして勉めずして得可きものなり。之を彼の幾多の精神を労し幾十百年の実験を勉て今日の巧に達したる煙火の壮観に比すれば万々同日の論に非ず」といい、「其事小なりと雖ども魁は即ち魁《さきがけ》なり」と力強い言葉で応援している。

私はここを読んで、唐突だが、夏目漱石の『三四郎』の一節を思い起こした。三四郎は上京する汽車のなかで、教師ふうの男と乗り合わせる。男は、富士山は日本一の名物だが、天然自然に昔からあったもので、日本人がつくったものではないという。三四郎が、でもこれから日本も発展するでしょうというと、「亡びるね」といって、三四郎の度肝を抜く。そして有名なセリフ、「熊本より東京は広い。東京より日本は広い。日本より……頭の中は広いでしょう」をいう。明治の知識人は、富士山をたとえに出して、近代文明の意味、開化の覚悟を語っている。

山の手の子

さて岩田家では長男が生まれると、福澤の高弟で『学問ノスヽメ』の共著者として知られる小幡篤次郎《おばたとくじろう》に、豊雄という名前をつけてもらった。旧国名の豊前から取った。小幡はやはり中津出身で、茂穂は尊敬していた。岩田家に次男が生まれると、小幡は故郷の英彦山《ひこさん》から彦二郎という名を与えた。のちのことだが、文六が地元の小学校から東京・三田《みた》の慶応義塾の幼稚舎《ようちしゃ》に転校する際、母に連れられ文六は小幡老人に会っている。「あなたが茂穂さんの長男ですか」とやさしい声をかけてくれた。

福澤がいなければ、父は横浜で貿易関係の仕事を志さなかっただろうし、母も福澤関係者が泊まる旅館を手伝うことはなかっただろう。文六は福澤の由緒正しい直系、慶応義塾の優等生の資格は十分だ。ところが、ここが文六の面白いところなのだが、若いころはまるで福澤は眼中になかった。むしろ敬遠、軽蔑していた。

幼稚舎や中等部で受けた福澤の教訓などは馬耳東風、「福澤のイキのかかった先生が少年向きの福澤遺訓《いくん》を教えるのだが、その退屈さは言語に絶し、教室の窓から逃げ出してばかりいた」。文学青年になってからは「福澤の実証学風を頭からケイベツして、全集もあったが一ページも開こうとしなかった」。全集は結局、古本屋に売り飛ばしてしまったらしい。小ナマイキな青年の姿が目に浮かぶが、もともと不撓不羈《ふとうふき》、優等生とは縁がないのである。

文六は後に『福翁自伝』を読んでその面白さに一驚し、不明を恥じるが、それはかなりのち、太平洋戦争のころであった。

文六は手のつけられぬイタズラ坊主だったらしい。機嫌が悪いと、着物のまま風呂に飛びこんだり、学校から帰ってくる足音を聞くと、猫も隠れた、という笑い話が伝わっている。

地元の小学校に通っていた文六少年は、担任の先生から嫌われ、学校が嫌いになってゆく。担任がわざと自分を苛《いじ》めている気がし、こちらもひそかに父と比較して先生を軽蔑するから、ますます居ごこちが悪い。家でも母に反抗した。父を失い、母も昼は家をあける、という家庭環境も、影響したのかもしれない。晩年になっても文六は、「病院と学校は大嫌いだ」と公言するが、学校嫌いはこのころから始まったようだ。心配した母は、文六が五年生の秋、茂穂に縁の深い東京三田の慶応の幼稚舎に転校させることにした。横浜からは遠いので、寄宿舎に入った。

幼稚舎には、三菱の重役の息子や浅草・神谷バーの息子ら、山の手、下町の中上流の師弟が集まっていた。横浜の地元の学校のように「お前」「おれ」「あたい」のほか、時と場合によって「きみ」「ぼく」も使い分けていた。ガキ大将がいて、家老がいて、道化役がいて、いつも苛められる役がいた。文六は、ガキ大将の末端の配下だった。寄宿生には山の手の子弟が多かった。のちに文六は「山の手の子」の特徴を、「関西人のようなネバリがなく、東京擦《ず》れした地方人の複雑さもなく、幾分ノホホンで、臆面がなくて、我儘で、気位高く、瘦我慢《やせがまん》の癖に臆病」（『山の手の子』）と分析しているが、本人もまさにその山の手の子だった。

幼稚舎の教室の天井は、『学問ノス、メ』など、諭吉の著作の木版の版木がそのまま再利用されて、使われていた。偉大なる福澤から、つねに見おろされている気分だった。寄宿舎の舎長もむろん、コチコチの福澤信者で、修身の時間はつねに「独立自尊」を説いた。

中学生になっても、文六は悪ガキだった。自宅通学に変わったころのことだが、横浜の本町一丁目の自宅の二階の裏窓から屋根に出られることを知り、自宅だけでなく、一丁目の南側の家の屋根の全部を渡り歩く楽しみを覚えた。屋根がびっしり並び、他家との間も、一跳びすれば、なんでもなかった。ある家の物干し台に、ご隠居が丹精したであろう盆栽が並んでいた。そこに黄色く熟しただいだいの実がなっていたので、ちぎって持ち帰った。とんだ「屋根上の散歩者」である。笛やラッパを吹くことを覚え、やたらと吹き鳴らした。ある日、店の者が、「Tちゃん（本名の豊雄のこと）のことが、出てるよ」と、横浜貿易新聞という新聞を見せた。その投書欄に、本町一丁目のある家の子どもが、朝早くから、ラッパを吹くのは、安眠妨害だからやめさせろ、というのが出ていた（『父の乳』）。

斜陽の少年時代

父茂穂が死んだ後、店は番頭の助けを借りて母が切り盛りするが、次第に左前になってゆく。大黒柱を失って求心力が衰えたと同時に、生糸・絹の商売も、転換期を迎えていた。日露戦争で外国人観光客が減り、戦後の不景気も重なった。店はグランドホテル近くの居留地を引き払い、本町に移転、さらに南太田町へ引っ越した。文六が一四歳のころのことだ。岩田商店の名前は残っているものの、小売りは廃止し、商売は縮小する一方だった。文六の少年時代は、家の没落、斜陽の季節だった。

番頭格の近藤という男が、店の支配人として頼りにされ、厚遇された。四〇近い独身男の支配人は、岩田家の土蔵の二階に住み、家族と同じ食卓を囲み、次第に家長のような振る舞いを見せ始めた。母と支配人の関係が公然と噂になった。姉は肯定し、弟は激しく否定した。この問題は微妙であり、文六の文章をそのまま引用したい。

今の私は、どうやら、肯定派に傾いているが、それは、人間というもの、人生というものを、多少、見てきた結果に過ぎない。そして、母親にそういう事実があったとしても、責めるという気持は、あまりないようである。父が生きてる間なら、許せないことだが、その死後に、男をこしらえるぐらいのことは、仕方がない。そして、私は、母親の性格や考え方からいって、彼女が近藤を選んだことは、色と慾の両道をかけたのだと、思ってる。（中略）いずれにしても、私は、母のそういう行状をほじくることに、興味がないのである。もう、古い昔のことであり、そのことに対する私の気持も、すっかり安定して、忌《いま》わしい事実の有無が、私の彼女に対する愛情に、何の影響もなくなってる。どんなことがあったにしろ、私は、母を愛してる。その愛情が、いっそのこと、そういう箇所を、飛ばして書こうとする気持を、誘わないでもなかったが、でも、そのことが、私の少年時代を通じて、暗い霧だったのだから、書かずにいられない。私という少年に、ずいぶん影響したことだし、ことによったら、今の私の人生観や、女性観にも、何かの繫《つな》がりを持ってるかも知れないので、書かずにいられない。（『父の乳』）

なにかと反抗する文六に、支配人は「廃嫡《はいちゃく》のほかはない」などといって、脅した。家のなかに異物が住んでいる、と思い詰める文六は、この支配人をピストルで殺そうと決意した。当時は子どもでもピストルが買えたとみえ、文六は一挺《ちょう》持っていた。実弾はさすがに買えなかったので、慶応普通部の級友が、父親のピストルの弾を三発、盗んで持ってきてくれた。

　夕食の後、茶の間のちゃぶ台の前で、支配人は新聞を読んでいた。本来なら、父の座る場所だった。母や姉もそこにいた。文六は背後から支配人にピストルの狙いをつけた。引き金に指をかけた。撃鉄が半分、起動した。だが指が硬直し、力が入らない。最後の段階に踏み切れない。呼吸が速まり、吐き気とめまいを感じ、部屋を飛び出してしまった。

　文六はこの事件を回想し、私には守護神がいつも近くにいて、私を守ってくれた、その守護神の正体は父の霊ではないか——父以外に、私をそれだけ愛してくれる者が、あるわけがない、という気がしてならなかった、と書いている（『父の乳』）。文六は「父の力」をこんなふうに、ずっと信じていた。


　そのころ、文六は童貞を捨てた。住み込みの女中と自宅の裏座敷で、ことは行われたが、失望感と罪悪感が残るだけだった。英語の試験中、自分の答案を丸写しする友人を見て見ぬ振りをしたため、落第し、中学三年を二度やった。

　家運の衰退と、それに伴う家内の沈滞は、思春期の少年に暗い影を落とした。だが、長男である自分が、はやく一人前になって、家を立て直そう、という殊勝な心がけをもつ少年でもなかった。いよいよ商売は行き詰まり、岩田商店は廃業し、一家は横浜を離れた。これを機に、支配人とも縁が切れた。東京府下大森の畑のなかの貸家に、一家四人は引っ越す。文六は一六歳になっていた。

2章　郊外の家――大森

文六が住んだころに描かれた石井鶴三「大森図」
(『日本風景版画』第9集東京近郊の部、大正7～9年、
大田区立郷土博物館蔵)

文学への目覚め

ビッグボーイ

現在の東京都大田区大森の地に、新橋・横浜間を走る鉄道の駅ができたのは、明治九年（一八七六）、日本で初めて鉄道が開通して四年後のことだった。駅のすぐ先、崖を削って造成した線路のわきの地層から、大量の貝が埋まっているのを、お雇《やと》い外国人学者、E・モースが汽車の窓から発見したのは、駅開業翌年の明治一〇年。いわゆる大森貝塚で、日本考古学発祥の地とされたのはよく知られている。

それから三〇年余り後の明治四二年、文六一家は横浜から、この大森に引っ越してきた。父が一代で築いた岩田商店が廃業し、長年住み慣れた横浜を引き払ってこの地にやってきた。

駅周辺を除けば、あたり一面、丘陵と畑が広がっていた。海手には、大森海岸の松林が続き、海水浴場や砂風呂が設けられ、あやしい料亭もあった。扉の石井鶴三の絵のように、高台からは美しい東京湾が望め、東京からほど近い別荘地でもあった。母、姉、弟の四人の一家は、大森駅から海と反対側に畑道を歩いて一〇分、山王《さんのう》といわれるあたりの貸家を借りた。周りは畑と農家ばかりだった。その奥の馬込《まごめ》に、尾崎士郎《おざきしろう》ら文士が移り住み、文士村と呼ばれることになるのは、さらに一〇年以上先だ。

文六は慶応普通部に通っていた。

一家の住む貸家と小道を隔ててもう一軒、同様のつくりの貸家があった。しばらく借り手がなかったが、あるとき家主がやってきた。「やっと、家の借り手がついたよ。それが女の異人さんだがね。気味が悪いけど、貸すことにしたよ」（「イサム君」）。

西洋人の女性と、七、八歳の男の子の二人暮らしのようだった。文六たちはじきに親しくなった。母親は「お凸《でこ》で、骨張った顔で、ペンのように鼻が尖《とが》り、今から考えると、外国婦人として、むしろ醜女に近かった。鼻眼鏡をかけた時には、恐怖心をさえ起させた。しかし、教養があり、もの静かで、且つ意志的な女性であることは、少年の私にもわかった」と文六は回想する。彼女は横浜の女学校で英語を教えていた。

男の子は、やはりお凸で、眼がぐりぐりして、紺絣《こんがすり》に足袋《たび》を履《は》いて、よく家に遊びに来た。彼は文六を「ビッグボーイ」と呼んだ。弟彦二郎と区別するためだが、そのころ、文六はどんどん背が伸びたためでもあった。その混血の男の子はイサム、のちの彫刻家イサム・ノグチである。

日清戦争の前年、野口米次郎《よねじろう》という愛知出身の若者がアメリカ・サンフランシスコに渡った。野心に燃える彼は、労働しながらジャポニスム風の詩を発表、時流にのって、一部で評判になった。さらなる成功を求めてニューヨークに行き、自分の英語を手直ししてくれる人を新聞広告で募集した。応募したのが、名門女子大のブリンマー大学卒のレオニー・ギルモアという教師だった。レオニーは米次郎の英語をブラッシュアップするばかりでなく、しばらくして男の子を産んだ。だが米次郎は別の女性に熱をあげて、レオニー親子を顧みず、一人で帰国してしまう。

ドウス昌代のノグチの評伝『イサム・ノグチ　宿命の越境者』（講談社）には、大学生のころと思われるレオニーの写真が載っている。縁なし眼鏡をかけ、鼻筋がとおった、聡明そうな女性であり、文六の醜女に近いという表現はあたらない。その後の母子家庭の生活、日本行きなどの苦労が、顔つきを険しくさせたのだろうか。

米次郎を追ってレオニーは赤ん坊とともに太平洋を渡ってきた。だが、米次郎は東京で日本人女性と結婚していた。レオニーは自活しなければならず、イサムとともに大森に移り住んだ。文六は、和服姿の米次郎が、不機嫌そうな顔で、隣の家から出るのを一度だけ目撃している。

文六はイサムをかわいがったが、親しくなると、からかったり、ちょっといじめたりするようになった。文六の庭にあった鉄棒にイサムは乗りたがった。鉄棒にぶらさがるのは、幼い子供には無理なのだが、どうしてもきかないので、文六は抱きかかえてつかまらせた。何度もせがまれるので、こまらせてやろう、と文六はぶらさがらせたまま、手を離した。むろん落ちそうになったらすぐ抱きとめるつもりだった。幼いイサムは怖がり、悲鳴をあげた。すると夫人（レオニー）がすごい形相で飛んできて、イサムを抱いて家に引き上げた。

「後年、自分自身が外国の女を娶《めと》り、子をもうけ、日本で生活する経験をしたので、彼女の心理がわかるのである。どうも、気の毒なことをした、と思っている」（「イサム君」）と、文六は後に神妙に反省している。

文六はこの時期、夫人から英語を学んだ。厳格な教え方で、思わず日本語が出ると、きつくしかられた。夫人に英語の原書を借りて読んだ。メーテルリンクの英訳脚本集だった。辞書をひきつつ、英語と格闘した。父茂穂が若いころ、二度もアメリカに行っていることもあり、文六は当時、アメリカ行きを夢想したという。

一年もたたずに、イサム一家は突然、大森を引き払い、茅ヶ崎に転居した。文六は転居先に一度、遊びに行ったことがあった。イサムは「ビッグボーイが来た」とたいそう喜び、夫人も同道して茅ヶ崎海岸に泳ぎに行った。

このころ、イサムに妹ができていた。米次郎の子ではない。夫人は生涯、父の名を明かさなかったがドウスの評伝では、夫人に英語の個人教授を受けていた帝大の学生ではないかと推測している。

一六歳の文六は一家と夫人について「紅いランプの家」と題する一文を書き、当時の有力雑誌『文章世界』に投稿した。文六によると、「紅いランプの家」は首席に選ばれ、選者の田山花袋《たやまかたい》の「少し感傷的だがよく描いてある」という批評が加えられていたという。

その後、イサム一家と会うことはなかった。

イサムは一四歳で単身、アメリカに渡り、高校に通学、医学や美術を学ぶ。夫人はさらに数年後、イサムの妹を伴ってアメリカへ帰国した。一七年の日本滞在の末だった。この知らせを聞いた文六は、あんなにがんばった夫人もついに母国へ去ったか、と感慨を持った。

イサムはアメリカで新進彫刻家として活動を始めた。グッゲンハイム奨学金を得て、一九二七年（昭和二）から数年、パリで彫刻を学んでいる。そのおり、藤田嗣治《ふじたつぐはる》からアトリエの世話を受けた。文六はその二年前にパリ留学を終えており、すれ違いだった。

文六は一家のことをすっかり忘れた。思い出したのは、はからずも文六自身が外国人妻、フランス人のマリー・ショウミーと結婚してからだった。

外国で外国の女と暮すことは、何程のことでもないが、日本へその生活を持ち帰った場合、これはタイヘンなのである。亭主の日本人も可哀そうなら、渡来した女房は、もっと気の毒――よほどの財力か、よほどの精神力を伴なわない限り、終りを完うする夫婦は少い。日本国の風土と環境が、どれほど辺鄙《へんぴ》なものであるか、身をもって経験した彼女等でなければ、わからない。（「イサム君」）

ショウミーの生存中も、死後数年間も、しばしば夫人（レオニー）のことを考えたという。夫人のたどった道は、人ごととは思えなかった。超えがたいカルチャーギャップの問題は、「ビッグボーイ」文六の生涯の課題であり、処女戯曲『東は東』のテーマだった。

一家のその後を簡単に述べたい。

夫人は帰国してごく短期間、ニューヨークでイサム、その妹と三人で暮らすが、ほどなくイサムは出ていく。夫人はサンフランシスコで、日本の安価な版画などを売って暮らすが、一九三〇年代の大不況の時代で、厳しい生活だったようだ。イサムの誕生日には、年齢の数だけ、キスを意味するXを書き添えた手紙を書き送っている。三三年末、夫人はニューヨークの病院で孤独のうちに亡くなった。

やがてイサムは新進彫刻家として、知られるようになり、三〇年代にはメキシコに行き、女流画家フリーダ・カーロと危険な情事を楽しむなど、奔放に生きた。戦後、日本に戻り、女優・山口淑子《やまぐちよしこ》（李香蘭《りこうらん》）と結婚（後に離婚）して話題をまいた。国内外で彫刻や造園で幅広く活動し、現代美術家として大成した。いくつか自伝的な文章やインタビューがあり、少年期を過ごした茅ヶ崎時代をなつかしく回想しているが、「ビッグボーイ」について、触れたものはないようだ。

文学への目覚め

文六の大森は、文学青年の時代、沈潜の年月だった。

亡父はじめ周囲には実業、商業の成功者が多かった。父の関係で、福澤の弟子筋とのつながりもあった。だが文六をとらえたのは文学だった。漱石や永井荷風《かふう》、当時の自然主義作家の小説、ツルゲーネフなどを読み漁った。文学好きの友人らと『魔の笛』という回覧雑誌をつくって、小説のようなものを載せた。雑誌の名前を決める際、友人がモーツァルトのオペラから、「魔笛」を提案したが、それでは少し漢文臭いから、と「魔の笛」に変えたのは文六だった。

住宅が立て込む今では想像するのも難しいが、当時の大森は自然があふれていた。海手は海苔の養殖や海水浴場として知られ、田んぼでは蛙がなき、蛍が舞い、鶯や百舌鳥《もず》のさえずりが聞かれた。八景園という、梅で有名な庭園もあった。

田園風景を克明に描く自然主義文学が盛んなころだった。横浜育ちの町っ子文六は、大森の自然が新鮮に映った。春のうららかな日に、咲き乱れる桜を見ると、酔ったような気分になった。雑木林を散策し、宇宙とか永遠などを頭に浮かべた。文六の文学志向は、大森の自然から生まれた、といっていいかもしれない。

そのころノートにまとめた文が、『全集』に入っている。四季の移り変わりを二九章にわけて綴った『韻』という題の中編だ。一年かけて書き溜めたノートを、慶応大学前の製本屋で製本して保存しておいたため、奇跡的に散逸、破損せずに残った。


今は休息の時である。極度の静止をすべてが示している。もう間もなく幽《かす》かに忍足《しのびあし》をして、それらが動きはじめる。

いま鋳《い》固《かた》められた鉄のような地《ち》殻《かく》の中には、網を張ったように氷の糸が巣食うている。もうじきそれへ稀薄な、だが暖かくて浸透力の強い、牛酪のような日光が、しずかに、用心深く掩《おお》いかぶさる。そうすると土の筋肉は次第に緩《ゆる》みはじめ、おもむろに血の気を含んで来る。そうして……


こうした凝った自然描写がえんえんと続いてゆく。

この製本された『韻』に、新聞の切り抜きが二枚、入っていた。万朝報《よろずちようほう》が募集した短編小説に応募し、当選した二作の掲載記事で、一編につき賞金一〇円だった。『韻』と違って、二編とも短いコントで、とくに『茶ばなし』という一編は、中年の旅館の料理番を描いて、老成した筆をみせている。

大学に入ってからのことだが、作家の水野葉舟《みずのようしゅう》を訪問したことがあった。親しい友人の兄が葉舟だった。葉舟は叙情的で繊細な小品を書く地味な作家だが、中堅文士としてそこそこ名を知られていた。文六はそのころドストエフスキーやトルストイを読み、日本の作家はだれでもこきおろしていた時分で、葉舟を評価していたわけではないが、文士という人種に興味があった。

大正2年ごろ、慶大予科時の文六（『獅子文六全集』第1巻より）

葉舟は小太りの色白、チョビ髭《ひげ》で眼の細い、女性的な感じの男だった。尊大でないかわりに魅力もなく、文士というのはこういうもんか、と思ったという。印象深かったのは、同居していた書生に、五〇枚ほどの原稿を手渡し、博文館にもっていってくれ、と頼んだ様子だった。こうやって作家から原稿が出版社にわたり、印刷されて翌月、雑誌に載るのだ、と感心した。

ここで、葉舟に原稿を読んでもらい、自分を売り込むという手がないわけではない。だが、当時の文六は相当なハニカミ屋で、母親の使いで銀行に預金を引き出しに行くのも苦痛だったという。シャイで人見知りの性格は、一生変わらなかったが、多くの人と同様、青年期はそれが極端だった。

ある時、父と関係があった実業界の大物に対面する機会があった。一家一族の実業家尊重の気風に反発して、文学書を読みふけっていた文六はただ、俗物としか見えなかった。大物は「茂穂さんの息子さんか。ちと、遊びにき給え」とニコニコしながら親切にいってくれたが、文六はただ相手をにらみつけるだけで、大物が部屋を去るまで、一言も口をきかなかったという。口からのぞく金歯が、金権の象徴、俗悪の標本と見えたというから、シャイだけでなく、かなりナマイキな青年だったのだろう。「わたしは今になれば、当時のわたしの生意気さに冷汗を覚えるが、あのまま、顔みしりになって、ひきたててもらう自分を想像してもあまり気持ちよくない」と老年になって回想している。

文学青年時代の終わり、二〇代後半になってからも、文六の羞恥癖はなおらなかった。知人の紹介で、作家の有島武郎に会うチャンスがあった。いつでも原稿を持参して麴町の有島邸を訪れることができる手はずになっていたが、いざとなると、どうしても足が進まず、ついに行かなかった。

明治大葬

こうした沈潜する日々を送っていたある年の夏、正確には明治四五年（一九一二）七月二〇日午後、「明治天皇重態」の号外が、鈴の音とともに東京市中に配られた。郊外の大森には夕方遅く、配られた。テレビやラジオのなかった当時は、新聞の号外が、突発重大ニュースを知らせる唯一の手段だった。

「まア、大変だね……」

母が、声を曇らせた。まるで、近親の重病の知らせを、受けたのと変らない、真情がこもっていた。

私の母だけが、忠義だったのではない。今の世の中では、想像もつかぬことだが、すべての日本人が、天皇——明治天皇という人に対して、忠義と愛情を、ささげてたのである。

（『父の乳』）

一九歳のナマイキ盛り、不撓不羈《ふとうふき》の文学青年だった文六も、すべての日本人のうちの一人だった。文六は、だれからも強制されたわけでもないのに、皇居・二重橋広場へ行って群衆とともに、天皇の快癒《かいゆ》を祈るのである。

その年の夏は、友だちと上州の高原へ行く予定だったが、むろん延期になった。新聞は連日、天皇の病状を報道した。当時も昭和天皇崩御の時と同様、宮中の情報は隠蔽《いんぺい》的だったが、なぜか病状だけは、かなり詳しく発表された。日々伝えられる体温、脈拍、呼吸などの数値は、悪化をたどり、国民は息を潜めて見守った。東京市は、電車の走行音が天皇の寝所に響かないようにと、日比谷と半蔵門の間を徐行運転させたり、三宅坂の軌道にぼろ布を敷いたりした。

宮城前で快癒祈願をする群衆が日ごとに増え、その記事や写真が新聞にあふれるようになった。母が「お前も行っておいでよ」といったが、俗衆のマネはできないという気持ちで従わなかった。だが、

二十日から三十日まで、誰も、自分たちの生活を忘れ、天皇の病気のことを、考えていたようなものだった。そして、昂奮が、加速度を増し、大森の奥に住んでいる私まで、波動を伝えてきたにちがいない。

私も、宮城前へ行きたくなった。

（いや、祈願に行くんじゃない。群集を、観察に行くんだ）

そんな口実をつけて、私は、家を出た　（同）

暑い日の夕だった。馬場先門に入ると、おびただしい人で埋められ、ムッとする熱気が異様な雰囲気をかもしていた。座っている人を縫って、二重橋近くに行くが、次第に人数が増え、歩く余地がなくなった。立っていることが許されない雰囲気を感じ、文六も砂利の多い土に座った。白絣に袴姿で膝頭も足首も痛かったが、周囲は両手を突っ張り、平伏したままの人や、絶えず頭を上下させて合掌している人がいた。


最初、私は、異様な周囲の中に、孤立してたが、人々と同じように、両手をついて、跪座《きざ》の姿勢をとってると、だんだん、感情が動いてきた。何か、悲愴なような、感激的な、抵抗できない気持に揺られ、

「陛下よ、どうか、癒《なお》って下さい」

という言葉が、胸の中に、湧いてきた。　（同）

文六は一時間ほど砂利の上に座ったあと、引き揚げた。品川駅から汽車に乗ろうとホ

ームを歩いていると、横浜の中学に通っていた弟彦二郎の姿を見つけた。弟も二重橋へいってきたという。

天皇崩御（七月三〇日）からほぼ一カ月半後、大葬があり、大学から、参列するよう知らせがきた。文六はこのころほとんど大学に行っていなかったが、籍があるので通知がきた。大学の命令に従うのは癪《しゃく》だが、めったに見られない儀式を見てみよう、という気持ちで、久しぶりに制帽をかぶり制服を着た。三田から宮城前まで、友人たちと軽口をたたきあって歩いた。いつもの文六だった。快癒祈願のときとは、まるで違う気分だった。さすがに宮城前では、ものものしく、冗談をいう雰囲気ではなかった。

二重橋のほうで、暗闇からチラチラ松明《たいまつ》の明かりが見え始めた。天皇の遺体を乗せた御所車を牛がゆっくりひいてくるのだった。

大きな、黒い車輪が、松明の火に光りながら、ギイ、ギイと、軋《きし》む――それが、まるで、誰かが声を忍んで、泣いてるようなのである。その音が、あの晩のすべての印象のうちで、最も強く、まだ、耳に残ってる。あれは、明治時代の終焉《しゅうえん》を告げる声であり、今になって考えれば、私の少年時代も、それと共に、逝《ゆ》いたのである。

（同）

母の死と少年時代との訣別

大葬の帰り、大森駅に着くと、深夜にもかかわらず、号外売りの声を聞いた。大葬の報道だと気にもとめなかった。帰宅すると、まだ蚊帳《かや》のなかで起きていた母から、乃木《のぎ》大将夫妻の殉死《じゅんし》の報を聞いた。号外は殉死の知らせだったのだ。文六は粛然としたが、一方で、殉死とは野蛮だな、ことに、奥さんまで一緒に死なせるなんて、ということも腹のなかで考えていた。

彫刻家高田博厚は、大森時代の文六の友人だった。文六より七歳下だったが、早熟な高田は、穴籠もりのような文六の生活をよく理解していた。

「あのころの野心と理想に満ち、夢と出世間の熱望に駆られていた共通の性格が、友情を生んだのだろう」と高田はのちにいう（「岩田豊雄と獅子文六」）。感覚の鋭さとつむじ曲がりぶりから、こいつは孤高の大物になるだろうと思ったという。ふたりで女遊びや飲み食いに精を出した。

横浜っ子だから中華料理に精通し、板前が他の店に移ると、文六は彼を追って食べ歩いたという。まだ二〇歳そこそこの青年である。のちの食いしん坊を彷彿させる話だ。勘定はいつも割り勘だった、というのも、ケチンボといわれた文六らしい。

高田の遠慮のない回想で面白いのは、文六には文学青年が持つ孤独感、寂寥感のほかに、世間的な野心が見えた、ということだ。このあたりは、『父の乳』ではあまり表に出てこない面だ。

それは以下のようなエピソードからもうかがわれる。高田の兄の脚本の芝居が、明治座で上演されることになった。ふたりは初日に招待され、正面桟敷《さじき》に座ると、主演の市川左団次（二代目）ら座の幹部が腰を低くしてあいさつに来た。こうした華やかな場面に接し「よし、おれだってやってやるぞ！」と文六は思ったらしい、と高田は推測している。

この一〇年は、高等遊民時代で、文六の幅広い教養や、ユーモアに潜む苦味が醸成された時期といえるが、最晩年の飯沢匡《ただす》との対談で、この時代に触れ「そりゃ苦痛です。白眼視に抵抗して、逆に見下そうと努力するわけで、つらいですね」と当時の心情を吐露している。昼ごろ起きて食事をして部屋に籠もって本を読む。ツルゲーネフやトルストイ、ドストエフスキーらロシアものから、江戸の黄表紙や滑稽本、『膝栗毛』などを読み漁り、ユーモアの味を知るが、「なんてったって漱石ですよ、おかしいっていうことを教えてくれたのは」。夕方からは文学青年の友人のところで酒を飲む。歌舞伎や新派、映画などもよく見た、という（飯沢匡対談集『遠近問答』）。自由気ままな充電期間といえば聞こえはいいが、実のところは先が見えない暗黒時代でもあった。

本を読み、原稿を書き、破り、時に友人と遅くまで飲む、という生活。今日は昨日とさして変わらず、明日も同じだろう。大学は中退した。親戚からは怠け者と陰口をいわれた。一緒に住む母が脳出血で倒れたのは、こうした出口のない暮らしを続けていたころだった。

寝たきりになった母を、家政婦や看護婦が来て看病した。家政婦が留守のときだった。母は尿意を訴え、文六は手順に従い、差し込み式の便器を母のお尻に入れた。するとどうしたことか、突然、勢いのいい母の尿が、文六の顔にかかった。

「わア、大変だ」

と、私が笑うと、母も、不明瞭な言葉を出して、笑った。その時に、私は、何か、涙がこぼれた。

私も、赤ン坊の時に、何度か、母に小便をひっかけたにちがいなかった。だから、小便の恩返しを済ませたことになるのだが、別に、そんなことを考えたわけではなかった。ただ、母親から小便をかけられたという事実が、感激的だった。（同）

大正九年八月、母は一年の病臥のあと、亡くなった。姉は嫁ぎ、弟も大阪で就職し、文六は一人暮らしになった。

一人暮らしは快適だった。自由そのものだった。だが、心の奥の、「次はどうする」という声が次第に大きくなっていった。一〇年も無為徒食の文学青年を続けてきた。もうつくづく飽きた。

ここではない、別のところへ。だれひとりとして、知り合いのいないところへ。横浜育ちの文六には、海外は遠くなかった。父もアメリカに行っているし、本人も英語を習った。フランス文学は好きだったが、フランスでなくてもよかった。第一次世界大戦後のフラン価の下落で、安価にパリ暮らしができると聞いたからだった。残された父の遺産を元手に、パリへ行こうと思った。遺産を残らず遣い果たせば、いやでも働くだろうし、帰国して赤新聞にでも入ればいい、それもいやなら自殺すればいい、もう母もいない。

むろん、こうした後年の回想とはやや違い、当時はパリ行きに希望のようなものもあったに違いない。野心だってあったろう。だが海外留学の晴れがましさとは、やはりどこか違っていた。約束された未来は、何もなかった。文六はもうすぐ二九歳になろうとしていた。

3章　芝居と恋愛——パリ

ビュー・コロンビエ座の入り口（平成19年、著者撮影）

エトランジェ（異邦人）

世界の若者が集う

一九二〇年代のパリは、エトランジェたちのパリだった。

第一次世界大戦が終わったのが一九一八年（大正七）一一月、国土が戦場になったフランスは、戦勝国にもかかわらず、社会、経済は疲弊し、戦死者は一三〇万人にのぼった。政治も混乱が続き、フランス軍は、ドイツの賠償金支払いの延期を理由にドイツ工業の中心地、ラインラントを占領、これがかえって財政負担を招き、混迷をさらに深めた。フラン価はどんどん下がり、対ポンドで、戦前（大正三年、一九一四）が二五フランだったのに対し、戦後（大正一五年、一九二六）は二四三フランにまで急落した（ロジャー・プライス『フランスの歴史』）。

フラン価が下がるということは、相対的に外国通貨が上昇することであり、外国人にとって、フランスは住みやすくなる。一九二〇年代に日本人やアメリカ人らが、どっとパリに押しかけ、留学、遊学できたのは、こうした背景があった。

二三歳のアメリカの新聞記者アーネスト・ヘミングウェイが、パリにやってきたのはそんな時期の一九二一年だった。長年パリに住んでいたアメリカ人の前衛作家ガートルード・スタインの文学サロンに入り、文学修業を続ける。ヘミングウェイは大戦後の「ロストジェネレーション」の一人と呼ばれるが、そのころパリにはスコット・フィッツジェラルドやドス・パソスら、のちのアメリカ文学をリードする作家たちがいた。初期の代表作『日はまた昇る』は、こうしたパリのアメリカ人たちの生態を描いた作品だ。

ロシアからはセルゲイ・ディアギレフのバレエ・リュッス（ロシア舞踏団）が、たびたびパリを訪れ、斬新な公演を見せていた。ニジンスキーが踊り、スペイン出身のパブロ・ピカソが舞台装置を手がけ、エリック・サティが音楽を、ジャン・コクトーが台本を書いた。

はるか極東の日本からも、若者がつぎつぎとやってきた。第一次世界大戦は日本にとって、遠いかなたの戦争だったが、戦争景気にわき、成金が生まれた。タナボタで戦勝国になって、円の価値が高まっていた。

フランス留学の先輩である藤田嗣治の『巴里の横顔』によると、第一次大戦前のパリの在留邦人は三、四〇人で、画家は一〇人くらいだったのが、一九二〇年代には、フランス全土で二〇〇〇人に激増、そのうち、三〇〇人くらいは画家だったという。佐伯祐《さえきゆう》三《ぞう》、坂本繁二郎《さかもとはんじろう》、小出楢重《こいでならしげ》らが知られる。

写真家としても知られる資生堂の経営者福原信三《ふくはらしんぞう》と弟信辰《しんたつ》（路草）も、大戦前後にパリに滞在した。文六は信辰と交わり、帰国後も連れだって資生堂近くの銀座のレストランで食事をした。

変わったところでは、無政府主義者大杉栄《おおすぎさかえ》もフランスに渡っている。パリのサン・ドニであったメーデーの集会で、飛び入りの演説をして逮捕され、監獄に収容された。身元が割れ、国外追放の処分を受け、日本へ強制送還、大正一二年七月に神戸に着いた。周知のように、その二カ月後に発生した関東大震災の混乱のなかで、大杉は憲兵に虐殺される。

こうした多彩な日本人留学生（遊学生もたくさんいたが）のひとりに、若き文六がいた。

文六は大正一一年（一九二二）三月、フランスに渡り、パリの学生街カルチェ・ラタン地区に住む。着いてしばらくは、留学生にありがちなことだが、言葉の壁や生活習慣の違いから、「神経衰弱」に陥った。なにもかも癪《しゃく》にさわり、相手があったらいつでも喧嘩したい気分だったという。いかにも内向的で偏屈な文六らしい。とはいうものの、漠然とはしていたが、自分の目指す方向を感知し始める。「俺は芝居を一番余計みて帰ろうと思う、ドラマを放《ママ》れて全般の芝居芸術をよくみてみようと思う」と、日本の友人に手紙を書いたのは、着いてすぐの五月末だった。舞踏やオペラも含め、広い意味のパフォーミングアーツに接しよう、という意気込みだ。

文六の演劇熱は、親しくなった画家川島《かわしま》理一郎《いちろう》の勧めによって、おりからパリ公演中のバレエ・リュッスを見たのがきっかけといわれる。以来、熱心に劇場巡りを続ける。そのころのパリは、五〇年に一度といわれる演劇開花期で、さまざまなジャンル、時代、民族の創造的作品が短時間で見られるところといわれた。文六は劇場の通路で、猫背のディアギレフや鼻眼鏡のストラビンスキーを目撃している。

週に三回くらいは劇場に行った。小さな手帳に舞台装置や衣装をデッサンし、メモをとった。芝居がはねて、深夜下宿に帰ってから、手帳をもとに詳しくノートに書きつける。帰りにカフェによって玉突きをして遊び、さらにカフェのはしごをして明け方帰る日もあった。そういう日は翌朝（といっても昼近くだが）、メモをノートに清書した。絵心のある文六は、水彩絵の具でカラフルに舞台を再現している。そのノートが神奈川近代文学館に所蔵されているが、細かい字でびっしりと書かれ、文六の勉強振りがうかがえる。帰国後の最初の著作『現代の舞台装置』（大正一五年）は、これらのノートが役に立った。

着いて最初の夏に、友人に送った手紙は、そのころの文六の心境を垣間見せる。

便りを出したのに、全然返事をくれないではないか、と不満をいい、「改めてお願いするが毎月二本だけ義務として手紙を寄越してくれ」と懇願する。手紙をもらう代わりに、こちらからは、演劇関係の最新情報を知らせる通信を送る、といい「俺はかなり既に巴里を知ってる。川島が七年いる彼自身と少くとも演芸方面に於《お》いては君の方が委《くわ》しいと言ってる位に」と自慢する。気弱と自信が交錯している。そして将来を模索するその友人にこうアドバイスする。「もう君も本統《ほんとう》にマゴマゴしてる時でない、年齢を考え境遇を考えその決心は早晩まとめ上げねばならぬものだ」。それは、いつも自分自身に言い聞かせている言葉だっただろう。

フランは下落を続け、一九二三年の手紙にはポンドあたり八三まで下がったと記されている。詳しい留学費用はわからないが、父の遺産の株や土地を売り、また借金もして金をつくったようだ。母方の関係から所持していた「平山花火」の製造販売の権利もあった。これらは、東京商大を出て、大阪商船の社員になった弟彦二郎が管理し、文六はパリで定期的に引き出して生活費にあてていた。この兄弟は、しっかり者の兄とのんびりした弟という、いわゆる賢兄愚弟とは逆だったらしい。

巴里の寵児フジタ

当時のパリの日本人社会の代表格は、画家フジタ（藤田嗣治）だった。

明治一九年（一八八六）、東京の軍医の家庭に生まれたフジタは、東京美術学校を卒業後、大正二年、二七歳でパリに渡った。若くて貧しいモジリアニや、リトアニアから来たスーチンらと交わった。神秘的な「乳白色の肌」の裸体像が絶賛を浴び、一躍「エコール・ド・パリ」の寵児となる。文六のパリは、フジタの絶頂期と重なる。

文六が初めてフジタに会った時、あのお河童《かっぱ》頭は漆黒だったが、帰国時にパリの日仏銀行で見かけたら、滝のように白髪が流れていたという。ふたりはパリでは日本人のクラブなどで会うことはあっても、とくに親しい間柄ではなかったようだ。

文六はもともと人嫌いなところがあり、社交に精力を注ぐタイプではない。いつも静かに人の話を聞いていたという。得意の絶頂で、人からちやほやされるのが大好きなフジタとは、まるで肌合いが違った。

海外で最も成功した日本人として、フジタは凱旋将軍のように帰国した。だが迎えたのは歓迎ばかりではなかった。成功者へのねたみも交じり、日本のアカデミズムはフジタの「乳白色の肌」を日本画のパクリだと批判し、裸踊りなどの奇行を日本の恥と非難した。加えてフジタは新聞やラジオで自分の「成功談」を無邪気に語り、心ある人の顰《ひん》蹙《しゅく》を買った。

外国流には、ああいうプロパガンダはちっとも不自然に感じない。だから滞仏十七年のフジタは、平気でやっちまったのだろう。外国にいると、とかく日本を忘れていけない。

日本では芸術家がプロパガンダするのがいけないのに（党のためならよろしい）、

フジタは実業家の立志談みたいに、空々しいことを書いた。（「Foujita」）

文六は、競争者が多く、多くの若者が志を得ずにパリの陋巷《ろうこう》に沈んでゆく姿をよく知っていた。フジタの奇矯な行動、黒縁の丸眼鏡と河童頭のわけを理解していた。「（フジタらは）日本から来る為替《かわせ》で生活するような、幸福な身分ではなかったから、認められるための努力は、生きるための努力と、紙一枚の隙もなかった」（「或る時代の巴里の芸術家」）。「フジタの場合、白髪は僕に悲痛を感じさせる」（「Foujita」）。

酒を飲まないフジタは、酒色に溺れがちな同胞を尻目にモーレッツに勉強した。人気者になってパーティーで裸踊りを披露した晩でも、家に戻れば絵筆を握っていた。絵を描くことが何より好きということもあるが、生き馬の目を抜くような異国の社会にあって、頭角を現すのは容易でないことを知っていた。文六はフジタの必死の姿を、よく理解していた。「フジタはシナシナした、強い男である」（「Foujita」）。「藤田の成功は日本に伝えられているより遥かに大きいものと思う」（「或る時代の巴里の芸術家」）。パリのエトランジェたちの実態を知る、文六ならではの評価だ。

帰国後も二人は別の道を歩んだ。フジタは日中戦争が始まると、従軍画家のボスとして戦地に赴き、戦争画を描いて喝采をあびた。

二人が再び交差するのは昭和一八年（一九四三）一月である。前年度の朝日賞に、文六は『海軍』によって選ばれ、フジタは戦争画「シンガポール最後の日（ブキ・テマ高地）」で贈られた。その年度の朝日賞はほかに「海行かば」の信時潔《のぶときよし》、やはり戦争画の「コタ・バル」の中村研一、それに戦場でフィルムを回し続けた日本映画社だった。まさに戦時一色である。

東京・有楽町の朝日講堂であった授賞式で、ふたりは、パリ時代の話をしただろうか。

『達磨町七番地』

ところで文六には「パリの日本人」を描いた『達磨町七番地』という小説がある。初めて書いた新聞小説『悦ちゃん』（報知新聞）が好評で、朝日新聞から声がかかった。新聞小説家の名声を確立した、記念すべき中編小説だ。

セーヌ川近くのD'almaという通り、日本風にいうと達磨町に、日本人が集まって住むアパートがある。ここの古参留学生に、松浦範平という医学士がいた。

寄生虫を研究する範平は、新入りの日本人下宿者に、「失礼ですが、少し便をくれませんか」といって相手の毒気を抜く変わり者。研究の材料にするためだが、これでたいがいの新米日本人は以後、範平に頭があがらない。坊主頭で肉食をせず、マントルピースに赤白のワインをお神酒《みき》のように捧げ、拍手《かしわで》を打つ日本主義者で、西洋人は自分勝手な個人主義者ばかりだと非難し、西洋かぶれの留学生をののしる。

——日本だ、日本だ、日本だ。

意味もなしに、日本という字が、範平さんの頭を駆けずり回る。……この頃、気が鬱屈《うっくつ》してくると、反射的にこんな現象が起る。

範平さんは、日本にいる時、決してこんな愛国者ではなかった。少くとも、七千万人中六千九百万人並みの愛国者だった。それが外国へきて、一年も経った頃から、俄かに熱を出したように、こんな事になったのである。

隣に住む法学士の中上川亘《なかみがわわたる》は、パリに来てまだ四カ月だが、フランス語もうまく、交通経済を学ぶ秀才で、しゃれた服も着こなす。勉強だけでなく、せっかく花の都パリにきたのだから、道楽も経験したいと思うが、秀才だけに遊び方を知らない。

ある晩、中上川はセーヌ川岸で若い女性が飛び込もうとしたのを助けた。田舎から出てきたばかりで、娼家に売られそうになり、自殺をはかった、というその女性ポオレットにいたく同情した彼は、あげく部屋に連れて行き、そのまままいっしょに住むことに。ひょんなことで「彼女」ができ、もう自分は半分はパリの人間なのだ、と思って、大満足だった。

隣室の範平は、ふたりの睦言がうるさい、と抗議し、険悪な仲になった。ポオレットが中上川の部屋から突然、消えた。「二十日間の奉仕代《セルヴイス》として」とかかれた紙片が置かれ、三〇〇〇フランが消えていた。警察に届けると、以前、シャムの学生が同じ手口で被害にあった、といわれた。

範平はカフェで、フランス人労働者に殴られ、大怪我をする。熱心に介抱するのは、ポオレットがいたときは見向きもしなかった隣の中上川だ。範平は、眉間に受けた一撃でこれまでの狂おしい日本主義の気持ちが、瘧《おこり》のように落ちてしまい、「四海同胞だよ」などと言い、事件が日本大使館に伝わるのを恐れるパリ警察が勧める示談に従う。一方、中上川の方は、うってかわって、綱紀の紊乱《びんらん》した国だ、けしからん、と怒り、民族だとか国家だとかいう語まで用いて、なお憤激やまないのである。

文六によると、この話は、オマケをつけたり、削ったりしたところもあるが、場所も人物も事件も、留学時代の話をほとんどそのまま書いたという。異国の生活習慣に溶け込めない留学生は多い。文六も留学当初は「神経衰弱」になった。これが高じると、極端な民族主義者にもなれば、すっかり西洋に同化した洋学紳士にもなる。それが、何かのきっかけで逆転し、日本主義者が世界市民を唱え、西洋心酔者が国家主義を叫ぶこともありうる。文六は、どちらも冷静に、シニカルに見ている。主義主張、イデオロギーなんて、あてにならない。いつでも「転向」は起こりうる。

この連載は昭和一二年（一九三七）の作で、米英との戦争の四年前だったことに注目したい。太平洋戦争が始まり、米英と戦う段になると、西洋留学経験があり、西洋の事情、教養を見知った知識人、文学者がいっせいに戦争を賛美し、米英排撃を唱えた。帰国した範平や、中上川たちだ。人種差別も含めた当時の孤立感がルサンチマンの感情とともによみがえったのだろうか。文六自身も、単純な米英排撃には与《くみ》しなかったが、戦争協力は惜しまなかった。

文六は『達磨町七番地』で、西洋にいる孤独な日本人の実態を描くと同時に、帰国してからの彼らのリアクションを予想したともいえる。ユーモアのうちに、鋭い風刺をきかせているところに、文六らしさがあり、大人の味があった。

ビュー・コロンビエ座

パリの劇場巡りで、文六が最も気に入ったのは、ビュー・コロンビエ座だった。

セエヌ左岸随一の大寺院サン・シュルピイスの鐘楼が八時半を打つときには、もうひっそりと静まる界隈。時代遅れな二階電車が通るのは巴里でもここいらばかり、たまたま乗合《ビュス》もくることはくるが、それが過ぎれば歩道の瓦斯燈が青白い息をつく古鳩舎町《リュ・ドュ・ヴゥ・コロンビエ》。しもた屋と菓子屋に挟まれて、肉桂色の柱、白壁の欄間——そこに書いてある Théâtre du Vieux-Colombier の黒文字を見落したら夜学校でもござろうかと思って通り過ぎてしまうほどに、細《ささ》やかな表構え。（『近代劇以後』）

文六が愛惜をこめて紹介するビュー・コロンビエ座は、一九一三年、演劇の革新を目指した俳優・演出家のジャック・コポーが、この地にあったアテネ・サンジェルマン座という劇場を買い取って改造、改称した劇場だ。一〇年代から二〇年代にかけて、パリの新しい演劇運動の拠点になった。大衆に開かれた劇場をうたう半面、商業主義とは一線を画し、反写実主義を貫き、装飾や演出に斬新なスタイルを導入した。積み木細工の一種である実験的な舞台装置「常置舞台」が名高い。

文六とほぼ同時期にパリにいた岸田《きしだ》國士《くにお》も、コポーに心酔し、コロンビエ座に始終、出入りしていた。コポーに会い、劇団の出入りの許可をもらい、劇団の学校で講義を聞くほどの入れ込みようだった。もっとも二人はパリでは会っていない。ある日本人画家が、演劇を研究している日本人がいる、と岸田を紹介しよう、といってきたが、文六は断った。「断って、よかったと思う。あの時、彼と友人になったら、日本へ帰ってきてから、きっと、つまらぬ競争を始め、敵方となったやも保《ほ》しがたい」（『折り折りの人』岸田國士）と後に回想している。

ところで、私は平成一九年（二〇〇七）春、パリに行く機会があり、その折、ぜひ、

（左）ビュー・コロンビエ座の内部。舞台の中央に置かれた「常置舞台」はいまも使われている（平成19年、著者撮影）

（下）パリ時代のノート（滞欧観劇ノート）。挿画を交え、舞台装置が克明に記されている（神奈川近代文学館蔵）

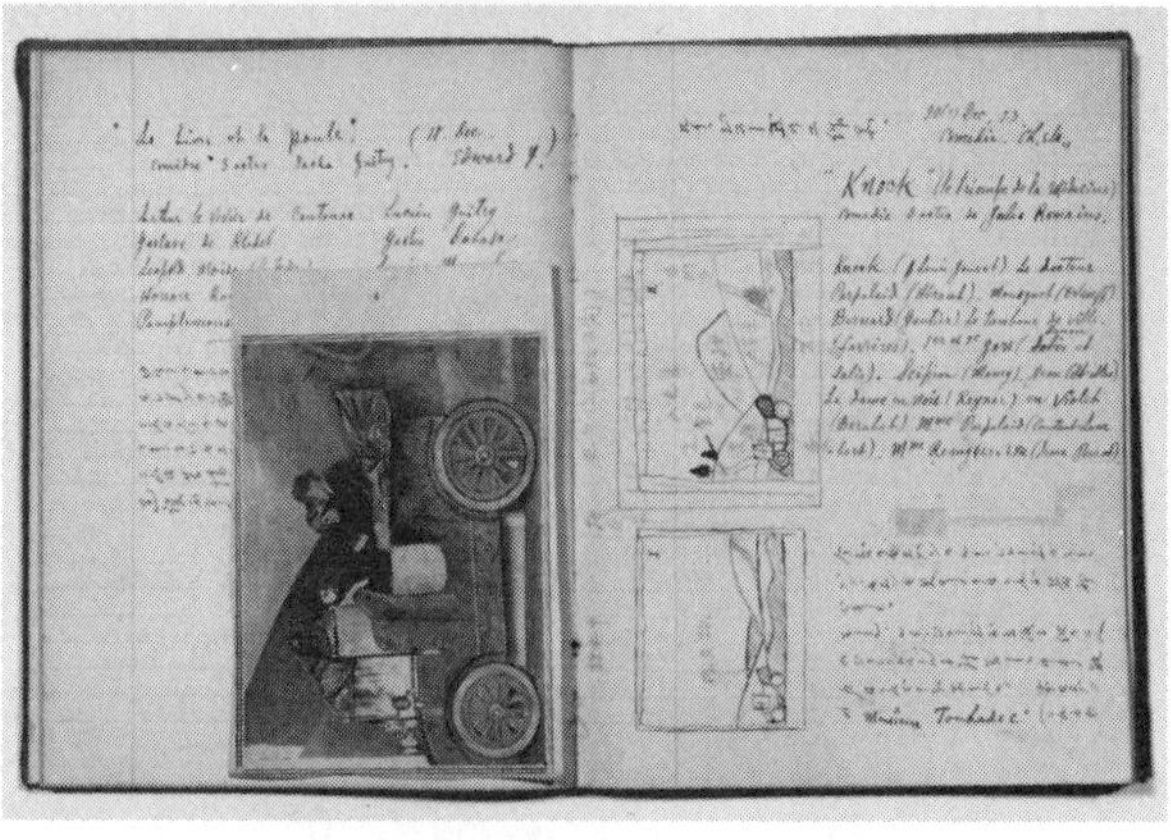

コロンビエ座あたりを探訪しようと思った。コロンビエ座は小さな劇場で、文六らが足繁く通ったときから八〇年以上もたっていた。もうないだろうと思い、いわば築地小劇場の跡地を訪ねてみようという気分で、地図を広げてみると、驚くべきことに、地図上に名前を発見した。地図を頼りに、半信半疑で訪ねてみた。

ベストセラー『ダ・ヴィンチ・コード』ですっかり観光名所になったサン・シュルピス教会のすぐ前がコロンビエ通りだった。有名なカフェが集まるサンジェルマン・ドュ・プレの近くで、こぎれいなブティックが軒を連ねるおしゃれな通りだった。メトロが下を通る大通りを渡ってすぐのところに、その劇場はあった。サン・シュルピス教会からは五分ほど。文六の書くように、静かな一九二〇年代だったら確かに鐘の音はあたりに響いたことだろう。今、劇場の隣は菓子屋ではなく、有名なブランド、ロンシャンの店が入っていた。鳩をあしらったシンボルマークが劇場正面を飾っている。

劇場窓口で取材・見学の意向を伝えると、はじめは面倒くさそうな様子だった受付係が、舞台監督を呼んでくれた。やってきた五〇年配のジャック・ルノーさんは、いかにもたたき上げの芝居小屋の裏方さんという感じの、いかついけど笑顔のいいおじさん。もらった名刺にはディレクチュール・テクニークとあるから舞台技術全体の責任者なのだろう。「日本を代表する劇団（文学座）の創設者が、かつてこの劇場に通いつめ、帰国後、新しい演劇運動を始めた」と来訪の意思を伝えると、ルノーさんはうれしそうに、内部を案内してあげるという。

なかに入る。四〇〇席ほどのこぶりな中劇場といったところ。天井にはいくつもの湾曲した横木が取り付けられ、舞台への奥行きを見せる。「船の（竜骨の）イメージです。コポーの時代と同じコンセプトです」とルノーさんはいう。壁や天井、椅子は栗の木を使い、温かみを感じさせる。子どもの組み立て玩具レゴブロックのような積み木細工の舞台装置は、「常置舞台」として当時から評判だったが、今も使っている。実は、すぐ隣が他人のアパルトマンなので、通路がつくれず、大道具が搬入できない。だから苦肉の策で考案した装置だそうだ。

舞台の地下に案内してもらった。舞台から役者が奈落に降りる、あるいはせり上がるエレベーターはすべて手動で、今も係がハンドルをまわして行うという。全体はコンピューター制御だが、こうした手づくりの要素をあえて残しているようだった。

劇場は一時、映画館として使われたこともあり、七〇年代に老朽化して閉鎖されたが、建物を再建し、九三年からはコメディ・フランセーズの分館として再発足している。コメディ・フランセーズが正統的な古典劇を上演するのに対し、現代劇が中心という。「小さいけれど、偉大なことをやってきた。今も新作をやり、新人作家の発掘をしている」とルノーさんは誇らしげに語っていた。

さてそのころ、サン・シュルピス教会近くのホテルに、詩人で医学者の木下杢太郎《きのしたもくたろう》が滞在していた。専門の皮膚病の研究のかたわら、美術館や劇場めぐりに精を出していた。文六とは日本人コミュニティーで知りあったようで、演劇を通じて親しくなったらしい。

先夜は大変御馳走に相なり、いろいろ愉快な御話を伺って有難く御礼申上ます。今週は到々、鼻ッ風邪の引通しで何処の小屋へも参りませんでした。併《しか》しそれが残念になるほどのスペクタクルも無かったようです。来週の火曜の晩に一つ私の室へ来て牛鍋を喰って下さいませんか。頗《すこぶ》る汚い処ですが至極呑気《しごくのんき》に出来た家です。

（一九二四年二月付書簡）

ノアール・マレエを見に来ました。どうも少し巴里に住過ぎたようで、大して変でもない此《この》都会がひどく居づらくてなりません。今晩と明夜及マチネヱをみてすぐ帰ります。

ブルクセヱルにて　岩田拝

（同年三月付書簡）

ブルクセヱルとは、ブリュッセルのことだろう。わざわざベルギーまで芝居を見に行ったようだ。文六は貪欲《どんよく》に劇場通いを続けている。

マジメ過ぎるオレのラブのイキサツ

こうして演劇に開眼しつつあったころ、文六はフランス人女性、マリー・ショウミーと運命的な出会いをする。パリに来て二年目、文六三〇歳、マリーは二六歳のころのことだった。

マリーについては、『娘と私』でも触れられているが、主に帰国してからのことで、知り合ったきっかけや恋愛のいきさつなど、肝心なところは詳《つまび》らかにしていない。晩年に、今後の執筆予定として、マリーとの出会いから死までをあげているが、結局、書かずに終わってしまった。

だから当時のことは、断片的な随筆や回想などで知るしかない。

マリーはフランス中部、オーベルニュ地方の小学校長の娘で、パリに出て、アメリカ系の会社に勤めていた。そのかたわら、日本人留学生にフランス語を教えていたらしい。そこで文六と知り合ったのだろう。

大正12年ごろ、パリの下宿で（『獅子文六全集』第13巻より）

『娘と私』によると「意志の強い、理性に富んだ、そして極めてジミな女」であり「彼女の情熱は、潜在的で、堅実で、道徳的」で、「骨格型の中肉中背で、容貌も平凡、やや近視である外に、病気を知らず、パリ女の繊弱《せんじゃく》さと遠い女」だった。

孤独で狷介《けんかい》な文六にとって、マリーの存在はどれほど、慰めになったことだろう。

「俺のラブのイキサツは帰ってから話す、少しマジメ過ぎて一寸《ちょっと》筆にするのが嫌だ、前述通り結果は大ヘン円満だ、今のこの円満が悩みのたねになるだろう」と、日本の友人に出した手紙で、マリーとの恋愛に短く触れているが、「一寸筆にするのが嫌だ」というところに、心情がうかがえる。

「フランス女」と題する随筆にも、マリーが登場する。

フランソワーズというマリーの友人がいた。マリーと同様、フランスの田舎からパリに出てきた女性で、ブルガリア人の恋人といっしょに、文六らのアパートに遊びに来た。美しく聡明で、強い意志と情熱の持ち主の彼女も、外国人と恋仲になった。ラテン地区の学生街は異国人同士の恋愛が少なくないが、「そういう恋愛は、フランス人の間のそれより、真面目《まじめ》な場合が多い。少くとも、女の方が、真面目である」。

ブルガリア人の恋人は粗野で俗物めいており、文六と口論したりしたが、フランソワーズは魅力ある女性で、その自由結婚は、志操の高さを物語り、「理想を持つ女の硬さや、乾燥さの一切ない態度が、まったく、好もしかった」と絶賛する。

帰国後、アンリ・バタイユの『結婚行進曲』を訳していたとき、フランソワーズをしきりに思い出した。

『結婚行進曲』のあらすじは以下のごとくだ。ある名家の聡明な令嬢が、因習的結婚を嫌ってピアノの家庭教師といっしょになる。暮らしているうち、その夫が意志弱く、才能とぼしい男であることがわかってくる。そのうち、彼女と同じ階級の実業家が現れ、熱烈に愛を告白する。彼女は次第にひかれてゆくが、この恋を認めることは矜持《きょうじ》が許さない。自らの決断と責任でピアノ教師を夫に選び、家と階級に背いたのだ。だが、実業家の求愛がいよいよ強くなり、もうこれ以上拒めないと悟ったとき、彼女は自ら命を絶つ。

文六はフランソワーズとバタイユの戯曲のヒロインを通じて、誇り高いフランス女を語っているが、マリーにも共通する点があったように思える。

マリーはほどなく妊娠し、文六の帰国時期が迫った。聡明で意志の強いマリーは、日本行きを望んだ。あの時代に、知人友人一人もおらず、生活習慣のまるで異なる遠い日本に行き、子どもを産み、日本人の夫だけを頼りに暮らす、というのは、相当の決意だったに違いない。

日本に帰るときがきた。森鷗外や永井荷風はじめ、明治以降、おびただしい日本人が、西洋に留学した。鷗外らの官費組に比べ、荷風や文六の私費組は、帰国後、必ずしも前途が開けているわけではない。単に「洋行帰り」「本場で勉強した」といった箔をつけただけの人もいれば、決定的な影響を受けた人もいる。文六はパリに着いて半年のころ、「如何《どう》やら俺の洋行も失敗に終りそうだ」「相も変らず半洋半和半老半通の人間が少し新型な洋服を着て帰る位の処」などと、手紙で悲観的な予想をしているが、帰るときは、本人も想像もしなかった土産をかかえることになる。

トランクに入りきらない、ふたつの大きな土産。演劇は三〇歳になってようやく見つけた自分の進む道であり、妻はかけがえのない人生の伴侶だ。

大正一四年七月、文六三二歳、三年四カ月ぶりに、日本の土を踏む。傍らには、身重のフランス人妻がいた。

4章 昭和モダニズムと軍国主義——千駄ヶ谷

文六が真珠湾攻撃を聞き、祈願したという千駄ヶ谷の鳩森八幡神社
(平成20年、著者撮影)

1　マリー・ショウミー

娘の誕生

マリーの妊娠さえなければ、文六はひとりで帰国するつもりだった。留学生によくある「異国での楽しい思い出」だ。森鷗外、永井荷風がそうだったように。

だが、彼女は堅い家の娘であり、本人も日本行きを強く望んだ。反対する両親を説き伏せて結婚し、日本にきた彼女は、相当の覚悟を持っていた。文六は、放蕩はするが、根っこのところは生真面目な男である。大正一四年（一九二五）七月、マリーを伴って帰国、翌月、新妻は横浜で長女巴絵《ともえ》を産む。

自伝的小説『娘と私』で麻理と出てくる巴絵、エレーヌと出てくるマリーと文六の三人は、代田橋《だいたばし》近くの杉並区和田堀の文化住宅に住んだ。狭い貸家だったが、パリのアパートに比べれば、ずっとましだった。赤ン坊はベビーベッドに寝せ、夫婦は布団を敷いて寝た。新婚の生活にはハリがあり、貧乏はさして苦ではなかった。

マリーはなれぬ日本食も厭《いと》わず、フランス語の個人教授をこなして、細々とした演劇の翻訳のほか定職のない文六を助けた。一時は家計の半分以上をマリーが稼いだという。自宅で学生にフランス語を教えることもあった。

ある人の回想によると、最初のレッスンの日、互いに自己紹介のあと、着流しの和服姿の文六は「今日は私がわきについていましょう」といって腰をかけ、会話の進み具合を見ていた。ふたりのやりとりをしばらく聞いたあと、「この分なら何とかいけますね」といって静かに席をはずしたという。

だが、昭和の初めの東京である。国際結婚は今以上に珍しく、フランス人はわずかしか住んでいなかった。しかも、数少ない国際結婚といえば、夫が外国人で妻は日本人という組み合わせが圧倒的に多かった。

言語、文化、宗教、食事、すべてが違う極東の暮らしは、徐々にマリーにストレスを与えた。外国人に対する社会の見方、寛容度も現代とは違っていた。マリーには何人か、フランス人の友人がいたようだが、異文化との接触で生じる悩みを共有し、励ましあうネットワークのようなものは当時なかっただろう。マリーは本来、社交的な性格ではない。半日の飛行機で帰国できる現代と違い、母国ははるか彼方だった。

マリーの死の打撃――『東は東』

文六は封建的、旧式な日本男児ではなく、国際感覚をもつ、理解ある夫だったが、まだ三〇代だ。長い間探し求めていた自分のやるべき仕事を演劇と定め、その翻訳や研究に野心を燃やしていた。演劇仲間と大酒を飲んでは深夜帰宅した。泥酔して帰り、マリーに蚊帳《かや》に入れてもらえず、廊下で寝たこともあった。マリーにとって不幸だったのは、文六が世に出る道をようやく見つけ出したときに、心身の不調が起きたことだ。文六は自分の現在と将来を考えるのに精一杯だった。妻の微妙な心身の波長の狂いに、気づく余裕はなかっただろう。

巴絵が五歳になろうとするころ、マリーは発病した。

もともと心臓に持病があったが、それに日本の生活に溶け込もうとした無理が重なり、神経をやられたようだった。文六はこの病状を具体的に書き残していないが、苦しい家計のなかで、フランス人の友人が経営するホテルに静養させたりしており、そう軽くなかったことをうかがわせる。ただ、なにがきっかけで、具体的にどんな症状だったのか、詳細はわからない。

医者と相談の上、一時、フランスの両親の元で療養させるのがよかろう、ということになった。文六は幼い巴絵を朝鮮・平壌に住む姉夫婦に預けた上、マリーを伴ってフランスに渡り、故郷の両親のもとに送り届けた。

数世紀ほど前の話

筑紫あたりのことか

ふくな　（少しも怯《ひ》るまずに）のう、伍運拙どの……。とかくこなたは家の中を嫌うて、庭へ出らるる。庭は気が霽《は》れてよいものじゃ。云おうなら夫婦が仲も一囲の庭でござる。庭の中に築土《ついじ》がござっては、月影もなかばは照らさず、清風《すずかぜ》もおおかた吹隔てらりょうず。築土《ついじ》と申すは、こなたが朝暮《あけくれ》、唐人を立てとおす心じゃ。日本人の仲間入りをせぬことじゃ……。なんとこなた、いまから料簡を変えてたもらぬか。こなたも眼は二つ、鼻は一つ、おなじ人界《にんがい》に生を受けたものでござれば、日本人になるとて、なんの手間隙《てまひま》がいろう。咳一つするより、易しいことじゃ。

唐人　不是《ブーシー》。

ふくな　まず名を改め、日本の言葉を話さるればよいのじゃ。

唐人　不是《ブーシー》。

ふくな　髪を改め、衣服を変えらるればよいのじゃ。

唐人　不是《ブーシー》。

日本に漂着した唐人（伍運拙）と結婚した日本人妻ふくなは、夫がいっこうに日本になじまないのが不服でならない。こちらに住み着いたからには、日本人として暮らすのがよかろう。せっかく丹精して小袖を仕立てたのに、夫は中国服に固執して着ようともしない。一人になると頬づえをつき、ぼんやりと故国を思っている。妻になじられると、いつもつぶやくのは「日本人無情唐国妻恋」。

マリーが発病し、フランスに送り届けたあと、帰国して文六が書いた戯曲『東は東』の一節だ。

日本人妻ふくなと唐人の夫との、超えがたいカルチャーの壁。タイトルにそえて、「parodie」とあり、狂言じたての喜劇のつくりだが、まぎれもなく、マリーとの結婚生活をぎりぎりに言語化していた。意地になって、狂言の文体と語彙を踏襲したといい、一日に二行しかかけないときもあった。マリーの不幸はそれほど文六に打撃を与えた。その実感は「私小説なんかの方法で、書き切れるものではない。私には、あんな古い演劇の形式のなかに、できるだけ強く、自分を縛ってしまう方が、まだ、書き易かった」と語っている。あまりに生々しく、深刻なテーマは、抽象化したり、別のスタイルに変換しないと、とても表現できないことがある。「私小説なんか」という言葉は、そのあたりを指しているのだろう。狂言という形式に注目し、現代の新しい狂言を書きたい、という演劇的な野心もあった。

善意は時として独善に通じ、執着はしばしば拒絶に至る。「私は、妻の不幸を、病理的事実とのみ、考えられなかった。日本へきた異邦人の宿命のように考えられ、そういう異邦人と、日本人の配偶者の間に起こる、不可避な、善意の葛藤を書こうとした」と文六は『娘と私』で、振り返っている。

『東と東』は文六の処女戯曲で、当時の有力雑誌『改造』に発表されたが、あまり注目されず、実際に舞台化されたのは戦後になってからだった。異文化理解の難しさというテーマを、乾いた笑いで描く方法は、内向きで湿っぽい日本の風土では、なかなか受け入れられなかった。

しばらくして、マリーが実家で亡くなったという知らせが、父親からの手紙で届いた。亡くなってから一カ月近くもたっていた。丸太で頭を殴られたようだった。手紙を持つ手は震え、足も震えた。なぜもっと早く、電報で知らせなかったのか、とマリーの父親に激しく腹を立てた。老人の顔を思い浮かべ、半白の髭《ひげ》をむしりとってやりたい衝動を感じた。悲しみの感情の持っていく場所が、そこにしかなかった。

戦後、老年になった文六は、三度目の妻幸子に、街で西洋人の若い女性を見かけると、「おい、あんな感じなんだよ、マリーは」などということがあったという。

2　『新青年』でデビュー

作家獅子文六の誕生

文六の作家生活は、雑誌『新青年』から始まった。

『新青年』といえば、大正、昭和期に江戸川乱歩や横溝正史《よこみぞせいし》を輩出した探偵・推理小説の雑誌として知られるが、雑誌の性格は時代によって大きく変わっている。

大正九年（一九二〇）、当代の大出版社、博文館が発刊したときは、海外雄飛を目指す青年むけの雑誌だった。人口増加に伴い、農家の次男三男は、新天地を求めてブラジルなどへの渡航が奨励された時代だ。こうした国策に沿った移民や開拓の夢をつむぐ雑誌であり、彼ら向けの読み物として、海外の探偵・推理小説の翻訳を載せた。その一方、広く懸賞小説を募集し、横溝正史らが応募してきた。大正一二年には江戸川乱歩が名作『二銭銅貨』を発表、デビューを果たしている。その後、海外雄飛色が薄れ、いわゆるミステリーが売り物になっていった。

同時に、映画、男性ファッション、スポーツ、街の小話などを織り込み、ユーモアやナンセンスをちりばめた、モダンでしゃれた雑誌、いわば軟派向けの都会派雑誌の雰囲気が強まった。昭和に入るころになると、ミステリーを重視しつつ、軽いエロ・グロ・ナンセンス調のハイカラ色がいっそう濃くなった。

文六がはじめて『新青年』に登場したのはちょうどそんなときだった。新劇の世界ではすでに名を知られていたが、昭和四年（一九二九）二月号に書いた「巴里の流行唄《はやりうた》」という短い読み物が最初といわれる。ムーラン・ルージュに代表される、パリのミュージック・ホールで流行した歌を軽妙に紹介するエッセイだ。パリ留学から帰って四年、新進の演出家、戯曲翻訳家として、『新青年』から本場仕込みの気のきいた話題ものを依頼されたのだった。

そのころの『新青年』の雰囲気を知るには、記事のラインアップを見るとてっとりばやい。「巴里の流行唄」が載った号は、巻頭がオフセット印刷で組んだ「特選漫画集」で、鋭角的で都会的な線の漫画が一〇ページ以上も載る。横溝正史の短編や江戸川乱歩らの随想、「ラスプウチン研究」と題するロシアの怪僧ラスプーチンにまつわる三本の短文、恋愛術「実用艶書文範」などが続き、「ラグビイ」や「スキイ」の醍醐味を紹介するスポーツもののもある。「恋愛の進化論的考察」（正木不如丘）なんていうのもある。巻末には、「最後の一葉」を含めO・ヘンリーの短編が八編も一挙に訳出されている。日本でもっとも早い時期のO・ヘンリーの紹介だろう。なかなかおしゃれでセンスを感じさせる編集ぶりだ。昭和初期の、やや軽薄な都市モダニズムを体現している。文六のデビューの場が『新青年』だったことは、意外な気もするが、考えてみれば、時代の空気を敏感に感じ取り、世相に反応して小説を書き続けていった文六らしいともいえる。

当時、『新青年』を編集していた水谷準は、当時の文六について「岩田（文六の本名）という人は岸田國士と肩を並べるライバル同士なのに、利あらずして不遇の境にあるのだという予備知識を抱いていた」と回想する。手はじめに軽い読み物を注文すると、達筆な字の原稿に感心し、「もったりした味とともに、いわば着こなしのよさ」というものを感じたという。「着こなしのよさ」という表現は、文六の生き方や文章の特徴をうまくあらわしているように思われる（『牡丹の花』所収「達筆な原稿」）。

本名の岩田豊雄の名で、「巴里の流行唄」のようなパリの街だねを同誌にいくつか書いた後、連載読み物『西洋色豪伝』を昭和八年一月号から始めた。この連載はその名のとおり、マルキ・ド・サドやカサノバ、ドン・ジュアンら、ヨーロッパの色男たちの列伝で、さすがにこなれた筆さばきの、少しエロがかった読み物だ。文六は苦虫を嚙み潰したような顔をしながら、こういう色話を書き続けた。当時、こういった原稿料がほとんど唯一の生活費だった。

この連載が、文六にとって結果的にある転機になった。筆名「獅子文六」をはじめて使ったからだ。

「獅子文六」は、九九の「四四、十六」にかけたとか、文豪（五）よりひとつ多い文六（六）にした、とか、色豪を書くのだから文豪でなく文六に、などといわれるが、一種の戯作意識、やつしの気分だったのは間違いない。「べつだん意味のあるものではない。しかし、どこかフザけた趣きがあるのは、雑文を書く時のフザけた気持が、響いたのだろう」（「出世作のころ」）とのちに回想しているように、ほんの一時の間に合わせのつもりだった。この名でのちに一世を風靡するとは、思いもよらなかっただろう。

同じ年、文六は先述のように東西のカルチャーの違いによる悲劇をテーマにした戯曲『東は東』を発表している。もちろん岩田豊雄で、だ。だが『東は東』はさして評判にならず、実生活でも男手ひとつに病気がちの幼い娘を抱え、苦しい日々が続いた。文六のどん底時代だ。

そんなときに、お気楽な『西洋色豪伝』である。とても本名で発表する気にならなかったに違いない。自分にも他人にも、本職とアルバイトの区別を納得させるために、筆名が必要だった。

余談だが、『西洋色豪伝』にはおかしなエピソードがある。作家北杜夫《きたもりお》が中学二年のころというから昭和一五年前後のことだが、母（斎藤）輝子から「これでも読んだら」と一冊の本を手渡された。何気なく読んでいくと面白い。

たいそうエロっぽい話なのであった。（中略）そのおもしろくかつエロである本を読んでいると、私は次第に妙な気持になってきた。つまり、昂奮してしまったらしい。

「ママは凄い本をよむなあ」

とも思った。

（北杜夫「夢のようなへんな話」）

しばらくして母が戻り、男はある年齢に達するとパンツが汚れることがある、と男の生理を教えだしたという。文六の本が、北杜夫少年（まだ斎藤宗吉少年だが）の性教育のテキストになったというわけだ。『西洋色豪伝』だったか文六の翻訳ものだったか忘れたが、と北杜夫は留保をつけているが、翻訳もので「エロ」気のあるものはないから、『色豪伝』とみていいだろう。なお、文六は晩年、ユーモア文学の後輩であり、若いころパリで会ったことのある斎藤茂吉の子息という縁もあって、北杜夫に好意をもち、食事に誘ったりしている。

目の前の読者を――『金色青春譜』

さて、『西洋色豪伝』は予想以上に好評で、『新青年』では翌年、この調子でひとつ長編小説を、ともくろんだ。当時編集部員だった乾信一郎の回想によると「岩田豊雄といえば新劇界一方の大将、芝居の脚本ならオーケーだろうが、今さら苦労して小説なんぞ書いていられるか、とどなられるかも。いや待て、失礼など断られたってもともとではないか。なら、一丁当ってみるか、ということになって当ってみたら、意外とすんなりオーケーだった」（『「新青年」の頃』）。

一方、文六の方から見ると、「当時人気のあった青年雑誌」から読み物を頼まれ、気楽な気持ちで戯作を書くと、さらに長編連載の依頼が来た、ということになる。小説は文学青年のころに書いて以来、遠ざかっていたが、小説に戻ろうかという気になった。収入の確保という差し迫った面もあった。二度目の妻、シヅ子と結婚した直後で、娘の世話や家政からようやく解放されたときでもあった。

「何よりも、世間から注目される小説を、書く必要があった。昔のように、自分だけを対手《あいて》として、独《ひと》り合点《がてん》の小説を書くわけには、いかなかった。今度は、読者が、体温を感じるほど、近く、私の前に、立っていた。その読者に、反応を起こさせるためには、今まで、人の書いていたようなものを、書いたのでは、駄目だった」（『娘と私』）。といっても成算があるわけでもなく、「自信のなさを裏書きするように、雑文を書く時の筆名、獅子文六を選び、本名を書かなかった。それが、今日まで続く、長い運命になろうとは、夢にも考えなかった」（『同』）。

体温を感じるほど目の前にいる読者を、反応させたい。これはその後の文六の小説執筆の基本的な姿勢になった。

『新青年』編集部は、無名に近い獅子文六ではなく、演劇界ではすでに確立していた岩田豊雄の名で書いてほしかったが、文六はうんといわない。こういうことに、文六は頑固だった。

連載小説は雑誌の顔である。『新青年』は、その長編『金色青春譜』の第一回を、昭和九年七月号の巻頭に置いて、勝負をかけた。ワンオブゼムの扱いだったこれまでの『西洋色豪伝』などとは、大きな違いだった。

同号の編集後記は「『金色青春譜』は、『新青年』が大衆文学の一面を開拓しようと初めて試みた長編現代風俗小説。恋と名と富、どの時代でも最も大きな話題だ。作者がこれを、どういう風に表現するかが大野心の存するところ。獅子文六氏とは誰？　そんな野暮は云わずに百万長者の未亡人と当世寛一との一騎打ちに活目していただきたい」と記して期待をあおった。では『金色青春譜』とは、どんな小説だろうか。

南の風。晴。午前十一時、気温七十三度。

鰯浪《いわしなみ》と云いますか、やさしい海の笑窪《えくぼ》が、シャンパン色の日光を、閃々《せんせん》と反射して、ベタ一面に、愛嬌《あいきょう》を振り蒔《ま》いている。渚《なぎさ》へ寄せる音さえも、娯《たの》しい二人の忍び笑いほどでしかありません。これで、冬向きの時化《しけ》でも食えば、忽ち白い牙《きば》を剝《む》き出して、ヨットの一、二隻を掻《か》っ払う暴《あ》れ方をしないでもないが、時やまさに、恋によろしく、事業によろしき薫風和順《くんぷうわじゅん》の候《こう》——海だって、山だって、機嫌の悪い筈《はず》はない。

どうです、快調な出だしでしょう。初夏の浜辺の明るい光が浮かんできます。「気温七十三度」とはセ氏でいうと二三度前後。続けて引用してみよう。

日本ドオヴィルと謡《うた》われるK海浜都市、ちょうどシーズンの開幕五分前です。別荘地帯は畳屋さんと植木屋さんの出入りが急がしい。町の食料品店は横浜からモカとジャバの珈琲《コーヒー》豆を、呉服店は東京から田村屋の浴衣《ゆかた》地、薬屋はバス石鹸とそれからSemoriを、ウント仕入れました。町役場では……

ドオヴィルはフランス北西部、イギリス海峡に面した有名な避暑地、Semoriは避妊薬であり、K海浜都市とは鎌倉だろう。なんともおしゃれな書きぶりだ。昭和初期の現実の鎌倉より、もっと理想化されて、モダンボーイたちの憧れをあおっている。

「初夏の鎌倉のビーチ、就職できない三人の天保大学（慶応大学のもじりか）卒業生が、砂浜に寝そべっている。彼らの女主人で大富豪の夫人が浜を散歩するのを待っている。

お供をするのだ。そこへ、高利貸を始めた大学の仲間が現れた。男は三人に借金の返済を催促、不当な利息だ、いや合法だ、と大喧嘩が始まったところに美しき夫人がやってきて高利貸の青年に一目ぼれ、ところが青年は金しか興味がない。お金と恋と事件が入り乱れ、てんやわんやの大騒ぎに。

歯切れのいい文章、鮮やかな場面転換、気のきいたセリフ、ときおり現れるキザなフランス語（カルチェ・ギンザとか）、いずれも後年の文六文学の特徴がはやくも現れている。

軽井沢のシーンが必要になると、文六は自費で取材に行った。軽井沢のホテルは高くてとても泊まれないので、近くの新鹿沢温泉の安宿に数日逗留、軽井沢に通って観察、取材した。綿密な現場取材をして、細部をおろそかにしない文六のやり方だ。もっとも後年になると、細かい取材は編集者に任せ、その報告を利用していたが。

学生、青年高利貸し、富豪の夫人、鎌倉や軽井沢といった避暑地。いうまでもなく、尾崎紅葉《おざきこうよう》の『金色夜叉』を下敷きにした小説だった。これを昭和初年の「大学は出たけれど」の不況の世相、成金による金権主義をからめ、しゃれた風俗小説に仕立てた。連載は回を追うごとに好評で、獅子文六とは誰か、と噂された。

千駄ヶ谷に腰を据える

『金色青春譜』を書く直前、文六の生活に大変化があった。再婚と、それに伴う千駄ヶ谷への転居である。

文六は、昭和九年四月、四国の愛媛県出身の富永シヅ子と見合いし、結婚した。姉の友人の紹介だった。

シヅ子は故郷で結婚したがすぐに離別、ひとりで東京に出、裁縫教師として働いていた。

名前のとおり、おとなしくて控えめで、夫が上着を着ようとすると、いつのまにか後ろに回って袖を通すのを助ける、というタイプの女性だった。

幼い娘巴絵は次から次へと病気をした。カトリック系の女学校の寄宿舎に入れていたとき、肺炎が悪化し、生死をさまよったこともあった。文六はこのとき、付き添いのため三週間も病院に泊まり込んでいる。婆《ばあや》や女中を雇い入れたが、台所しごとをこなすのがやっとで、女の子を育てるには、男親だけでは難しい、とつくづく実感するのだった。それに、第一、このままでは仕事ができない。

再婚を考える際、新しい妻は、家庭生活の協力者、娘の義母として役に立ってくれれば、ということを第一の条件とした。こうした考えは自分勝手ともいえるが、といって夫婦の愛情はどうでもいいというわけではない。一番恐れたのは、「継子《ままこ》苛《いじ》めをするような、心の毒を持った女である。私は何が嫌いといって、古来の継母物語ほど、不愉快なものはない」(『娘と私』)。

幸い、シヅ子は継母として、文六の娘に真実の愛情を注いだ。夫婦間に暗雲が漂った時期もあったが、それも乗り越えた。戦後の混乱期に、文六一家が頼った疎開先は、シヅ子の故郷の愛媛県岩松だった。

千駄ヶ谷駅から南へ六、七分歩くと林に囲まれた千駄ヶ谷八幡宮(現在の鳩森八幡神社)がある。新居はそのわきの坂を降りたあたりの家だった。当時の千駄ヶ谷一帯は、徳川家の広大な屋敷がある静かな住宅地だったが、通りには床屋や荒物屋など商店もあり、山の手と下町が入りまじったような町だった。近所に住む林銑十郎陸軍大将に大命が降下(首相就任要請)されたとき(昭和一二年一月)は、深夜に何台もの新聞社の黒いハイヤーが、狭い通りを埋めた。町内会による首相就任祝いの提灯行列もあった。

文六はこの町が気に入った。

午前中、仕事場にした二階の四畳半で原稿を書く。昼食後は神宮外苑を一時間以上かけて散歩する。外苑は東京でも珍しい、西洋風の広い公園で、文六はパリのブーローニュ公園を思い出した。わずらわしかった家事と娘の世話は、再婚した妻が親身にやってくれた。

文六はこの新しい家で、再出発する気持ちになった。

荷が軽くなった馬は、速く走らなければならない。「階下《した》では、妻子が、口を開けて、餌《えさ》を待ってるのだ」（『娘と私』）。

再出発を象徴することがあった。

帰国して日本の家で住むようになっても、文六は、脚の長いデスクにむかい、椅子に腰掛けて原稿を書いた。わざわざ家具屋にゆき、高価なデスクと回転椅子を買い、据え付けたのだった。家では和服を着ることが多かったが、外国生活の癖で、椅子に腰掛けないと、ものが書けなかった。

千駄ヶ谷転居が決まって、文六はその愛用していた洋式のデスクの脚を切らせた。座って原稿を書こうと思った。座布団をしいてペンを持とうと思った。日本の社会に、日本人として、腰を据えてかからねばならない、と思った。

「私の生涯でのうちでも、この時ほど、時間の新鮮さと、日常の緊張を感じたことはなかった。四十を過ぎていた私だったが、新月《しんげつ》を仰いで、旅路に出る若者のような、胸の轟《とどろ》きがあった」と後に記している。

3 『悦ちゃん』

家庭小説

かつて日本の文学のジャンルのひとつに、家庭小説というものがあった。

親子兄弟、家庭の団欒《だんらん》の場で話題にされる健全な読み物とされ、今でいうと、テレビのホームドラマのイメージに近いかもしれない。近代的な自我を追求し、社会の欠陥を問題視するあまり、ややもすると観念的で、深刻な小説に対抗して、明治中期ころから新聞小説に登場、儒教的な道徳やキリスト教の愛の思想をバックボーンに、健全で明るく、人生の調和や光明の面が描かれた。むろん、小説だから謹厳な紳士や貞婦ばかり登場するわけではなく、家制度に縛られるなかでの男女の葛藤や、ゆれる夫婦愛も描かれた。明治三〇年代（一八九七〜一九〇六）に大人気を博した尾崎紅葉『金色夜叉』や徳《とく》冨蘆花《とみろか》『不如帰《ほととぎす》』も家庭小説とされる。

大正期には菊池寛、久米正雄らが家庭小説の書き手として活躍、菊池の『真珠夫人』は平成になってテレビドラマ化され、評判になったのは記憶に新しい。昭和に入って、山本有三は道徳的な作風を、文六は風刺と笑いを家庭小説に取り入れ、お涙頂戴的な感傷主義と一線を画した。文六は昭和の家庭小説の大家といわれる。

彼の家庭小説の代表作といえば、戦前は『悦ちゃん』、戦後は『娘と私』ということになるだろう。『悦ちゃん』は小説であり、『娘と私』は自伝的な作品だが、両作品とも、自らの家庭生活を色濃く映し出している。

『悦ちゃん』は昭和一一年（一九三六）、報知新聞に連載された。記念すべき初の新聞小説である。『新青年』に連載した『金色青春譜』が好評で、報知から声がかかった。報知は現在のようなスポーツ新聞ではなく、中堅の新聞として古い歴史があり、大正末から昭和初めにかけ、白井喬二の名作『富士に立つ影』を連載した新聞だった。文六は四三歳になっていた。

再婚して、家事にわずらわされることもなくなった。千駄ヶ谷に引っ越して、心機一転、創作に邁進する意気込みだった。『金色青春譜』によって小説家としてようやく知られてきた。本職の演劇活動も、翌年、新しい劇団（文学座）を立ち上げる。もろもろが前に進み始めようとする時期だった。

主人公の名をとって『悦ちゃん』というタイトルにしたが、新聞社側は愛想がない、といい顔をしない。漱石に『坊っちゃん』という小説があり、あんなに売れてるではないか、といったら、それもそうだということになったという。ある説によると、そのころ、フィギュアスケートの稲田悦子という少女が人気を集めており、文六はこれに目をつけたのではないか、という。

その年の二月六日から、ドイツの保養地ガルミッシュ・パルテンキルヘンで冬季オリンピックが開かれた。当時は夏の大会と同じ年、同じ国で冬季オリンピックがあり、ヒトラーのドイツは、夏のベルリン大会の半年前に、当地で冬季大会を開催した。

日本からは、一二歳の小学生、稲田悦子がフィギュアスケートで出場した。オリンピック史上、最年少の選手の小学生が、大人たちを相手に大健闘、二六人中一〇位に入った。彼女は「悦ちゃん」と呼ばれて人気者になった。文六の連載は七月からであり、この「悦ちゃん」人気にあやかった可能性がある。なお、ヒトラーが開会宣言をしたその冬季オリンピックと同じ月に、日本では二・二六事件が起きている。内外ともに激動の時代を迎えていた。

新聞小説の執筆にあたり、文六は、当初、まるで自信がなかったという。最初の新聞で失敗したら、それっきり注文はこないだろうから、雑文書きで何とかやっていこう、と腹を決めていた。

『悦ちゃん』の向日性

『悦ちゃん』は昭和文学史に残る快作だと私は思う。ストーリーを紹介しよう。

売れないレコード歌詞の作詞家碌《ろく》さんは、妻を失って二年になるが、一〇歳の元気のいい娘、悦ちゃんと二人で暮らしている。再婚を考え、インテリ女史と付き合い、結婚寸前までゆくが、誤解が生じ、女史が断ってくる。一方、悦ちゃんをかわいがる百貨店の売り子鏡子さんにも別の縁談があるが、こちらも進まない。碌さんは悩んだあげく蒸発し、行方知らずになる。

声のいい悦ちゃんは、天才少女歌手として、父親碌さんの歌詞をラジオで放送することになった。悦ちゃんは本番で、歌詞をわざとかえて、「教えてよパパ　どこにいるの」と歌い、ラジオ局の大人たちを真っ青にさせる。ラジオを聴いた碌さんは悦ちゃんのもとにもどり、鏡子さんと結婚してめでたしめでたし、継母と娘は仲良く暮らす、という話だ。小説は、ママハハをからかう友達に向かって言う悦ちゃんの次の言葉で結ばれる。「ママハハというのは、ママとハハが一緒になったンだから、一番いいお母さんなのよ。みんな田舎《いなか》ッ平《ぺい》だなア、なんにも知らないや！」

キャラクターがいささか図式的なキライはあるが、「ちえッ」「詰《つま》ンねえの」「わけないぜ」などと、男の子のような口の利き方をする元気いっぱいの悦ちゃんの姿が、新鮮で魅力的だ。オテンバ少女が主人公の小説なんて、新聞小説にあまりなかったのではないか。パパ、ママという呼び名も、当時は都会的でしゃれた響きがあったに違いない。

二・二六事件のあとで、世のなかになんとなく不安感が漂うときに、イキのいい向日性の小説は歓迎された。連載中に早くも映画化の話が舞い込み、さらに朝日新聞からも、連載の依頼がきた。作家獅子文六のジャンピングボードになった作品だ。

文六は、チャプリンの『キッド』のようなものを書きたいと思った、と回想している。『キッド』は、捨てられていた赤ん坊を偶然、拾って育てることになった貧しい男が、成長したその少年とふたりで暮らす物語。少年のいたずらぶりとチャプリンのさびしげな後ろ姿が印象的な作品で、チャプリンの代表作の一つだ。文六は、『キッド』を頭のすみにおいて、自らの家庭を材料に『悦ちゃん』を書いた。

私はチャップリンが好きで、『キッド』なぞは外国へ行く前に二度、パリの場末映画館で二度も見てる。

それほど見飽きがしなかった。通俗といえるが、いやらしくない。そして、面白い。その面白さは、卓抜で、追従を許さないものがある。パリの芸術家もチャップリンには、特別の尊敬を払ってた。

（「出世作のころ」）

通俗といえるが、いやらしくなく、面白いというのは、文六の小説の本質といえるかもしれない。

妻と死別し、残された娘を連れて再婚という設定は文六の家庭と同じだ。姉が再婚をアレンジする、というところもそっくりだ。「悦ちゃん」の造型も、当時の娘の言動を大いに参考にしたようだ。「そのころのハツラツさ加減というのは、ちょっとズバ抜けてた。やはり、男親の手許《てもと》で育てると、言葉使いでも、動作でも、オテンバになるのだろう」（同）。「悦ちゃん」もオテンバだが、本当は淋しがりやの女の子だ、継母になる鏡子さんに甘えるところが、かわいい。

実生活では、当初、再婚した妻と娘の間に、いまひとつ膜のようなものがあった。妻は義理の娘を大事に扱うが、どうしても遠慮がある。ムリが生じる。そこで、小説に、実の母と娘以上に無類に仲のいいママ・ハハとママ・コをつくりあげ、妻を激励したいという気持ちが生まれたという。同時に、日本古来のじめじめした継子いじめの物語を粉砕してやれ、という気分もあった。

読者の反応は早かった。評判いいですよ、と新聞社からいわれ、励みになった。ある百貨店は、主人公の少女がかぶる帽子をイメージした子ども用の帽子「悦ちゃん帽」を売り出した。日活で映画化もされた。文六作品はその後、いくつも映画化されるが、『悦ちゃん』はその最初になる。

映画の前宣伝もかねて、主催者は悦ちゃん役を一般から募集し、コンテストを報知新聞の講堂で大々的に開いた。オドオドする子、媚態を示す子もいて、審査員の文六は父親の感情からだんだん不愉快になってきた。その審査の夕、応募したある母娘が文六の自宅を訪ねてきて、ぜひ入選させてくれ、といってきた。文六は、家にも女の子がいるけど、あんなものに出さないね、と不機嫌に応対した。自宅まできて頼み込むというのも、熱心さというより、なにかアンフェアな感じがして、文六の好みではなかった。作品があたり、人気を博することの怖さを、少し知った、と文六は『娘と私』で回想している。主役を射止めた少女は、芸名も「悦ちゃん」とつけて、その後も子役として活躍した。

余談だが、この映画に、まだ無名の若き沢村貞子が磯さんの姉役で出演している。撮影所を訪れた文六は沢村を紹介され、「その女優さんの顔を見ると、とたんに、この人はなにか持ってるな」と感じ、脇役ではもったいないように思った。ちなみに、彼女の実弟、加東大介は戦後、『大番』のギューちゃん役に起用され、大ブレークした。

矢継ぎ早の新聞連載

『悦ちゃん』があと数カ月で完結というころ、朝日新聞から連載の誘いがきた。朝日の連載小説といえば、夏目漱石以来の伝統があり、作家の檜舞台である。

文六は、報知と掛け持ちで、朝日（夕刊）に『達磨町七番地』を書く。先に述べたように、この作品はパリ時代に経験した日本人留学生の生態を描いた作品なので、スジや人物を凝らずにすんだ。『達磨町』のあとの連載小説は、永井荷風の代表作とされる

『濹東綺譚《ぼくとうきだん》』だった。

一二月一一日の朝日紙上に、「絢爛《けんらん》・本紙新春の小説」という五段ぬきの大きな社告が載っている。一番目立つ中央には「山本有三作　路傍の石」で、山本の顔写真と作者の言葉、右手には「永井荷風氏登場」という見出しで、「うつし世の目も綾な風俗図絵を展開」と解説がある。タイトルは明示されていないこの作こそ『濹東綺譚』だった。左手には吉川英治の『宮本武蔵　続々編』が紹介され、中央の下に『達磨町七番地』の見出しと記事が、文六の顔写真とともに、載っている。全文を引用してみよう。

新春の夕刊中篇小説は獅子文六氏の初舞台です。フランス文学の岩田豊雄氏が、その清新なるタッチと爽快なるユーモアで、ユーモア文学界を席捲した獅子文六氏その人ですが、この一作題して「達磨町七番地」。作者は「日本人の日本人らしさは、外国の空気の中で、却《かえ》って鮮明に見えたりする。いずれにしても、僕は外国にいる日本人の怒ったり、笑ったりする姿を描きたいのだ。達磨町とはその都に住む日本人間の通称で実は d'alma 町と書くべきである」と語っている。

『路傍の石』『濹東綺譚』『宮本武蔵』。昭和の新聞小説の名作ばかりだ。その一角に、文六は食い込んだ。

『青春売場日記』

婦人雑誌の雄、『主婦之友』（当時）からもそのころ、連載を頼まれ、昭和一二年一月から『青春売場日記』を半年連載している。獅子文六のデビュー小説『金色青春譜』から三年、『悦ちゃん』（報知新聞）が大評判になった翌年だった。演劇関係では、劇団「文学座」をいよいよ立ち上げた年だった。平成二〇年（二〇〇八）五月、その雑誌『主婦の友』が休刊になった。大正六年（一九一七）創刊の老舗《しにせ》の月刊誌であり、戦前戦後を通じて、昭和時代を代表する婦人雑誌だった。文六ともっとも縁が深い雑誌だ。

主婦という言葉が登場し始めた大正半ばに創刊された。当時、「婦人」が、「婦人解放」や「婦人参政権」のようにややハイクラスな女性のイメージがあるのに比べ、「主婦」は中流の下あたりの家庭婦人を指したという。創業者の石川武美《たけよし》は、このあたりの層がこれからの読者と見て取ったのだろう。石川の狙いはみごとにあたり、創刊三年ではやくも最大の部数を誇る婦人雑誌になった。ワイシャツの型紙や家計簿の付録など実用性が受け、同時に谷崎潤一郎ら一流作家が寄稿する教養イメージも人気を押し上げた。

当時、『主婦之友』は定評ある作家の小説のみを掲載し、新人の出る幕ではなかったから、そこから依頼がくるのは文六に驚きと安心を与えた。ただ注文は、人気挿絵画家田中比左良の絵が主役といえる口絵入り小説で、堂々たる長編小説を期待していた文六は少なからず、ガッカリした。

『青春売場日記』は、若い女性の憧れだったデパート（当時の言い方では百貨店）の店員を主人公にした、いかにも婦人雑誌にふさわしい小説だ。

昭和初年、都心の百貨店はモダンガールが闊歩《かっぽ》し、有閑婦人がお抱え運転手を従えて買い物をする華やかなスポットだった。モダン都市の象徴であり、時代の新しい風俗だった。文六はいつも時代の流れ、新風俗を見逃さない。現場取材や関係者の座談会、職業用語の採集などは『主婦之友』編集部が協力した。文六は、後に大家になっても取材、調査に手を抜かず、ディテールを大事にしたが、この作品も舞台や背景を書き込んでリアリティを追求した。

三越、髙島屋、白木屋の女店員を集めて、業界の裏話や奇妙なお客の話を聞いた。女店員は「あんみつ」が大好物と聞いてさっそく取り寄せてみると、甘い蜜豆の上にさらにあんをのせた、死ぬほど甘い「あんみつ」が運ばれてきて、文六ら男どもは驚いたという。当時「あんみつ」は一般的ではなかったようだ。「あんみつ」は百貨店ガールのお好みとして、小説にしっかり登場している。白木屋日本橋本店の有名な火事から、五年たっていた。

『青春売場日記』は好評を博し、今度は口絵小説ではない、ちゃんとした長編小説を依頼され、同年八月から『胡椒息子』の連載が同誌で始まった。前月に北京郊外で盧溝橋《ろこうきょう》事件が勃発し、日中戦争が始まる、まさにそのときだった。同誌は掲載にあたり、「こういう時代であればあるほど、私は人生に笑いを持って来たいと思うが、今までのユーモア小説は既に行きづまっているのではないか。ただ読者を擽《くすぐ》って笑わせるだけでは行きづまらざるを得ないであろう。……私は『胡椒息子』を通して人生の真の姿を、読者とともに語り合いたい」という「獅子文六先生の言葉」を載せている。

社会はますます窮屈になってきたが、実用と教養の二本柱で、『主婦之友』は順調に部数を伸ばし、太平洋戦争中の昭和一八年七月号はなんと一六三万部のピークを記録した。文六は新聞に小説を書きつつ、『主婦之友』にも『信子』『おばあさん』などの佳品を執筆した。

4　文学座創設と開戦

現代人の演劇を

文六はもともと、本名の岩田豊雄の名で演劇人として世に出た。

フランスから帰国後、当面はマリーのフランス語の教授が家計を支え、文六はカネにならない演劇研究、翻訳を続けた。帰国の翌年の大正一五年（一九二六）一一月、パリでの経験をもとに『現代の舞台装置』（中央美術社）を出版する。文六の記念すべき最初の著作が演劇関係で、しかもテーマが舞台装置だったのは印象深い。イデオロギー、観念性を嫌い、具体性、即物性を尊ぶ文六の生き方を暗示しているようにみえる。

処女作といっても、この本の三分の二は、文六が足しげく通ったビュー・コロンビエ座など、フランスやドイツの舞台の写真や絵である。滞欧中に手に入れた本やプログラム、舞台写真、自分で書いたスケッチから採録したという。冒頭はピカソによる斬新な舞台装置（ロシア舞踏）のカラーグラビアになっており、実際的で、しかも贅沢なつくりだ。こういった舞台装置の画集は日本では初めてだったそうで、文六は序文で「売れてくれれば大慶である」と結んでいる。なお、普通はこういう場合、「読んでくれれば」じゃないだろうか。文六らしいといえなくもない。

昭和の初めは、いわゆる円本ブームで、浩瀚《こうかん》な文学全集などが安価で続々、出版された。文六もその余沢にあずかり、『近代劇全集』（第一書房）の翻訳の仕事で一定の収入を得るようになった。そのころから、劇作家・岸田國士と親交を深め、若手俳優、友田恭助・田村秋子夫妻が作った築地座に顧問格として加わり、ルナールの『にんじん』などを演出、演劇人として認められてゆく。

この築地座が解散してしばらくして、文六は、岸田や久保田万太郎と、新しい劇団の創設を決意した。「真に魅力ある現代人の演劇をつくりたい。現代人の生活感情にもっとも密接な演劇の魅力を創造しよう」という趣旨で、当時、演劇界の主流だったプロレタリア演劇に対抗する考えだった。友田・田村夫婦にも参加を呼びかけた。昭和一二年（一九三七）六月ころだった。

文六、岸田、久保田の三人が幹事になり、当面の責任者として半年交代の当番幹事を設けた。スタート時の当番幹事は文六が引き受けた。

新しい劇団は文学座という名にした。文学座のフランス語名の頭文字LTをデザインした座の紋章も、文六のアイデアだった。文学座は文六のイニシアチブでできた劇団だった。

「三先生が新しい劇団を作るという噂が流れ、ぼくも入れてもらおうと、愛宕山《あたごやま》の放送局の近くの公園で、俳句を作るためでしょうか、小さな手帖を持って散歩していた久保田万太郎先生に、直訴したんです」

平成一七年（二〇〇五）、当時の文学座代表で新劇界の最長老だった戌井《いぬい》市郎《いちろう》さんから七〇年前の文学座創設のころの話をうかがった。当時戌井さんは二〇歳前後。創作座という劇団で演出をしていた。「でも久保田先生は、けんもほろろで、人事は岩田君に任せてある、というんです」。そこで戌井さんは知人に伴われ、千駄ヶ谷の文六宅を訪れる。

襖が開いて鴨居をくぐるようにして部屋に入ってきた文六は「和服を着た大きい人で、めがねの奥から怖い目つきでにらまれてね。縮み上がる思いでした」。戌井さんは舞台監督をやるようにいわれ、文学座の創立メンバーに名を連ねることになる。その後、よく千駄ヶ谷の家にお使いに行った。当時まだ小学生だった娘巴絵と、自宅にあったピンポン台でピンポンをやったという。

文六のとっつきの悪さ、無愛想ぶりは多くの人が書き残している。内向的で人見知りが激しく、愛想のない顔、それに当時としては巨漢といえる一七五センチの背丈も、相手に威圧感を与えた。

文学座結成の少し前のことだが、田村秋子は築地座の稽古場に、岸田と一緒にきた文六を見ている。

岩田先生はよくいらしったんです。ただ黙って芝居を見ていらしって、なんだか、ふゝんていう顔をいつもしていらっしゃった。

（『一人の女優の歩んだ道』）

『にんじん』を演じる田村は岸田に強く勧められ、おそるおそる演出を頼みに文六の家へ行った。玄関先に現れた和服姿の文六が、首に小さいスカーフを結んでいたのをよく覚えている。「うん、それで君、巧くやる目算あるかい」と尋ねられ、目算はないが、言わなければ引き受けてもらえないので、「あります」と答えた。

そのとき、おかっぱ頭の少女が文六にまとわりついていたという。娘の巴絵であろう。文六は娘の相手をしながら、田村と話した。『にんじん』公演は昭和九年だから、このエピソードはその年の初めか前年になる。病気の妻をフランスの実家に送り届け、父と娘と二人だけの生活が続き、ついに音《ね》をあげて娘を白百合女学校附属小学校の寄宿舎に入れたころだった。日曜日かなにかで寄宿舎から戻っていたときのことかもしれない。父親と片ときでも離れたくない、孤独な少女とそれを見守る父親のようすがうかがわれる。

文六の指導は細かく、厳しかった。田村は「当時の先生のご生活は、あとになって『娘と私』などで、はじめて承知したわけですから、私には、利かぬ気の、妥協など全く許さない恐い先生としてよりうつりませんでした」と回想する（『牡丹の花』所収「演出者岩田先生」）。

久保田のように、口移しにセリフを納得させるでもなく、岸田の暗示的な演出とも違う。膝詰め談判のように机をはさんで相対し、セリフを、つまり活字を、音符のように一度バラバラに解体し、その上で改めて一行一行のセリフをつなげ、しゃべらせる。そこからくる微妙な効果、音として口から発せられたときの音色を、文六はもっとも大事にしたという。終わって文六の家をでると、田村はがっくり疲れて、口をきくのも億劫なほど疲労を覚えたが、この演出法に慣れ、文六の意図がわかりかけてくると、稽古中の身の引き締まる思いが、むしろ快さに変わったという。

看板俳優友田恭助の戦死

文六らが文学座の立ち上げを準備していた昭和一二年（一九三七）七月、中国で日中軍が衝突した。北京郊外の盧溝橋付近で、偶発的な戦闘が起きた。いったんは現地で停戦に向かうが、首相になったばかりの近衛《このえ》文麿《ふみまろ》は事態を収拾できず、戦線は華北地方から上海方面にも拡大、全面戦争の様相を呈した。政府は内地三個師団の大陸増派を決定、国内は一挙に戦時色に染まった。戦時歌謡の代表作、古関裕而《こせきゆうじ》作曲、藪内喜一郎作詞の「露営の歌」（勝ってくるぞと勇ましく、誓って故郷《くに》を出たからは……）はこのときつくられ、出征兵士に愛唱された。

召集、動員が始まった。男たちはつぎつぎに戦場に駆り出された。

名作『人情紙風船』を撮ったばかりの映画監督山中貞雄も八月、陸軍伍長として召集され、大陸に向かった。若き小津安二郎もその翌月、やはり陸軍伍長で応召、出征していった。山中はこの年末、南京攻略戦に参加、翌年九月、急性腸炎が悪化して河南省の野戦病院で戦病死している。

三八歳の友田恭助にも召集令状がきた。文六から新しく発足する文学座に誘われ、張り切っていたときだった。

友田は明治三二年（一八九九）、東京日本橋で生まれた。早稲田大学在学中から演劇に打ち込み、小山内薫《おさないかおる》らと築地小劇場の創立に参加、のちに妻田村秋子と築地座を創立した。知的な演技、舞台映えする風貌、なにより芝居への熱意が、文六や岸田國士らに期待された。

二二歳のとき、水戸の工兵隊へ一年志願兵として入隊した。徴兵されれば二年だが志願すれば一年ですむからだった。軍隊生活はいやでいやでたまらなかった。田村秋子によると、友田は動物を飼ったり、花が好きだったので、志願兵の希望として、伝書鳩係と書いた。だが体が大きかったせいか、工兵にまわされた。これが後に運命の分かれ目になる。

九月一日夜、突然、蒲田区役所の係員二人が、提灯をつけて友田家にやってきた。召集令状だった。田村は回想する。「この時はあたし、ふるえがきちゃって、口のなかのつばきがなくなり、それは何とも形容できない気持だったわね。一瞬さっと血がひくというのは、あの事だった」（『友田恭助のこと』）。

赤羽の工兵隊への入営は、わずか一週間後だった。あまりにも突然のことで、田村は戦争を実感として受けとめられず、どこかのんきなところがあったが、入営の日が迫ると、だんだん気持ちが異常になってきた。芝居で丸坊主になるのは厭わなかった友田は、今回はぎりぎりまで髪を切らず、坊主頭にしたのは入営の直前だった。入営の前日の六日、久保田の家で友田の壮行会をかねて、文学座結成の集まりがあった。この日昭和一二年九月六日は、現在でも文学座創立の日になっている。

入営の日、文六は蒲田の友田の家に行き、見送っている。坊主頭に赤たすきをかけた友田は、赤ン坊の長男英司を抱き、頰をなぜてから、出発した。赤羽で一〇日ほど訓練し、一六日、伴田五郎（本名）陸軍工兵伍長は、赤羽から中国戦線に向かった。

田村は出発日の深夜、途中の品川駅のホームで一〇分間、会うことができた。列車内では兵士たちが、狂ったように万歳を叫び、軍歌を合唱していた。発車ベルがけたたましく鳴り、兵士を満載した列車がゆっくり動き出す。友田はデッキにつかまり、軍歌を怒鳴りながら、出発していった。

浜松から、神戸から、戦線から、友田の手紙が田村へ届いた。

九月一八日　神戸にて　昨夜神戸の宿舎に一泊、……今朝四時半に急に起され五時半集合、乗船、出発と本当に寝耳に水。唯今六時半、港へ行く電車の中でこれを書きます。

九月二七日　無事にやっています。心配しないように。胃はクレオソート丸のお蔭で一度も悪くならない。水の不足には弱っています。……「クリークに後ろを向けて野糞かな」

十月一日　昨日、栄造さんの戦友に偶然会ったので、英司君（長男）の写真に言伝を添えてたのみました。……英司その後丈夫ですネ。では又出します。十六日（誕生日）には何か英司君に買ってやってください。

十月五日（最後の手紙）明朝○○方面で歩兵をクリークを渡すことになりました。或はこれが最後になるかも知れぬ。皆によろしく云って下さい。私も今では落ちついています。今分隊の兵にハガキを別《わ》けてやって、それぞれの家へ便りを出してもらいました。ではさようなら。

この最後の手紙は、だいぶ寒くなった雨の日、ひっそり家のポストに入っていた。戦死の通知のしばらくあとだった。田村は、実家から駆けつけてきた父と二人でこれを読み、二人とも声をあげて泣いた。

友田はこの最後の手紙が暗示するように、一〇月六日午前一一時五〇分、上海郊外呉《ウー》淞《スン》クリーク（運河）で戦死した。

工兵隊は歩兵をクリークの向こう岸に渡らせねばならない。対岸には、敵兵が機関銃を構えて待ち構えているが、渡河作戦は決行された。工兵伍長の友田は、一〇人の歩兵を乗せた鉄舟をクリークに漕ぎ出した。銃弾が雨あられと飛んでくる。あと五メートルで対岸に着こうというところで、友田は弾を胸に受け、漕いでいた櫓《ろ》を抱えたまま、崩れるように倒れた。

たまたま読売新聞の従軍カメラマンがこの作戦を撮影していた。友田の最期の情景を収めた写真とフィルムは、特ダネとして読売に載り、ニュース映画になって、国内の映画館で上映され、大きな反響を呼んだ。
もし友田が望んだように、軍務が伝書鳩係なら、つまり通信兵なら、こんなところで死なないですんだはずだ。赤紙から、わずか一カ月、あっけない死だった。

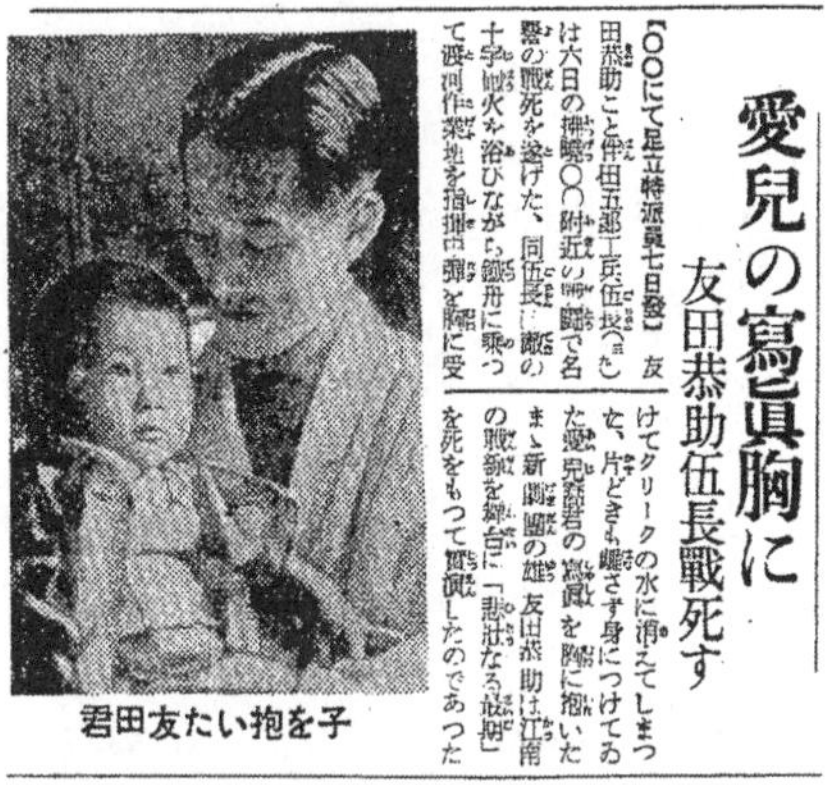

愛兒の寫眞胸に
友田恭助伍長戰死す

【○○にて足立特派員七日發】友田恭助こと伴田五郎工兵伍長(三七)は六日の拂曉○○附近の激闘で名譽の戰死を遂げた、同伍長は敵の十字砲火を浴びながら鐵舟に乗つて渡河作業地を指揮中彈を胸に受けてクリークの水に消えてしまつた、片ときも離さず身につけてゐた愛兒猛君の寫眞を胸に抱いたまゝ新劇團の雄友田恭助は江南の戰線を舞台に「悲壮なる最期」を死をもつて實演したのであつた

子を抱いた友田君

友田恭助の戦死を伝える新聞（東京朝日新聞昭和12年10月8日付）

友田戦死の報を受け、俳人でもある久保田万太郎は、田村に句を贈った。

昭和十二年十月友田恭助戦死の報に接す
死ぬものも生きのこるものも秋の風

田村秋子に示して友田恭助のありし日をおもふ
帽子すこし曲げかぶるくせ秋の風
子煩悩なりしかず〱野菊咲く
梨剝いてやりながら子に何いへる

友田の訃報が文六家へ伝わった日の夜半、文六の妻シヅ子は「なあに、あれはみんなウソなんですよ」と友田が言った、という夢を見た。翌朝、その夢の話を、文六は妻から聞いた。

友田の戦死は、家族や友人たちばかりでなく、世間全体に重苦しい空気をもたらした。初めての文化人の戦死だった。のちに『週刊朝日』の名編集長として知られる扇谷《おうぎや》正造は、当時、朝日新聞の駆け出しの社会部記者で、田村の取材を担当していた。扇谷はその衝撃をこう記す。「人々は、戦争を身近に感じた。大陸で、誰かが、(同じ日本人ではあるが)戦うのではなくして、我々が、明日にも召集され、傷つき、ひょっとするとそのまま戦死するかも知れない。戦争はもはや他人事《ひとごと》ではなかった。知識階級の背すじには冷たい戦慄さえ走った」(『えんぴつ軍記』)。

英雄化された友田恭助

亀井文夫の映画『支那事変後方記録　上海』(昭和一三年)は、日中戦争初期の上海戦線をリアルに描いた記録映画として有名だ。

映画はまず、上海の高いビルから日本軍の爆撃で廃墟になった市街を俯瞰する。崩れたビル、大穴のあいた建物がいたるところに見える。戦闘が一段落したあとの光景なので、橋を検問する日本軍兵士や秩序が戻って安心する欧米人の牧師らが写る。印象的なのは、街中を行進する日本人兵士を眺める多くの中国人の表情だ。あきらめ、無気力、憎しみ。子どもや大人、老人や女性の無言の顔が、ただひたすら、えんえんと映し出される。日本軍は当局の宣伝とはうらはらに、けっして歓迎されていない、という亀井の秘められたメッセージである。

クリーク沿いに、まだ新しい白い標木がいくつもたつ。日本軍兵士の墓標だ。ここでナレーションが、突然、友田恭助の名前をあげ、俳優の友田はここで戦死したと語る。墓標の前で、戦友らしき兵士が頭を下げる。友田ら決死隊はこの岸からクリークを渡ろうとして、向こう岸のトーチカから十字砲火を浴びて戦死した、とナレーションは続く。

文六は戦後、友田を回想し、「むしろ不器用な役者だ」ったが、「一番の芸術家だった。詩人だった。もし彼が生きていたら、最上の同志だろう。芝居の仕事はああいう男と共に、やって行きたい」と書いている。自分と同じ都会人で、含羞《がんしゅう》があり、素直な性格の友田を、文六はずっと好ましく思っていた。

頼りの主演俳優を失って文学座の前途はあやぶまれたが、若手の熱意で動き出した。旗揚げ公演は有楽座（文六は帝劇と書いているが、『文学座五十年史』に従った）を借りる話がまとまり、稽古に入ろうとするとき、主演女優の田村が舞台にあがるのを固辞する、という事態が起きた。

戦死によって友田は一躍、英雄視され、自宅には新聞記者がおしかけ、一般の弔問客もやってきた。この種の訪問を戦死者の妻は断るわけにはいかなかった。新聞は田村親子の写真を載せ、悲しみに耐える戦争未亡人を演出した。田村はそうした風潮ががまんできなかった。芝居をやる気持ちになれないし、見世物になりたくはない。名誉の戦死を遂げた「軍神」の妻が、健気《けなげ》に舞台に立ちます、なんて役回りは真っ平だった。

有楽座は、田村が出演しないなら客が入るかわからないから、劇場を貸さないという。文六らは「文学座がやっと出来たんだし、友田君がいないのだからとにかく出てくれ」「あなただって役者なら、それぐらいのことはわかるだろう」と説得するが、田村はがんとして応じない。当番幹事である文六は、ほとほと手を焼き、不快感を募らせた。田村の拒否は、筋道がたっているようで、何か納得できないものを感じた。悲しみが深く、とても芝居はできない、という心情ではなく、意固地のようなものにみえた。結局、田村は翻意せず、有楽座公演は流れた。

文六らはとうとう、田村ぬきで出発する覚悟を決め、翌一三年三月、ジュール・ロマン作、文六翻訳の『クノック』などの舞台で、文学座の第一歩を踏み出した。主要な俳優がいないのだから公演と名づけず、試演と称した。

机上の演劇家

文六は原作者、演出、演目決定、運営などで、濃淡はあるものの生涯、文学座と関係するが、最初の数年がもっとも直接的に文学座にかかわった時期だった。逆にいえば、根底は「書斎の人」である文六は、口はよく出すが、劇団のこまごまとした実務を好まず、任せてしまう傾向にあった。劇団の指導者は、一日中劇場に詰め、人と交渉し、舞台を点検し、資金繰りや人繰りに頭を悩まさねばならない。劇場という空間を心から愛さねばできない仕事である。

文六は昭和一七年に出版した随想集『劇場と書斎』の序文で、そのあたりをこう語る。「自分が果して劇場側の人間であるか、それとも机上の演劇家に過ぎないか、疑問におもってる」。この二〇年間、劇場と書斎を彷徨《ほうこう》しただけではないか。劇場は「明る過ぎ、騒々し過ぎる場所」で、書斎は「暗過ぎ、寂し過ぎ」、どっちにも不満と魅力を感じてきたが、「劇場の不満は書斎が救い、書斎の魅力は劇場が反発した」。ところが、最近は「現実の劇場なるものに、以前ほどの魅力を（恐らく不満をも）感じなくなってきた。そして、わが書斎の暗さや寂しさが、一向苦にならなくなってきた」。そして、「近い将来に、自分は彷徨の脚を休めうるのではないか」と、書斎に重きを置く生活に向かっていく予感を述べている。予感どおり、その後、文六は作家業が本業になっていく。

文六は基本的に人嫌いで、他人との折衝は苦手だった。盟友岸田は大政翼賛会の文化部長に就任して文学座から離れ、久保田も文人気質で実務に疎《うと》く、劇団の地味な実務、運営は、次第に杉村春子、戌井市郎ら中堅スタッフが担っていくことになる。

文六の演劇の盟友で、ライバルでもあった岸田國士について、語らなければならない。文六より三歳年上の岸田は、東京・四谷生まれで、陸軍士官学校を卒業するが、文学に傾倒、東大仏文選科に学んだ。その後、フランス・パリに留学、文六と同じくジャック・コポーのビュー・コロンビエ座に魅せられ、ヨーロッパの先端演劇を学んだ。文六のパリ時代とほぼ重なるが、向こうでの面識はなかった。

帰国後、岸田は『チロルの秋』『紙風船』など新作をつぎつぎに発表、新進戯曲家として華やかなデビューを飾った。文六と意気投合して築地座、文学座と行動をともにしたが、名声ははるかに岸田が勝っていた。小説にも才能を発揮し、昭和一三年、朝日新聞に連載した『暖流』は好評だった。昭和一五年、大政翼賛会の文化部長に就任。世間は驚き、歓迎した。

このとき、岸田はファッショに対して文化の防波堤になるためあえて火中の栗を拾った、という人もいたが、文六はクールに、「〝あちら側〟の人間になって、その上で、人のやらない仕事をやってやろう」という気持ちだったのだろうと推察する。「彼は新しい勢力に対して、常に敏感」だった、とやや皮肉をこめて、評している。大政翼賛会にかかわったことにより岸田は、戦後、追放になった。

先にも記したように文学座は築地小劇場直系のプロレタリア演劇へ対抗して、芸術至上主義の立場で旗揚げした。

といっても文六は、理屈優先の高踏的な演劇を志向していたわけではない。文学座のスローガンの一つに、大人の観る芝居というのがあったが、それは、岸田、久保田、文六の三人に共通した考えだった。プロレタリア演劇は子どもの芝居だ、という認識があった。

大人の鑑賞に堪えられる芝居、あるいは文学は、文六芸術のキーワードだが、大人の芝居については文六は「中間文学的戯曲」と呼んだ。中間文学とは今で言うエンターテインメント小説を指すが、パリ留学中に接した良質のブールバール（大通り）芝居が頭にあった。この路線は文学座の伝統として、マルセル・パニョルの『マリウス』（邦題『蒼海亭』）から始まり、『富島松五郎伝』『女の一生』、さらに戦後の『鹿鳴館』『華岡青洲の妻』と続いてゆく。

『無法松の一生』の誕生

福岡の作家、岩下俊作の『富島松五郎伝』に注目したのは文六だった。地元の同人誌『九州文学』に発表され、直木賞候補にのぼり、『オール讀物』に掲載された。文六はこの作品を『オール讀物』で読み、感心し、文学座の若い劇作家森本薫に脚色するように指示した。

喧嘩、博打《ばくち》、酒好きだが純情で義理人情に厚く、出入りしていた軍人の未亡人をひそかに愛するものの打ち明けられず、孤独に死んでゆく富島松五郎という、人力車夫の物語だ。フーテンの寅さんこと車寅次郎の原型ともいわれる男だ。

大陸での戦争が泥沼化し、窮屈な時代を迎えていた。戌井市郎さんによると文六は「今の時代、天下泰平なものでいいか。最低限、時代に反応したものも必要だ」と考えていた。この作品は自己犠牲の物語だから、今の社会に立派に通用するといい、森本に「日本のシラノだと思え」とハッパをかけた。

ロスタン作の『シラノ・ド・ベルジュラック』は、醜い鼻を持つ剣士シラノが、美しい娘ロクサーヌにかなわぬ恋をする、という物語で、高踏派からは軽くみられていたが、多くの観客から愛されていた芝居だった。『松五郎伝』はシラノに近いテイストを持ち、上質の芝居になりうると、文六は踏んでいた。

脚本森本、演出里見弴、松五郎を丸山定夫、夫人を杉村春子が演じた文学座の『富島松五郎伝』は好評を博した。この人気に目をつけた大映は昭和一八年、稲垣浩監督、伊丹万作脚色、阪東妻三郎主演でこの物語を『無法松の一生』と題して映画化する。これは祇園太鼓を勇壮に叩きまくる阪妻の名演もあり、映画史上に残る傑作になり、物語は人口に膾炙《かいしゃ》した。つまり、『無法松』の物語が全国的に知られるようになったのは、そもそも文六が原作小説に着目し、舞台化したからだった。

なお、『無法松』を巡っては、演劇史上で忘れられない痛ましいエピソードがある。大映映画で夫人役を演じたのは、宝塚出身の園井恵子だった。見事に演じた彼女は、続いて依頼された映画出演を断り、もっと芝居を勉強したいと地方公演や軍隊慰問公演をする移動演劇隊「桜隊」に参加する。桜隊が『無法松』の中国地方公演のために広島滞在中の二〇年八月六日、原爆が投下された。園井と、ここでも松五郎を演じた丸山定夫は直撃を受け、その月のうちに亡くなった。この話は井上ひさしの戯曲『紙屋町さくらホテル』（平成九年〈一九九七〉初演）に取り入れられ、観客の涙を誘った。

戦争が長引き、プロレタリア系劇団は解散させられた。劇団として唯一残った文学座にも、警視庁の特高がしばしば立ち寄った。ある時、顔見知りになった特高は戌井さんに「お宅のところも安閑《あんかん》としとられんよ」とささやいた。これを戌井さんから報告を受けた文六は、いつもの癖でしばらく目を閉じ、「うー」とうなっていたという。

田村秋子は、その後文学座と疎遠になり、女優復帰は戦後になってからだった。文六は女優としての田村を高く評価し、友田の遺族をそっと気遣っていたようだ。田村も文六を尊敬しており、戦後になって、文六原作の映画『自由学校』（昭和二六年）に出演している。木下惠介監督『少年期』(同年)の演技とあわせ、その年の毎日映画コンクール助演女優賞を受賞している。

友田の遺児英司によると、母田村秋子と戦後すぐ、文六の家を訪ねたとき、文六は突然、キャッチボールをやろう、といって庭でキャッチボールをしたという。父のいない男の子への、文六の無骨ないたわりの表現だった。

『南の風』と大東亜共栄圏

昭和一六年、文六は『南の風』を書く。『南の風』は同年五月から一一月にかけ、朝日新聞に連載された。朝日には『達磨町七番地』以来の登場で、念願の朝刊だった。夕刊より朝刊小説の方が格が高いとされた。

南方熱に取り付かれ、一八歳のときにシンガポールに出奔したこともある男爵家の次男、宗像六郎太は、三〇歳になった現在も家にいて無為徒食に暮らしている。薩摩出身の母とその故郷鹿児島へ行き、西郷隆盛を崇拝する書家、敬天堂を知り、すっかり敬服。かつてシンガポールで仲が良かった加世田重助に鹿児島で再会する。重助は、カンボジアで知った新興宗教、紅大教《ホンダイ》の開祖を日本に迎える準備中だった。開祖は西郷の御落胤という。西郷は実は西南戦争の最後の地・鹿児島の城山で自刃せず、ひそかに日本を脱出、インドシナに逃れた。カンボジアでその地の娘に生ませたのが開祖という。写真を見ると、顔色こそ黒いが、がっしりした体格、太い眉あたりは西郷にそっくりだった。「事実というものは、信じたい者だけが信じればいいのだ」と考える六郎太は、亡父の遺産をそっくりあてて、東京に紅大教の支部をつくるべく、奔走する。だが、実際に神戸についた本人を見て、真っ赤なニセモノとわかり、失望した二人は再びインドシナ行きの船に乗る。

このようにあらすじを紹介すると、荒唐無稽、ばかばかしいようにも見えるが、文六ののびのびとした筆にかかると、物語は快調、快適に進み、ぐんぐんひきこまれる。なんとはなしに読者を愉快な気分にさせる小説だ。

文六は連載前、朝日新聞に「作者の言葉」を載せている（昭和一六年五月一六日付）。彼はこういう短文が実にうまいが、この「南の風」もみごとな一文だ。

北室に坐せば瞑想するが、南縁に出ずれば空想果てしなく湧いてくる。植物なぞも、向南性とかいって、南の方へ枝や葉を伸ばして行く。おもうに、南にはこういう時局にならぬ前から、生命や幸福の誘いがあるらしい。作者はこの小説において、もっぱら人生の南面を描かんと心掛けている。小説の中を、夏座敷のように、南の風が吹き抜けたら、作者の念願は足りるのである。しかし、これはなかなか難事業で、どうぞ、御声援と御愛読を願います。

まず、西郷渡南説というのが、奇想天外でおかしい。文六はこの小説のために、鹿児島に取材に行っているが、その際にでも、この珍妙な説を聞いて興味を持ったのだろう。源義経の蒙古渡航説と同様、英雄流離譚のひとつだろうが、近代日本でこうした伝奇的なヒーローにふさわしいのは、西郷くらいではないか。文六はそこをうまくすくって、構えの大きな物語を紡いだ。げじげじ眉毛に肩幅の広い男なら、南方にいそうである。貴種御落胤というのも、想像力を刺激する。

文六のヒーロー

主人公六郎太は、文六の永遠のヒーロー像である。

顔の造作は、「眉、鼻、口、耳等の顔道具が、並々《なみなみ》でなかった。いやに、ハッキリと、巨《おお》きかった。ただ、眼だけが、半分眠ってるように、駘蕩《たいとう》としていた」。性格はといえば「温和な――というよりも、些《いささ》か焦《じ》れったいほど、緩慢《かんまん》な人物」だ。てきぱきと物事を処理してゆく近代人とは対照的な、昼行灯《あんどん》のような男。無精でものぐさ、めったに口をきかないが、物事の些事に拘泥せず、周りから一目置かれる。戦後の『自由学校』の五百助、『大番』のギューちゃんは、この六郎太の弟たちである。

文六は後年、『南の男』という短編を書いている。

鹿児島に取材に行くと、深夜、旅館に電話がかかってくる。「六郎太でございます。あたしは二十八の時に、先生に見捨てられて、今は、五十一歳になりました。その間の空白を、何とかして下さい」。とんでもないいたずら電話だと「私」は怒って電話を切るが、翌日、地元の人から、六郎太は、酒や女道楽がたたって中風になったが、やさしい女性に世話されて鹿児島で平安に余生を送っている、と聞かされ、半信半疑ながら「六郎太の奴、うまいことして」といいかけたとき、目覚まし時計のベルがなって、目が覚めた、という話だ。

二〇年以上前の旧作の主人公を、小説に再登場させるのは、いささか芸がないともいえるが、仕掛けも工夫され、『南の風』を知る者には、楽しい読み物だ。文六の六郎太への愛着がうかがえる。

「私の代表作」というエッセイにも、『南の風』が言及される。戦後の評判作『てんやわんや』や『自由学校』について触れた後、後味のいい作品、かわいい子どもは、むしろ戦前の作に多い、といって、『達磨町七番地』とともに『南の風』をあげる。「『南の風』というのも、少し便乗しちまったのは残念だが、デキとしては残念な作品とは思っていない」。その少し前に毎日新聞に連載した『沙羅乙女』の評判がいまひとつだったのに比べ、『南の風』は好評で、本人も気分をよくしていた。

文六を「おやじ」と慕った読売新聞の記者で、読売のコラム「よみうり寸評」を長年書き続けた細川忠雄も、『南の風』を、『娘と私』『てんやわんや』と並んで、文六作品ベスト3に挙げている。「『南の風』は、おやじ（文六）の最高のロマンとして、まず第一に推す。六郎太も敬天堂もベトナム浪人もおでん屋のおやじも、作者の分身である。六郎太の恋人も、その母親も、サツマのおしかさんも、おやじが求めた永遠の女性の映像《イメージ》を代表している」（「おやじのこと」）。この作品は、戦後の有名作に隠れてあまり目立たないが、愛読者が意外に多い。闊達な文章と、向日性の物語は、読後感がすこぶるいいのだ。

なお、「南の風」の執筆依頼の時に、文六らしいエピソードがある。

朝日学芸部の後醍院良正次長が、千駄ヶ谷の自宅に出向き、用件を述べると、文六は「原稿料はどれくらいですか、自分はこれほど希望する」と切り出した。これまでの作家との交渉ではなかったことなので、後醍院は即答できなかった。後に上司と相談のうえ、文六の希望額に決まった、という。

ところで、文六のいう「便乗しちまった」とは、どういう意味だろうか。

新聞連載が始まった昭和一六年ごろ、泥沼化した日中戦争を側面から支えようと、軍部は南方に注目する。南方諸地域を日本の影響下に置くことを目的に、大東亜共栄圏が唱えられ、前年九月には、日本軍は北部仏印（北部インドシナ）に進駐する。ヨーロッパ戦線でのフランスの敗北が、背景にあった。「作者の言葉」のいう「こういう時局」とは、このあたりを指す。現実には「夏座敷のように、南の風が吹き抜け」るようなのどかな時代ではなかった。

さらに連載が始まって二カ月後、日本軍は南部仏印にも進駐してインドシナ全体を手中におさめた。アメリカは報復として対日石油輸出を禁止し、日米対立は後戻りできない事態に立ち至った。真珠湾攻撃の四カ月前だ。人びとの目は、膠着状態の大陸から南方に転じ、日本軍民が日の丸とともに南方で活躍するニュースを歓迎した。

「作者の言葉」のわきには、こんな文句が配される。「戦時下の家庭小説には明朗健全な国民娯楽性の必要を痛感する作者」「大東亜共栄圏の建設に邁進する国民の南方への熱情を昂揚すること必定」。いうまでもなく、『南の風』には、直接に日本軍進駐を祝うような描写はなく、南方にロマンチックな感情を抱く男たちを描いたにすぎない。

だが、人びとの関心、時代の空気に敏感に反応している作品であることは、間違いない。文六のいう「便乗」とは、このことだろう。時代感覚を巧みに取り入れることと、時代の空気に迎合することとの違いは、微妙である。「読み手」をつねに意識して書いた文六の作品は、この問題を離れることができない。この点は、次作『海軍』で、より明確になるだろう。

5　『海軍』

真珠湾攻撃の衝撃

文六はその朝、千駄ヶ谷の自宅二階で、『南の風』の校正刷りを見ていた。つい先ごろまで朝日新聞に連載した『南の風』は、近く単行本になるため、その著者校正をしていた。東の窓からも、南の廊下からも、障子を通して小春日和の冬の日差しが、部屋を明るくしていた。

突然、千鶴子が、階段を昇ってきて、障子の外から、声をかけた。仕事の妨《さまた》げをしてはならぬことを、よく、知ってる、彼女の仕業《しわざ》ではなかった。

「あなた、あなた……なんだか、ヘンですよ」と、声が、タダならない。

「なにが?」

「戦争が、始まったらしいですよ。今、ラジオかけていますけど……」

（『娘と私』）

文六は半信半疑で、階段を下り、茶の間の茶箪笥の上のラジオを聞いた。「帝国陸海軍は今八日未明、西太平洋上において米英軍と戦闘状態に入れり」。ラジオは何度も繰り返した。昭和一六年（一九四一）一二月八日の朝のことだった。

えらいことになった。もう仕様がない。

瞼を閉じると、涙が流れ出した。

日米交渉の難航が報じられていた。だが文六は、政府当局者はアメリカの潜在能力をよく知っているだろうし、日本の強硬な姿勢は、むしろ交渉進展のカモフラージュとみて、開戦はないと踏んでいた。

ラジオはその後、天皇の詔勅や東条英機首相の演説を流し、日本が抜きさしのならない運命に飛びこんだことを告げた。文六はいたたまれなくなって、家を出、近所の八幡宮前まで歩いた。神社の前にある交番の掲示板に、ラジオの発表と同じ文面が張り出されていた。巡査も通行人も「画中の人物のように、静かで、昂奮を示さず、黙々としている」のが、非常に頼もしく、感じられた。

鳥居前を通りすぎるとき、突然、祈願がしたくなった。宗教心のない文六だが、思わず鳥居をくぐり、拝殿前に進み、「是非、日本を勝たして下さい」と一心に祈った。

大暴挙と考えていた対米開戦に、何の躊躇なく、既に参加している自分の心に、奇異を感じずにいられなかった。何か、幅広い溝を、一足跳びに、跳び越してしまった気持がした。
(『娘と私』)

個人主義者で皮肉屋の文六が、この日を境に「戦争のためなら何でもしよう」という気になった。かつて大政翼賛会文化部長に就任した岸田國士を、文六は「あちら側へいってしまった」と感じたが、この日を境に、「あちら側」と「こちら側」の境はなくなった。「私は戦慄しながら大きな溝を跳び超えた。早くいえば、一国民になったのである」(「国民服史」)。まもなく、文六はかぞえで五〇歳を迎えようとしていた。

気鋭の作家・評論家の伊藤整もこの日、大きな衝撃と感動を受けた一人だった。ジョイスやプルーストらヨーロッパ文学の先端を紹介するモダニストとして知られ、文六同様、国粋主義やファシズムとは縁が遠かった。

伊藤はその日昼すぎ、速達郵便を出そうと、東京・杉並の自宅から、近所の郵便局に向かうと、道端の家のラジオから、なにやらニュースが聞こえてきた。その家の前にたちどまって聞いた。開戦の臨時ニュースだった。身体の奥底から、一挙に自分が新しいものになったような感動を覚えた。

対米交渉の行き詰まりと日米戦争の予想は、重苦しい不安と切迫した危機感を与えていたが、このニュースを聞くと、ああこれでいい、もう決まったのだ、と安堵の念を覚え、方向をはっきりと与えられた喜びを感じた。

この記念すべき日の帝都を見ておかねばならない、と家に戻らず、電車に乗って都心に向かった。乗客の顔は一様に引きしまり、硬い表情をし、車内は一種、異様な空気が漂っていた。窓から見る歩く人の姿が、ふだんよりも輪郭がはっきりしているように見えた。

日比谷の交差点の前に、黒山の人だかりができていた。新聞の売り子がなかにいた。新聞を数種類買って、近くの日本劇場の地下に下りた。そこではラジオが軍歌を鳴らし、多くの男たちが新聞を広げていた。伊藤も新聞の大きな活字を追うが、体中ががくがくして、字をちゃんと読めなかった（「十二月八日の記録」）。

ふたりとも、「第一報」の直後の、張りつめたような緊張と、その翌日、正確には八日夜以降、大戦果が発表されて以降の興奮ぶりの対照を伝えている。

文六は、翌日から翌春にかけての大戦果が、「人を酔わせ、狂わせた。努力しないうちに、幸運が、先きに見舞ってきたら、気が緩《ゆる》まずにいられない。私も、いい気になって、万歳を叫んだ者の一人だった」という。

伊藤もやはり、大戦果が伝わった翌日は、まったく前日と異なり、「人々の顔は明るく、伸びやかになり、緊張が確信へと開けた」という感想を記している。

開戦当初にはマレー半島上陸、イギリス戦艦「プリンス・オブ・ウエールズ」撃沈、香港陥落、シンガポール入城と、日本軍は破竹の勢いで東南アジアを席捲した。信じられない戦果に、日本人は熱狂した。あの冷静な文六も二・二六事件以来の軍部への反感を忘れた。こうして日本中が浮かれていたなか、昭和一七年三月七日、新聞は、知らされていなかったもう一つの真珠湾攻撃を大々的に報じた。

「盡忠古今に絶す軍神九柱」「偉勲輝く特別攻撃隊」「挺身、布哇《ハワイ》真珠湾を強襲」（朝日新聞の見出し）。

空からの攻撃とは別に、ひそかに海中から真珠湾に迫っていた特殊潜航艇の攻撃隊があった。特別攻撃隊は、厳重な警戒網を潜り抜け、湾内に潜入、魚雷を発射し、「我、奇襲に成功せり」という無電を最後に、全員消息を絶った。山本五十六《やまもといそろく》連合艦隊長官は、彼らに異例の「感状」を与えた。新聞は「軍神」と称え、九人の乗員の経歴やプロフィールを顔写真つきで紹介、全員の二階級特進を報じた。大きな水柱がたって大破する敵艦の絵も添えられていた。

眉目にまだ幼さの残る二〇歳代の若者たちの自己犠牲に、国民はあげて感動した。一二月八日朝のぴんとした緊張が、よみがえった。

詩人三好達治は「そらみつ大和《やまと》の国の　一億の民のことごと　誰しかは涙はなくてかりそめに思ひいづべき　九つの真珠のみ名を……」という詩を、朝日新聞に寄せた。

歌壇の大御所、斎藤茂吉は「にごりなくひたぶるにしてささげたる九御命《ここのみいのち》のあふがざらめや」「わたつみの海をくぐりしますらをのみ魂や国をこぞり弔ふ」と歌をつくった。

この感動がいかに幅広く、当時の人びとに刻印されたかを示すのには、大家による頌《しょう》歌《か》よりむしろ、まだほとんど無名だった坂口安吾の小説『真珠』がふさわしいかもしれない。のちに無頼派と称され流行作家になった安吾は、まだその日暮らしのデカダンスな日々を送っていた。

「十二月八日以来の三カ月のあいだ、日本で最も話題となり、人々の知りたがっていたことの一つは、あなた方のことであった」という書き出しのその作品は、猛訓練に耐え、目標に肉薄する若者九人を、あなた方、と呼びかける。訓練は死ぬための訓練であり、その行く手は死があるだけだ。だが、はるか遠い真珠湾に潜航し、湾内に潜み、敵艦に魚雷を発射するのは、あなた方にとって、遠足なのだ。

安吾は、酒があれば酩酊し、友人と徹夜で探偵小説の犯人探しをする自らの放縦の日々を書き連ねる合間に、まったく対照的な「あなた方」の禁欲的で無私の行為を描く。その対照が、「あなた方」の自己犠牲の美しさを純化し、一方で町の片隅に沈潜する安吾の切なさも際だたせる。小説の結びは「生還の二字を忘れた時、あなた方は死も忘れた。まったく、あなた方は遠足に行ってしまったのである」。タイトルの真珠はむろん、真珠湾からであり、また美しい珠が砕ける、という意味を含んでいる。

この作品を入れた本は、軍神と、自分たちのだらしない生活を比較する発想は、軍神を冒瀆し、非国民的小説だ、という理由から再版を禁止されたが、戦後は逆に軍神礼賛の便乗小説という批判もあった。ともあれ安吾は、自ら進んで彼らについて書いたわけで、この報道の衝撃力を物語っている。

文六もまた深く心を動かされた一人だった。

新聞記事を読んでいるうち、涙がぽろぽろこぼれた。妻に、「あなた、そんな人情家だとは、知らなかったわ」と冷やかされた。やはり米、英と戦っている、という強い緊張感からだろうか。

大本営の新聞発表内容は、事前に十分準備されたものだった。この決死的な計画は上からの命令でなく、乗員士官によって立てられ、上官が了承したものだったこと、生還を期せず訓練に没頭したこと、出撃前のある士官は、弁当やサイダーをもっていくハイキングのような気持ちだ、といったこと（安吾の「遠足」はこのエピソードから）など、豊富な話題を交えて紹介されていた。

文六は自分が利己主義者と知っているので、純真な若者の自己犠牲に、人一倍、感じた、とのちに語っている。こうした記事にありがちの誇張的表現を除き、冷静に読んでいくと、「軍神」は豪傑でも秀才でもなく、平凡な青年たちであり、そうした若者があれだけの犠牲的行為をなしたことに、心を動かされたのだった。

そのころ、朝日新聞から再び連載小説の依頼がきていた。「今度は戦争ものでお願いできないか」と学芸部長にいわれた。文六はそれまで軍部と縁は薄く、従軍の経験もなかった。

ペン部隊

ここで、昭和の戦争と作家の関係を振り返ってみたい。

大陸で戦争が始まり、本格的な戦闘が起きると、夫や息子を軍隊にとられた国民は、戦場のようす、戦争の情報を求めた。新聞や雑誌は、従軍記者や作家を派遣、戦場の現地ルポを報じた。

どこの軍隊も、戦場に出没する記者や作家たちを好まない。とりわけ、閉鎖的な日本陸軍は、作戦の邪魔になる、報道は利敵行為になると、報道関係を冷遇してきた。しかし、昭和一二年一二月の南京攻略戦の際、日本軍は非戦闘員を大量に殺害した（いわゆる「南京大虐殺」）と、欧米のジャーナリストらが世界に打電して以来、軍部は、日本側からも発信、宣伝する必要性を感じ始めた。

一三年春、大陸で転戦中の玉井勝則陸軍伍長の小説『糞尿譚』が芥川賞を受賞した。玉井伍長つまり作家火野葦平《あしへい》が出征する直前に発表した作品だった。文藝春秋社長の菊池寛はこれを芥川賞宣伝のチャンスとみた。気鋭の評論家小林秀雄を文春の特派員として、戦地にいる火野に芥川賞を授与する、というセレモニーを演出した。
現役の兵隊に、戦場で文学賞を授与する。菊池の思惑どおり、新聞はこの話題にとびつき、各紙は、小林が陣中で野戦服姿の火野に芥川賞を与える姿を、写真つきで大きく報道した。受賞者の火野だけでなく、文壇の新人賞にすぎない芥川賞は一躍有名になり、今に至っている。火野はその後、戦場での日常を生き生きと綴った『麦と兵隊』を書き上げ、これを載せた雑誌『改造』はすぐに売り切れ、本はベストセラーになった。

そのころ、陸軍報道部は、この秋に予定されている大作戦「漢口」攻略戦にむけ、作家を大量動員して戦地視察させようと考えた。火野葦平の『麦と兵隊』の爆発的人気に刺激されたからだった。軍部は文芸家協会の会長でもある菊池に人選を依頼、菊池はすぐに作家・評論家をリストアップし、協力要請の手紙を出した。その結果、陸軍班一四人、海軍班八人の二二人が従軍することになった。メンバーは次のとおりだった。

陸軍班　久米正雄、片岡鉄兵、尾崎士郎、川口松太郎、丹羽文雄、浅野晃、岸田國士、佐藤惣之助、滝井孝作、中谷孝雄、深田久弥、富沢《とみざわ》有《う》為《い》男《お》、林芙美子、白井喬二

海軍班　菊池寛、佐藤春夫、小島政二郎、吉屋信子、杉山平助、吉川英治、北村小松、

浜本浩

菊池と久米が大将格だった。大衆文学作家と呼ばれる作家は、ほとんど参加した。彼らはペン部隊と呼ばれ、軍部から将官待遇の手厚い保護を受けた。九月、戦闘帽に将校用長靴を履いた久米らが大陸に出発した。

　純文学系の数少ない参加者で、大家ともいえる佐藤春夫は、出発の直前の八月三〇日、朝日紙上に「漢口従軍を前にして　征《い》って参ります」という文を寄せている。

集団の生活のために小さな己を捧げる精神の美しさをしみじみと知る事だ。……わたくしは海軍に属しました。軍艦のなかの生活も目新らしいだけにわたくしのにぶっている四十七歳の官能を潮風が吹き浄め生きかえらせてくれるであろう。聞くならく君子は言に訥《とつ》に、行に敏とか。では征って参ります。

　春夫のこの奇妙にうわずった文のわきに、「槍騎兵」という小さな囲みコラムがあり、岩田豊雄（文六）が「戯曲の舞台」という小文を載せている。戯曲はジャーリズムに冷遇されている。戯曲家は五、六十枚の読み応えある作品を書くべきだし、雑誌も月一編は戯曲を載せてほしい、という地味なもので、春夫の高揚した文と対照的な、「非時局」的な文だ。隣に載ったのは偶然とはいえ、従軍作家の高ぶりとはずいぶん違う。いっしょに太鼓を敲《たた》かなかったのは、前年の友田恭助の戦死が、頭にあったのかもしれない。

中継地点の上海は、まるで日本の文壇が集団移住したかのようだった。このペン部隊の活動で、もっとも目立ったのは林芙美子だった。林は朝日新聞のトラックに便乗、危険を顧みず、最前線まで行き、「漢口一番乗り」を果たしている。上海や揚州を回った岸田國士は帰国後、『文藝春秋』に「従軍五十日」というルポを連載した。

文六にも菊池から誘いの手紙がきたが、ちょうど毎日新聞に『沙羅乙女』を書いている最中なので、断った。新聞小説の執筆中はとても書斎から動けないからだった。個人主義者の文六は、集団生活が大の苦手でもあった。

このときの作家の従軍は、待遇がよく、いろいろ便宜もはかられたが、戦線が膠着し、先行きが見通せなくなってくると、軍部はもはや微笑を見せなくなる。作家たちは有無を言わさず「徴用」され、大陸や南方に行かされるようになる。

『海軍』執筆開始

さて、昭和一七年春に戻るが、文六は朝日新聞から「連載は九軍神ではどうか、材料は海軍報道部が出すから」と勧められた。海軍も新聞社も便宜を約束した。文六は承諾した。真珠湾の若者たちに感激していたし、新聞連載中は、徴用されないらしい、という思惑があった。これがもっとも切実な理由だったかもしれない。家には妻と娘がおり、文学座も守らなければならない。

新聞社は九人全員の伝記を望んだが、時間的にとてもそんな余裕はなく、そのうち鹿児島出身の横山正治中尉（死後二階級特進で少佐）を取り上げることにした。前作『南の風』の舞台は鹿児島で、鹿児島には土地勘があった。

広島県呉の海軍鎮守府や江田島の海軍兵学校の取材は、海軍が世話を焼いた。ただ、特殊潜航艇の機能など、知りたいことの多くは、軍機に触れる、と拒否された。案内役の軍人も、実はよく知らなかったのだろう。朝日は海軍省詰めの記者を同行させた。鹿児島にも行き、「軍神の母」になってとまどう横山中尉の母親にも会った。実家には全国から贈り物や花輪が届いていた。若い女性たちから送られてきた血書を見て、文六は不潔な感じを持った。地元駐在の朝日の記者が市内を案内した。そのころ、東京では九軍神の海軍合同葬が日比谷公園で盛大に執り行われた。軍神フィーバーは最高潮に達していた。

次の朝刊小説は「海軍」、という社告が大きく朝日新聞に出たのは六月終わりだった。作者名は獅子文六ではなく、岩田豊雄、本名である。社告で文六は「この作は作者が従来書いたような架空小説ではない。といって、評伝というわけでもない。……帝国海軍という厳粛なる〝事実〟を前にして、筆名の衣を脱ぎ捨てる必要を感じた」と書く。わきに大本営海軍報道部課長平出英夫大佐の「誠に時宜を得たる意図にして欣快に堪えず」という談話が載った。連載は七月から始まった。

ヴェルサイユ条約が成立したのが、大正八年で巴里の市民は、ありとあらゆる窓から、ありとあらゆる紙片を裂いて、コンフェッチの雪を降らせた。勝利の歓びよりも、平和の到来に感極まったらしいのだが、同じ年の十一月十八日に、鹿児島市下荒田町の精米商谷真吉方で、一人の男の子が生れた。

谷山街道に面した店さきで、大きな箕をふるっていた真吉は、告らせを聞く前から、産声の高さと強さで、それと知っていた。

「男ン子や――そうじゃったや」

五十歳の父親は、顔色も動かさなかった。相変らず、米粉に塗れた箕を、振り続けていた。

（『海軍』）

鳴り物入りで始まった戦争小説が、戦争の終結、平和の到来を祝うところから始まるのは、なかなかユニークといえる。コンフェッチとは紙吹雪のことで、これも文六一流の気の利いた用語だ。冒頭は文六らしくしゃれているが、以降は、あえて本名岩田豊雄で書いたというとおり、主人公の短い生涯を、禁欲的な文体で、たんたんと描いてゆく。

『海軍』は、鹿児島の米屋の五男に生まれ、海軍兵学校で学び、特別攻撃隊に抜擢され、真珠湾で戦死した横山正治中尉をモデルに、彼を通じて、日本海軍の文化や精神にふれようという作品だ。主人公は、負けず嫌いで忍耐強く、ハニカミ屋な青年で、豪傑でも秀才でもない。米屋の仕事を手伝う子ども時代から、江田島の兵学校での訓練、洋上演習、さらには海軍画家に転じた幼なじみとの友情、その妹とのほのかな恋も描かれ、勇ましい戦闘場面はほとんどない。とくに規律と訓練で鍛えられ、「どん亀」とあだ名された横山の兵学校時代が詳しく描かれる。よそよそしい神格化された軍神像とは無縁の作品だ。

昭和17年、『海軍』執筆のころ。千駄ヶ谷の自宅で（『獅子文六全集』第16巻より）

だが、あるいはだからこそ、『海軍』は多くの読者の胸にしみた。すぐ隣にいるような平凡な青年が、われわれの代わりに命を投げ出して大きな仕事を成し遂げたのだ。空前の国難に直面した国民の緊張感と必死の覚悟が、作者と読者を結び付けた。規律と訓練と自己犠牲の精神が、銃後の国民の琴線に触れた。少しも好戦的でない作品が、血沸き、肉躍る戦闘場面などがない小説が、皮肉にも戦意の高揚に寄与した。物語作家としての熟練の腕が、引き締まった文章とリズムを生み、主人公をくっきりと造型した。連載が終わるとすぐ単行本になり、映画化され、芝居になり、いずれも大ヒットした。

『日本近代文学大事典』（日本近代文学館編）では、『海軍』について、こう記述している（瀬沼茂樹執筆）。

いたずらに勇士を神格化することなく、じみちな日常生活や精神訓練を追求し、当時流行の戦争文学とは異なった独自の形態を採った一種の記録文学である。火野葦平がついで「陸軍」を発表したが、同日の談ではない。

わき起こる海軍熱

国民は、真珠湾攻撃の臨時ニュースに接したときの緊張感を、この小説から思い出して感動し、軍国少年は、海軍兵学校に憧れを抱いた。

哲学者の木田元《きだげん》さんは、当時、旧満州の新京（現在の長春）の中学に通っていた。『海軍』を新聞で読み、単行本で読み、映画も見た。昭和二〇年春、一六歳で江田島の海軍兵学校に入学したのは、『海軍』の影響もあった。木田さんは私の問いに答えて「『海軍』で海兵にあこがれたのは確かです。海兵の友人たちも『海軍』に感激していた。この小説の影響力はものすごかった」という。

やはりそのころ中学生だったある人は、『海軍』が巻き起こした海兵熱は大変なもので、五体健全で海兵を目指さないものは命が惜しい奴、といじめの対象になったくらいだ、と振り返った。

もっとも、当の海軍内には、連載前は、軍神を新聞小説にするとはもってのほかだ、という空気が、かなりあった。当時、海軍報道部にいた富永謙吉によると、海軍次官も反対派で、説得につとめたという。連載が始まってしばらくして、富永のところに次官から『海軍』の件で呼び出しがあった。文句を言われるのだろうと覚悟してゆくと、次官は「とてもいい。毎日、新聞がくるのが待ち遠しいほどだ」と絶賛した。以降、文六は海軍精神の理解者として海軍首脳部に信頼され、のちに海軍教育局の嘱託に委嘱されたほどだった。

文六は海軍と縁ができ、航空隊のある土浦・霞ヶ浦や、海軍潜水学校（呉）、海軍機関学校（舞鶴）などを巡るルポを、岩田豊雄の名で書き続けた。これらははやくも昭和一八年一二月、『海軍随筆』として新潮社から出版された。今、私の手許に、全体が茶色く変色したその二刷（昭和一九年五月）の本があるが、奥付に、売価壱円七拾五銭、一万部、とあり、よく売れたことを物語っている。

『海軍』は、松竹から田坂具隆監督で映画化され、昭和一八年の開戦記念日、一二月八日に全国公開された。文六は、舞鶴の海軍機関学校取材の帰りに、京都に寄って、太秦《うずまさ》の撮影所を訪ねている。池に浮かばせた戦艦「アリゾナ」の模型などを見物した。

映画化にあたって、原作者による感想を求められ、文六はこんなことを書いている。

あの小説では主人公を書くのが第一目的でなく、帝国海軍が書きたかった。帝国海軍という偉大な実在を前提にした小説だから、「作者が作品によって真実を生み出したのではなく、作品以前の真実に触れるべく作者が必死に努力した小説に過ぎ」ず、「作者は自己流の見方や考え方を、極力避けたというよりも、自己流の見方や考え方を挿《さ》しはさむ余地がなかった」といえる。つまり「作者は実在と真実の前に仕えた」のだった（「原作者として」）。小説ではなく、ノンフィクション作品を書いた、ということを強調している。

文六は戦後一〇年以上たってから、「軍神」という短いエッセイで、『海軍』執筆を振り返っている。書く前に会いに行った横山少佐の母と兄は、軍神フィーバーに当惑しながらも、実に謙虚に、自然に受け止め、庶民らしい分別を備えており、文六は好感を抱いた。あの母親と兄のいる家風が、主人公をつくり出したのだと思った。二人は、いつまでも鹿児島市民に守られて、安らかな生活をおくるだろう、と考えた。ところがその二人は、戦争末期の空襲で、防空壕に入ったまま、無残な最期をとげた。壕が役立たないほどの猛火だったらしい。「私は、土地の人から、そのことを聞き、何ともいえない、残酷な気持になった。横山家とは、何と戦争に呪われた一家であったか。軍神という名は、何と空虚であったか――」と文六には珍しく、悲憤を込めて小文を結んでいる。

ところで、文六は、空襲で亡くなったのは、母と兄、と記しているが、牛島秀彦著『九軍神は語らず』によると、正しくは母と三人の姉だった。牛島氏は地元に行って長兄に聞いているから、間違いないと思われる。次兄、四兄は中国戦線で戦死、戦病死しており、三姉、四姉、五姉の三人が、昭和二〇年六月一七日の鹿児島大空襲で、母とともに防空壕で焼死したという。私は先日、鹿児島在住の古老に横山家について聞いたところ、確かに母と娘さんが空襲にあい、空襲の翌日、家の焼け跡を見に行ったという。横山少佐ふくめ実に家族七人が、戦争の犠牲になった。横山家とは、何と戦争に呪われた一家であったか、という文六の嘆きが、いっそう、身に浸みる。

報道に隠された真実

この潜航艇による真珠湾特別攻撃隊には、後日談がある。

「軍神」が九人だったことに、当初からいぶかしく思った人は多かった。潜航艇の規模などについては秘密だったが、九人というのは、いかにも中途半端な数字だった。

潜航艇は、一艇につき指揮官の士官と下士官の二人が搭乗、五艇が真珠湾外に潜んだ。そのうちの一艇が、ジャイロコンパスの故障で海岸に座礁、下士官は死亡したが、士官は気絶したまま、米軍に捕らえられた。その士官、酒巻和男少尉は日本軍人最初の捕虜になった。あとの九人は、未帰還だった。

大本営はこの情報を得て、対応に苦慮した。全員死んだものとばかり思っていた。発表が三カ月後になったのは、このためだった。酒巻は最初からいないもの、との偽装が行われ、出発前の集合写真から、酒巻のところは削りとられた。

酒巻はアメリカ本土の捕虜収容所に送られ、戦後、帰還した。その後、トヨタ自動車に入社し、輸出課長など要職を歴任、ブラジルトヨタの社長になった。

もうひとつ、付け加えたい。

潜航艇は戦艦アリゾナを撃沈した、とされていたが、その後の調査で、戦果はほとんどなかった、という結論になった。アリゾナは航空隊による攻撃で火薬庫が爆発、須臾《しゅゆ》にして沈んだ。潜航艇の「奇襲に成功せり」の無電は、大混乱のなかで、誤認したのではないか、といわれる。

大々的な戦果発表は、間違っていた。猛訓練と苦しい極秘作戦は、何も生まなかった。

文六は戦後、横須賀を訪れたとき、米軍の基地になっていた横須賀基地で、特殊潜航艇が広場に陳列されているのを見た。真珠湾の一艇か、日本に残っていた同型艇か、わからない。文六は、細かく観察する気にも、内部の構造を覗きたい気にもならなかった。胸がせまり、早くその前を去りたかった。「昔、刑場のサラシモノになった首級を、罪人の縁者が盗んだが、私も夜陰に乗じて、あの特殊潜航艇を、どこかへ運び出したかった」(『特殊潜航艇』)。

現在、広島県江田島の海上自衛隊には、特殊潜航艇が一艇、保存されている。参考館と呼ばれる、日本海軍の博物館の入り口付近に据えられている。昭和三五年に真珠湾港外で発見され、引き揚げられて江田島に運ばれた。「軍神」の乗った五隻のうちの一隻である。全長二四メートル、直径一・八五メートル、黒く塗られ、細長い万年筆のようだ。これが、横須賀にあったものかは不明だが、二発の魚雷を抱え、乗員二人が狭い艇内に潜んで敵艦に向かったとは思えないくらい、華奢《きゃしゃ》な感じの船体だった。

6　戦時体制のなかで

戦局を見据える文六

文六は太平洋戦争中、『週刊少国民』『週刊朝日』『日の出』などの雑誌にも、海軍ものを書いている。東京日比谷公園で行われた山本五十六長官の国葬のようすを、朝日紙上に石井鶴三の絵とともに、「音なく、色なく」と題する短い感想として載せた。ある雑誌では「海軍と新戦局」というタイトルで、新たに海軍報道部課長に就任した栗原悦蔵海軍大佐との対談に引っ張り出されている。昭和一九年のころと思われるが、現状の戦局についてこんな問答がある。

栗原大佐　土俵上に横綱同士が四つに組んで、倒すか倒されるかというので一生懸命になっておる、これが現在の決戦態勢だと言うのです。日本はこの戦争のたち上がりに、半年ならずしてぐっと今皇軍が出ているところまで押して行った。それは相撲で言えば、たち上るやいなや、すばしこい相撲取りがダーッと突っ張って行って土俵際まで押し寄せて行ったという形です。所が敵もさるもの、世界きっての横綱だけあって、そのまま土俵の外に押し出されないで、ウーンと残して四つに組んだ。そうして呼吸を整えていよいよこれから最後の勝負をしようとしておる。これが現在の決戦態勢だと言うのです。日本も横綱であるが、米英も亦《また》世界きっての横綱である。この横綱同士の本当に死ぬか生きるかの勝負であって、しかも、この勝負には行司がいない。水が入るということもない。死ぬか生きるか、最後まで戦わなければならないのです。

岩田　横綱という言葉は僕も賛成ですね。今までは日本だけが横綱で、米英は褌《ふんどし》担ぎか何かのように思わすような宣伝が行われていた。子供まで米英というものは、戦争すれば必ず負けるものだと思っている。こういう宣伝が開戦以来約一年くらいはあったと思うのですが、米英と雖も決してそんなに弱いものではない。そういう意味で米英も横綱と言われたのは、大変よいことだと思います。

栗原大佐とは縁ができ、文六があるとき、自由主義者といわれる人も、国を思っているのだから、そっぽを向かせるのはよくない、と栗原にいうと、ぜひ、会いたいから人選してくれ、と頼まれた。長谷川如是閑《にょぜかん》、志賀直哉、小泉信三らのリストを出し、水交社で招待会があった。文六は出席せず、何食わぬ顔をして、黙っていた。あとで如是閑に「君だな、あんなことしたのは……」と図星をつかれたという（「如是閑さん」）。

昭和一九年七月、サイパン島が陥落した。守備隊の軍人だけでなく、多数の女性、子どもらが自決する悲劇が起きた。各新聞は翌月、米週刊誌『ＴＩＭＥ』を転載する形で、悲劇の詳報を載せ、国民に深い衝撃を与えた。

読売は平泉澄《ひらいずみきよし》東京帝大教授の「百、千倍の勇気湧く　光芒燦たり、史上に絶無」という談話などを、朝日は高柳光寿《たかやなぎみつとし》国学院大教授の「偉大なる民族の血潮　時到れば光発す　戦史彩る女性の殉死」と、岩田豊雄名での文六の「かくてこそ強し　日本の真姿完勝へ敢闘」という談話を載せた。

高柳は、戦国時代の柴田勝家と妻のお市の方の最期を詳述し、自決した女性たちを称揚し、文六は、外国人記者は血も涙もなく淡々と書いている、まるで人間でないように、人の情を忘れたように自決する状況をはっきり写しとっている、それだけに日本人として無念やるかたない衝動にかられる、女性たちの死を犬死にさせてはならない、悲しみのなかに強さを感じ、悲壮なかにたゆまず完勝へと敢闘を続けなくてはならない、と述べている。文六のいっていることは、ピントのずれた高柳の談話にくらべ、まともで、国民の悲憤を代弁しているように思える。ただ、この時期に、新聞で談話を出す（むろん、求められたからだろうが）ことの社会的意味は、明らかだ。

文六は図らずも「海軍御用達」の作家のような役割を求められ、それに応じた。このような社会的発言を苦々しく感じる人も、少数ながら存在した。

孤高のジャーナリストで自由主義者の清沢洌《きよさわきよし》は、『暗黒日記』として知られる戦争中の日記のなかで、サイパン陥落の新聞の報道ぶりを批判した上、文六らの識者の談話について、「封建主義――浪花節の影響――飛行機時代に、ハラキリの絶讃」と厳しく断罪している。

文六はじめ昭和知識人がなぜ、雪崩《なだれ》をうって戦争に協力し、賛美していったのだろうか。とくに、西洋的教養、知識を持った伊藤整や文六のような人たちが、なぜ進んで国策に寄り添った言動をしていったかは、難しい問題だ。

それぞれ社会的、個人的な理由があろうが、文六の場合は、彼が演劇の人間であることが大きいと思われる。芝居は演じるものと、見るものがいなければ成立しない。不特定で多数の観客が、芝居を支える。大人の鑑賞に堪える芝居を常に念頭に置いていた文六は、劇場に足を運ぶ観客（大人）の関心事や嗜好、つまり時代の空気に極めて敏感だった。

戦争が本格化し、この国がいったいどうなるか、ひそやかに不安がふくらんでいく時代にあって、人びとの心に響くのは「無私」とか「自己犠牲」といった感情だった。『海軍』は、煎じ詰めると、青年の自己犠牲の物語である。「真珠湾」を境に「あちら側」と「こちら側」の区別がなくなったと感じる文六は、観客、読者、国民とともに生きようと思った。そのためには、舞台と客席の違いはあっても、同じ劇場内にいなければならなかった。

朝日賞受賞

文六は昭和一八年一月、『海軍』で昭和一七年度の「朝日賞」を受賞した。

当時、文化人、芸術家に与えられる賞は限られており、文化勲章につぐ権威のある賞といわれた。授賞理由として、「九軍神の遺徳を偲《しの》んで創作されたもので文芸作品のもつ力を十二分に発揮して積極的に戦争文化建設への役割を果したものである。文芸作品としても本年度の優秀作と評されるのみならず、宣伝性においては帝国海軍の伝統精神をよく社会各階級に浸透させ、銃後の士気昂揚に資した点は絶大なものと認められる」と紹介している（一月一四日付）。授賞式に続いて行われた記念講演では、谷川徹三法政大学教授が『海軍』について講演した。

『海軍』は、「戦争文化への貢献」「銃後の士気昂揚」といった点で、評価された。授賞理由と文六の執筆意図とは、若干ずれがあると思われるが、「勝つためなら、何でもしよう」と思っていたから、広い意味で士気昂揚といわれれば、そのとおりだった。文六は、戦後、朝日新聞社から全集を出す際、軍関係の文は実用の文学であり、今となっては反古《ほご》になり、採録の意味があるか疑ったが、全集の性質を考えると、書いたものは全部収めるべきだと判断した、と述べ、こういうのは読みたくない人もいるだろうから、戦争ものは一巻に収めるよう出版元に依頼した、と書いている。

「戦友」徳川夢声

戦争中、文六ともっとも親しく交際したのは徳川夢声《むせい》だった。活動写真弁士出身の夢声は、トーキー出現後は新劇の俳優としても活動、そのころ文六と知り合った。妻を亡くし、男手だけで娘を育てた、という境遇も同じで、親近感があった。互いにずけずけと物言うタイプで、気が合い、文六の数少ない親友といえた。当時、ラジオの朗読『宮本武蔵』で人気があった。

家を訪問しあって酒をくみ交わし、正月には秘蔵のブドウ酒をあけて痛飲した。夢声手製の密造ウイスキーを楽しんだこともあった。夢声は、「フランス仕込みの小言幸兵衛」の牡丹亭（文六のこと）が、局方《きょくほう》アルコールを使った密造酒を、どういうか心配したが、すっかりいい気分でご帰還になり、ほっとしたと書いている。

あるとき、夢声はタクシーのなかで、文六を知る演劇関係者と、こんな会話をかわした。

久保田万太郎の生活ぶりは、あぶなっかしい。子どもが電車通りで三輪車に乗っているのを見ているようだ。岸田國士は高架電車のようだ。岩田豊雄はその点、危なげは微塵もなく、地下鉄だ。

無愛想で傲岸、生活も堅実で隙がなく、地に足が着いた、いやむしろ地中に潜ったような磐石な暮らしぶり。文六は、周りからこんなふうに見られていた。

『海軍』の大成功を受けて、朝日新聞はその翌年、火野葦平による新聞小説『陸軍』を連載した。『陸軍』もよく読まれ、すぐ単行本になった。その奥付の日付は昭和二〇年八月一五日。この日を境に、すべてが変わった。倉庫には行き場のない『陸軍』が、山積みになっていた。

文六は戦中も文学座の仕事は続けた。一七年五月、文六企画、森本薫脚本の『富島松五郎伝』が上演され、翌年は丹羽文雄原作、森本脚本、杉村春子ら出演の『勤皇届出』を演出した。

そのころ、「現時局と新劇の指導性」という文を書いている。新劇の時局的役割、という課題に答える形で、こう述べる。

今や、直接的に、演劇でもって戦争目的遂行に協力すべき時がきたため、文学座は移動演劇連盟に参加し、地方公演にもいく。請われれば戦地慰問にもいくつもりだ。だが、文学座としての独自公演も続ける。新劇が本来、もつべき創造力と指導性を失ってはならないからだ。従来からある公演意識を捨て、新しい芝居を作りださねば、という気持ちが大事だ。

重点はむろん、独自公演の継続にある。プロレタリア系の劇団は解散させられ、残っているプロの劇団は、文学座だけだった。

文六は、国策に協力しつつ何とか新劇の理念を守ろうとしていた。

身辺に戦争の犠牲者も出始めた。

夢声の妻の弟の中尉は、製紙会社へ就職が決まっていたが、戦争が始まり、海軍予備学生を志願して霞ヶ浦の航空隊にいた。下戸の彼は、文六の酒好きを知り、東京に出てくるたびに、軍関係で手にはいる貴重な日本酒やウイスキーを夢声や文六のもとへ届けた。秀才ではないが、温和でキチンとした慶応ボーイで、酒の供給源として歓待する以上に、人柄に好意を持った。文六はひそかに娘の婿にどうか、と考え、一緒に食事をする機会もつくったりした。

その青年が福岡に転勤になった。前線でなくてよかったと安心していたところ、新型飛行機のテストパイロットとして試験飛行中、墜落して死亡した、との報が届いた。

文六は夢声の戦争中の日記を紹介するエッセイで、こう書いている。

真珠湾攻撃の特殊潜航艇に乗った若い士官に、悲壮の感動を受けた私も、竜夫君（中尉）の場合は、ただ、戦争の残酷のみを、真っ向から感じさせられた。彼は、軍人になるために軍籍に入ったのではなく、戦争が終れば、製紙会社のサラリーマンに復帰するつもりで、国家の危急に赴《おもむ》いたのである。……
「聞け、わだつみの声」という言葉を、私は、狭い意味づけで、考えたくない。大海のように、涯《はてし》ない悲しみが、十二月八日を迎えて、新たとなってくる。

（「夢声戦争日記」）

大佛次郎との交差

文六と同時代人で、不思議な縁がある作家大佛次郎もまた、昭和の知識人の宿命を負って生きていた。

文六の死後、友人たちによって出された追悼録『牡丹の花』（昭和四六年）に、大佛次郎が「文六さん」という談話を寄せている。そのなかに面白いエピソードが紹介されている。

文六が雑誌『新青年』に『金色青春譜』を書いたころのことだ。この作品は初めて獅子文六なるペンネームを使って小説を書いた記念の作品だ。大佛の談話によると、文六は会ったことのない大佛に本（たぶん、アトリエ社刊の『金色青春譜』）を贈っている。大佛によると「こういう文学を少なくとも、あなたはわかってくれるでしょうから」とフランス語で書いた献辞と文六の署名があった。そのとき、大佛は文六の名を初めて覚えた。

贈った本が『金色青春譜』なら昭和一一年のことだ。そのころ、大佛は歴史ノンフィクション『ドレフュス事件』や『ブゥランジェ将軍の悲劇』をいずれも『改造』に発表している。フランス近代史の暗黒面を描くことで、迫りくる軍国主義に警鐘を鳴らした歴史ノンフィクションとして知られる。一方で、『オール讀物』など大衆向け雑誌に「鞍馬天狗」シリーズを書き続け、すでに人気作家だった。

なぜ、文六は未知の大佛に本を贈ったのか。

ふたりは似た点があった。

大佛は明治三〇年（一八九七）、横浜生まれで、文六より四歳若い。一高、東京帝大政治学科卒業後、外務省に入るが、関東大震災を機に退職、文筆に専念する。吉野作造に傾倒し、大正デモクラシーに共鳴する青春を送った。

ふたりとも明治の横浜に生まれた。横浜は外国への窓口であり、欧米人が闊歩する港町、中国人の住む南京町（中華街）もある国際都市だった。海外に開かれた町だった。

ふたりのフランスへの関心も、横浜に生まれ育ったことと無縁ではあるまい。文六文学のポイントのひとつは、「町っ子」、つまり都会人で、無神経な田舎ものは嫌いだった。「町っ子」の文学だが、大佛も見るからに都会的で、横浜の最高ホテル、ニューグランドを書斎代わりに使った。鞍馬天狗だって、京の町に神出鬼没する「町っ子」ではないか。

文六のいう「こういう文学」とは、ユーモアのある、大衆向けの小説のことだろう。インテリ相手の狭い文学ではありません、という意味だ。

文六は芝居、大佛は歴史ノンフィクションや現代小説、とそれぞれ別の分野で勝負するフィールドがあり、今書いているユーモア小説やまげ物は余技、戯作という意識が、ふたりにはあった。身をやつしている、でも、読者に支持される小説を書いている、という卑下と自負が入り混じった複雑な意識で、大佛ならそのあたりを理解してくれるだろう、と思ったに違いない。

フランス語で書く献辞、というのは嫌みっぽいが、ふたりとも西洋文化とくにフランス文学に詳しい大インテリだったことは間違いない。単なる西洋かぶれと違い、本格的な教養人で、自らの身辺を自虐的に描く、湿っぽい日本の私小説の伝統とは遠い場所にいた。社会と自分を、クールに観察できるふたりだった。

文壇と付き合いが薄い点も近かった。

鎌倉に住む大佛は、戦前はほとんど鎌倉文士との付き合いはなかった。鎌倉文士のひとり高見順は、大佛は鎌倉文士の先駆者だが、鎌倉文士のなかには加わっていないという。文六も文壇付き合いをしない。面倒だし、自分は演劇人、とみなしていたからだろう。戦後になって、ゴルフを通じて少数の作家たちと交友が生まれる。

つまるところ、ふたりは意識的な個人主義者だった。徒党を組まないのだ。

もっとも、荷風のように陋巷に隠棲して、世のなかをすがめで見ていたわけではない。ふたりとも働き盛りであり、時代と正面から向き合っていた。

町っこを巻き込んだ戦争

吉野作造に私淑し、『ドレフュス事件』などの著作によって、大佛は、一貫して戦争に抵抗し、軍国主義に批判的だった、というのがこれまでの通説だった。ところが、最近、戦中の大佛の言動を改めて調べ、大佛の複雑な軌跡が研究されている。

大佛は、漢口戦の時の、いわゆるペン部隊には加わっていないが、満州に行き、また報道班員として宜昌作戦に従軍、さらに「朝日新聞社派遣銃後文芸奉公隊」の一員として林芙美子や窪川（佐多）稲子らとハルビンを訪ね、反共ロシア人作家バイコフと会い、会見記を書いている。「大東亜文学者会議」にも参加、同盟通信の嘱託としてマレー、インドネシアなど南洋を訪れている。従軍作家として活発に活動したといえよう。

『鞍馬天狗とは何者か　大佛次郎の戦中と戦後』（藤原書店）の著者、小川和也は、大佛は、満州の旅行で「五族協和」の精神や、理想に燃える満鉄社員らを知り、「『ドレフュス』『ブゥランジェ』を書いた作家の精神は、「満州」を基軸に旋回し始める」と見ている。吉川英治のように、あからさまな戦意高揚を唱えてはいないが、戦局が厳しくなると、より戦争協力の姿を鮮明にしていく。

文六は戦後、『海軍』のために、公職追放の仮リストにのった（後に解除）。一方、大佛は、戦前の『ドレフュス事件』など自由主義的作品のおかげで、むしろ抵抗の作家と見なされてきた。ようやく最近、大佛の戦時中の活動が検証され、多彩で骨太、一筋縄ではいかない大佛の生涯のなかで、戦中をどう位置づけるか、研究され始めている。

戦時真っ最中に描く日常──『おばあさん』

文六の戦争中の作家活動は、海軍関係だけではなかった。小説『海軍』が大当たりしてから、海軍関係のルポなどを新聞に連載したが、それらのほか、『おばあさん』という、時局と無縁の地味な小説も書いている。文六は年配者、とくにおばあさんを上手に描くが、昭和一七年二月から一九年五月まで、『主婦之友』に連載した『おばあさん』は、ゆうぜんと、しかし、きりっと生きるおばあさんが主人公だ。

「おばあさんだって、若い時はあった」という心憎い出だしのこの小説は、一八歳で嫁に来て、五人の子どもを生み、今は長男一家に同居し、孫たちに囲まれる平凡なおばあさんの日常を描く。

漢学や儒教の素養と、娘時代に学んだミッションスクールの教育が、混ざり合って不思議に調和し、別にクリスチャンにならずとも天を恐れ、理非、正邪の観念を自然に身に着けた女性。家庭に入ると一家の心の柱になり、老いては嫁とほどほどのいい関係を保ち、隠居部屋で静かに余生を過ごす。だが、一家に何かことが生じると、長年の人生経験から、賢い知恵を授け、一家のピンチを救う。こんな明治のおばあさんを、文六は愛惜をもって描いた。家庭で、社会のなかで、おばあさんという存在が、どんな意味をもつか、いかなる用があるのか。「無用の用」ということばが浮かんでくる小説だ。『おばあさん』を書き出してしばらくして、新宿にパン屋、中村屋を開き、彫刻家荻原守衛ら芸術家を支援した相馬黒光女史を訪ねた。明治女書生の生き残りとして参考になるのでは、と主婦之友編集部がアレンジした。白髪頭のこぢんまりとしたおばあさんになっていた黒光は、大きな目がよく動き、言語がはっきりし、鋭い才女としての印象が強く、文六の造型するおばあさんのイメージとずれがあった。文六のおばあさんは「もっと円熟し、もっと庶民化してるのである。黒光女史のように、まだキラキラ輝いてるのでは困る」（「相馬夫婦のこと」）。むしろ、あいさつに顔を出した夫の相馬愛蔵に、深い印象をもった。

発表の時期は、まさに太平洋戦争と重なる。文六はあの時代、海軍御用達の作家とみなされ、時代の波に乗ったように思われているが、一方でこうした非時代的な家庭小説も書き続けていた。終戦間際、朝日新聞の出版局長の鈴木文史朗（文四郎）から文六に来た手紙によると、高名な老ジャーナリストの杉村楚人冠《すぎむらそじんかん》は、亡くなる前に病床でこれを読み、「最近、こんなに愉快に読んだ小説はない」とたいへん喜んだという。

終戦間際に湯河原へ疎開

戦局が悪化しだすと、次第になんでもない文章が検閲にかかってくるようになった。文六はだんだん、嫌気がさしてきた。戦争に勝つためには何でもしようという気はあったが、書くことは自分の流儀でやりたかった。言論統制が狂気じみてきた。新聞に書いた文が、三分の一ほど削除されたこともあった。ある社交クラブの座談会に招かれて、話したことが警視庁にとがめられ、今度同様なことがあると勾引《こういん》する、と脅された。

姉が急死し、その姉の家を継ぐ形で、千駄ヶ谷から中野に転居した。そのころ、娘に結核の疑いが生まれ、転地の必要ができた。空襲の危険もとりざたされ、そろそろ疎開する人も出始めた。サイパン陥落の後のことだが、知り合いになった海軍報道部の軍人は、もう九〇パーセント負けだ、大空襲がくるから田舎へお逃げなさい、とひそかに勧めた。文六が思い切って、神奈川県湯河原に疎開したのは昭和一九年八月だった。

海が見渡せ、みかんが色づく湯河原の秋は、文六の気持ちをなごませた。仕事も『主婦之友』の連載だけに限った。「私のような弱い人間は、所詮、〝第一線〟から逃げ出すのが、当然の運命だ」と思い「一家三人が、もの蔭へ入って、戦争の嵐の過ぎるのを、待つという気持が、私を支配した」とそのころの心境を『娘と私』で記している。

翌年になると、はるか上空をB29の編隊が、蚊絣《かがすり》のように飛び、数時間後、東京方面の空が赤く濁った。湯河原にも艦載機が飛来、銃撃されて、命からがら自宅庭の防空壕に逃げ込むこともあった。昭和二〇年五月の東京大空襲で、中野の留守宅は全焼、パリから持ち帰った演劇資料や蔵書は一切、灰になった。

戦争の末期、文六は奇妙なことを発案した。ガソリンをまき、焼夷弾《しょういだん》を落として非戦闘員まで抹殺する米軍の空襲のやり方は我慢がならない、中立国を通じて米軍の残酷さを世界に知らせたいと、旧知の主婦之友社の石川社長に力説し、社長は社の部屋と一人の記者を提供して、文六のアイデアに協力すると約束した。朝日新聞の鈴木文史朗も、それなら朝日の写真とカメラマンを出そうといってくれた。前年の秋の弱気な心境とはずいぶん違う、高ぶった気分だ。どこまで本気だったかわからないが、文六の揺れ動く心情がうかがえる。むろん、実現しなかった。

八月一四日夕方、湯河原に疎開していた新聞社の幹部から、明日、天皇の放送があり、戦争が終わる、と聞いた。彼と別れ、青々と稲の伸びた田んぼ道を、興奮して早足で歩いた。歩きながら涙がこぼれた。箱根連山の上に、みごとな夕焼けが広がっていた。

5章 戦後疎開——四国岩松

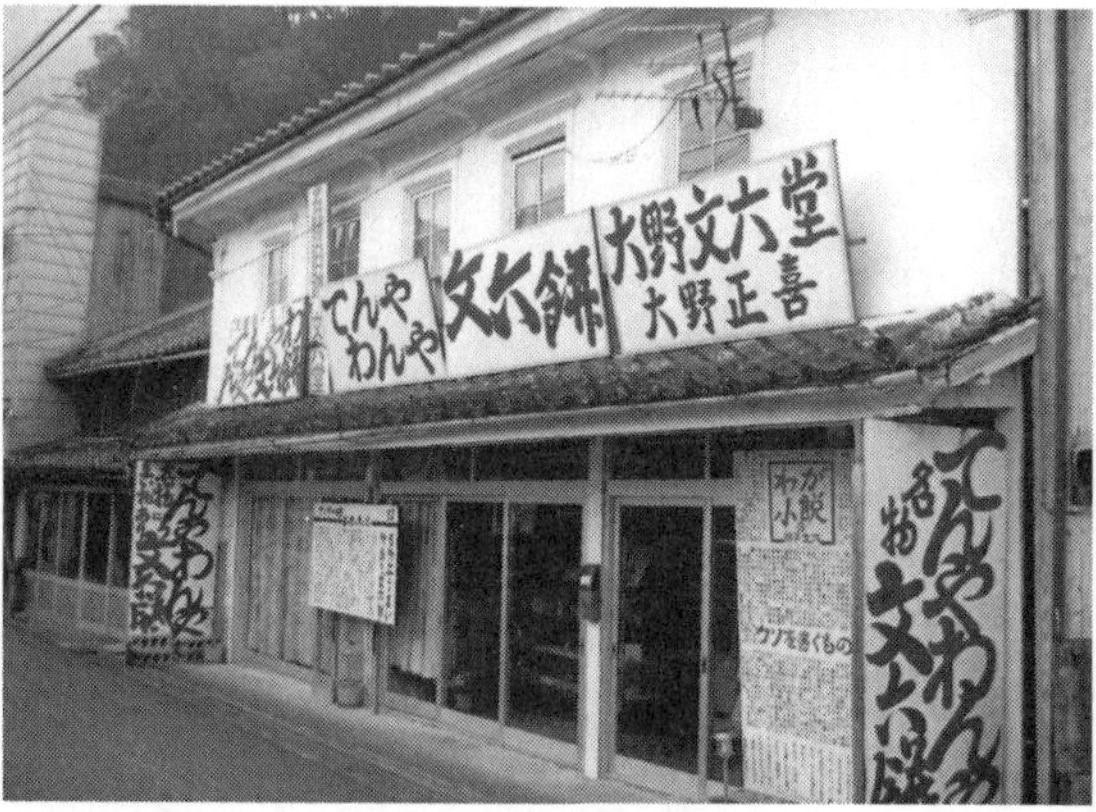

代表作が今も地元に名を残す宇和島市津島町（平成18年、著者撮影）

1　四国行き

戦争責任を抱えての疎開

昭和二〇年（一九四五）秋。空襲こそなくなったが、文六の心は晴れなかった。

食糧難が深刻になった。海辺の湯河原は、主食の米の確保に骨が折れた。ヤミ米を買いに、熱海の伊豆山まで行ったはいいが、帰りは摘発を避けるため、一斗入りの米袋を背負って山道を歩いて帰り、へとへとになった。占領軍兵士による治安悪化の風評も心配だった。年ごろの娘がいる文六一家にとっては、切実な問題だった。根も葉もないと思える噂も、一概に無視できなかった。深夜、門をたたく者が来たとき、妻子は裏口から山のほうへ逃げ出す手順も、打ち合わせた。だが、それ以上に文六の頭から離れないのは、戦争責任の問題だった。

文六は戦争中、ひとりの日本人として、勝つためにできるだけのことはしよう、と決意していた。本名岩田豊雄の名で書いた朝日新聞の連載小説『海軍』は、映画化もあって、予想を超えた反響を生み、結果的に戦意高揚に資した。『海軍』の好評で、土浦や呉の海軍関係の学校を巡る連載ルポや随筆を、求められるままに、たくさん書いた。好戦的な軍国主義や狂信的な天皇制イデオロギーとは無縁だったが、戦争協力作家といわれても、抗弁できない「実績」があった。

神奈川近代文学館の獅子文六文庫に、数冊のノートが保存されている。B5判ほどのノートで、主に滞欧時代の演劇の感想が、細かい字でびっしりと書かれ、水彩で描いた舞台スケッチも挿入されている。こうしたパリ時代の演劇研究のほかに、戦中戦後に日記として使っていたノートがある。その一つに「身辺雑記　二〇・九・一九より」と題されたノートがあり、昭和二〇年の日記・備忘録だ。

それによると、文六は九月二五日、上京して有楽町の朝日新聞社に行き、学芸部長と会った。話はおのずと、『海軍』と戦争責任問題に向かった。どうだ、あのことはと聞くと、部長は、イヤ考えてはいなかった、社内では君は危ない、いや助かる、というような話がでる、といい、こんな会話をする。

「十中七までは大丈夫と思うがね」

「まづ、一ヶ月ぐらい行けばいいんぢゃないか」

「危くなってきたら電報で知らせる」

「一ヶ月ぐらい行く」は、文脈から文六の発言と思われるが、監獄に一カ月入る、ということだろうか。追っ手が迫ってきたため、善後策を仲間と相談している泥棒のような気がしてきた、と文六は冗談めかしているが、「ポツダム宣言を読んだときに、フト感じた不安だったが、自分の運命は、やはり自分のカンが敏感である」と記し、「上京でいろいろ情勢わかり、自分の考えは神経の産物でないと知れた」と書いている。

たぶん、そのときのことだと思われるが、『娘と私』では、こんな挿話を載せている。


私は、ある日、『海軍』を載《の》せた新聞の学芸部長に会った。彼は、掲載当時からのイスを、まだ、離れていなかった。

「ぼくも、そのうち、やられるものと、覚悟してますよ。『海軍』ばかりでなく、『陸軍』も載せたんだからね。それに、書いた方より、載せた方の罪が、重いだろうと、思うんだ」

「いや、書いた方が、重罪でしょう。まア、君が銃殺で、ぼくが、絞首刑《こうしゅけい》という差違ぐらい、ありそうだ」

私たちが、冗談をいっている窓の外を、米軍の威嚇《いかく》飛行の戦闘機が、ブンブン、音を立てていた。

戦犯問題

文六は戦犯問題に敏感だった。

昭和二〇年八月一五日、ポツダム宣言受諾を報じる新聞に、宣言の全文が掲載されている。ポツダム宣言の詳細が、国民に初めて知らされた。そのなかにこういうくだりがあった。

十、吾等は日本人を民族として奴隷化せんとし又は国民として滅亡せしめんとするの意図を有するものに非ざるも吾等の俘虜を虐待せる者を含む一切の戦争犯罪人に対しては厳重なる処罰を加えらるべし。

戦争犯罪人に関する条文だ。一切の戦争犯罪人、厳重なる処罰、という字句は、海軍に協力して小説やルポを書いた文六にとって、不安をかきたてるものだっただろう。見かけによらず、心配性の文六は、この字句の意味を、さまざまに思いめぐらしたに違いない。

さらに九月一二日付の朝日新聞には「戦争犯罪人は数千名」という見出しのサンフランシスコ発同盟電が載っている。五カ国外相理事会で、日本の戦争犯罪人の処理について協議する予定で、「すでに軍部および民間指導者数千名におよぶ戦争犯罪人名簿が作成ずみ」といわれ、「数か所の特別収容所に隔離拘禁、できるだけ速かに裁判を行う手順」と報道された。事態は急速に進んでいるようだった。

ヨーロッパでは、戦犯追及がより厳しかった。作家、ジャーナリストにも、容赦はなかった。

ロベール・ブラジヤックというフランスの詩人、作家がいた。若いころはロマンチックな小説や批評を書いていたが、一九三〇年代以降、熱狂的なファシズム賛美者となり、親ファシズム、反ユダヤ主義、反人民戦線を強く主張、対独協力の雑誌を主宰した。桜井哲夫著『占領下パリの思想家たち』によると、パリ解放（一九四四年八月二五日）の一週間前、ブラジヤックは、新鋭劇作家サルトルの新作『出口なし』をパリで見ている。『出口なし』は、文六がパリ時代、しばしば出入りしたビュー・コロンビエ座でその年の五月に初演されているから、ブラジヤックも、たぶんコロンビエに出かけたのだろう。

解放後、対独協力の大物文化人として行方を追及された彼は、母が拘束されたのを知り、警察に出頭、逮捕された。四五年一月からの裁判の結果、死刑が宣告された。作家たちから減刑の声も上がったが、翌月、銃殺に処された。やはり親ファシズム色の濃かった作家・ピエール・ドリュ＝ラ＝ロシェルも、逮捕状が出るなか、四五年三月潜伏先で睡眠薬自殺を遂げている。

政治家や軍人ばかりではなく、文学者・作家でも、戦犯に問われ、監獄に収容されて、最悪の場合、銃殺されることもある。フランス語ができ、向こうの事情を知る立場にある文六は、もしかしたら、彼らの最期を聞いていたのかもしれない。ポツダム宣言に接した文六の危機感は、この先、何が起こっても不思議ではない当時からすると、決して杞憂とはいえなかった。

新聞には、「戦争責任と国民の態度　軍部・右翼を処分」（朝日新聞九月一八日付）、「戦争犯罪人の処断　我方の手で開始」（同九月二一日付）というような記事が続々載り、すねにキズを持つ人の心胆を震えさせていた。いつ引っ張っていかれるかわからない。文六は生まれてはじめて遺書を書いた。妻と娘は血縁がないため、万が一の場合の後事を、明らかにしておく必要を感じたからだった。

時代は急テンポで動いていく。

天皇、マッカーサーを訪問（九月二七日）、幣原喜重郎内閣成立（一〇月九日）、GHQ、持ち株会社解体を指令（一一月六日）、ドイツでニュルンベルク裁判開廷（一一月二〇日）、GHQ、広田弘毅・近衛文麿ら逮捕を命令（一二月二日、同六日）、近衛自殺（一二月一六日）。

こうした重苦しい秋に、追い討ちをかけるように、家主が貸家の引き渡しを要求してきた。東京中野の家は罹災しており、帰る家はない。四方八方、手を尽くして空き家を探すが、見つからない。東京も湘南も、至るところ焼け野原であり、空前の住宅難だった。途方にくれた。

四国岩松町の妻の実家から、空いた家があるという知らせが来た。海に近く、田んぼもある田舎で、食糧不足は心配しないですみそうだった。南伊予の、宇和島からさらにバスに乗り継ぐ僻地だった。町っ子の文六にとって、気の進む話ではなかった。だが、ほかに選択はなかった。文六は四国行きを決意する。

別天地で羽を伸ばす

昭和二〇年一二月、文六一家は疎開先の四国岩松に、湯河原から大混雑する列車を乗り継ぎ、あしかけ四日かけてようやく、着いた。鉄道の終着駅・宇和島からさらに木炭バスで二時間、松尾峠を越してたどりつく、まさに僻遠の地だった。文六はこの地で、戦後の二年間を過ごす。

松尾峠を越すと、冬は着物一枚いらない、といわれるほど温暖の地だった。苦しい旅の末、この峠を越えて町に入ったときの印象は強かった。のちにこの町を舞台にした小説『てんやわんや』で文六は、こう描写している。

それは、山々の屏風《びょうぶ》で、大切そうに囲われた、陽に輝く盆地であった。一筋の河が野の中を紆《めぐ》り、河下に二本の橋があり、その片側に、銀の鱗《うろこ》を列《なら》べたように、人家の屋根が連なっていた。いかにも、それは別天地であった。あの険《けわ》しい、長い峠を防壁にして、安全と幸福を求める人々が、その昔、ここに居を卜《ぼく》した——そういう感じが、溢《あふ》れていた。

別天地という言葉に、文六の安心感がにじみ出ている。

大正、昭和にかけ、岩松の町は海、山の物産の集産地として栄え、最盛期には造り酒屋が三軒、芝居小屋もある、ちょっとした田舎の消費地、歓楽地だった。城下町の宇和島とは松尾峠で隔てられていたため、在の農民らは、この町で買い物や娯楽を楽しんだ。

文六一家が住んだ素封家は、この地一番の大地主で、名士だった。

本通りに面して玄関と邸宅があり、庭を隔てて岩松川に面したところに二階建ての別棟が建つ、大邸宅だった。別棟は、客人や旅の者を泊める棟で、文六一家はここに住んだ。棟が分かれているので、母屋に気兼ねせずに暮らせた。さらに幸いなことに、当主がたぐいまれな好人物で、文六を先生と呼んで丁重にもてなし、気難しく、社交嫌いな文六の気持ちを、徐々にほどけさせた。母屋には旦那衆が集まり、「とっぽ話」(うわさやバカ話)に興じる。文六はこうした座に呼ばれたり、青年たちと野球もやった。食べ物にも不自由がなかった。見知らぬ田舎へやってきた不安感、落魄《らくはく》感が次第に和らいできた。

思ひきや伊予の果にて初硯《はつすずり》

右の句は、ここで最初の正月を迎えたときの句だ。「思ひきや」に、都会人文六が、初めての田舎で正月を迎える感慨がこもっていた。

岩松を訪ねて

私は数年前、その地を訪ね、文六ゆかりの地を歩いた。宇和島から土佐方面に車で一五分ほど、やや長いトンネル（松尾峠）を抜けると、川に沿った町に着く。現在は宇和島市に編入され、同市津島町岩松という。趣のある古い橋を渡るとすぐ、形のいい松が目につく屋敷があった。文六が世話になった家だ。文六一家が住んだ別棟は今、旅館になっており、元書斎も客間として使われている。元素封家の庭は、少し荒れていたがまだ残り、屋敷の広さと当時の羽振りのよさをしのばせた。

「よく着流しで、ステッキを持って散歩していらっしゃいました」

旅館の隣で美容院をやっている上田千鶴さんは、振り返った。当時女学生だった千鶴さんは、「お隣でしたから、シヅ子さんのところに、よくお使いにいきました」となつかしそうにいう。歳が近かった文六の娘とは、よく話をしたが、文六については、東京からきた有名な先生ということで、出歩く姿を見かける程度だったという。文六も書いているが、当時地方では散歩は珍しく、日中に大の大人が、ステッキ片手にぶらぶら歩く姿は、案外目についたようだ。文六は都会風の大男だったから、なおさらだろう。

この町は、土佐足摺岬《あしずりみさき》方面へ通じる街道筋で、今は国道が川沿いに走り、トラックがあわただしく通り抜ける。旧道沿いにかつてあったという造り酒屋も芝居小屋も、今はなかった。買い物は、車で宇和島までいくといい、商店街に人通りは少なく、もはや「別天地」という趣はなかった。車社会になって便利になったぶん、町の特色が薄れているようだった。

私は、木炭バスがあえぎながら登ったという旧道をたどって、トンネルの真上にある松尾峠にも行ってみた。くねくねと曲がる狭い道を登ってゆくと、繁った木々の間から、岩松の町並みと橋が望めた。行き交う車はほとんどない。うっそうとして暗い峠には、休憩所が新たに造られていた。かつてバスが通ったとは思えぬ、さびれた道だった。

文六は親しくなった旦那衆から、この地の暮らしぶりや珍しい言い伝えを聞き、ノートにとった。饅頭《まんじゆう》大食い競争のような、他愛のない遊びに大人が興じるこの地の享楽的な風土も、文六には興味深かった。こうした見聞は、のちに『てんやわんや』などに効果的に生かされ、文六の戦後カムバックの道を開いた。ここでは、激動する戦後の東京を尻目に、ゆったりとした時間が流れ、文六の神経を休ませた。四国での二年間は、はからずも、文六の貴重な夏休みになった。

とはいえ、文六は、田舎の人は人情が厚くてみな親切だ、と見るほどおめでたくない。彼らのしたたかさも十分、知っていた。着いた当初、受け入れてくれた妻の実家の両親らは、文六に過度に遠慮し、暮らしぶりもあまりに質素で物惜しみするので、数日で出たくなった。妻の父は、当初文六一家に米を提供する約束をしていたが、突然理由なくキャンセルし、文六を激しく立腹させた。文六は、町の人が自分たちをどう見ているかよく理解した上で、日常をふるまった。家を提供してくれた素封家やその知人とは、友情を感じ、親しく付き合ったが、講演や、町の演劇グループの指導などは一切、断っている。ベタベタした付き合いは、真っ平ご免だ。このあたりの割り切りは、いかにも文六らしい。

忍びよる追放の影

文六は、この地が気に入り、文士をやめてここに永住してもいい、宇和島でトンカツ屋をやるか、などと思うこともあったが、むろん、本心は東京で再起するつもりだった。

文六はシンからの町っ子である。東京が気にならないわけはない。戦争責任問題は、いつも文六の頭から離れなかった。

文六が岩松で「思ひきや」の俳句をつくった二一年正月一日、天皇神格化否定の詔書（天皇の人間宣言）が発表された。四日は、軍国主義者らの公職追放（第一次公職追放）の指令が出された。一九日、マッカーサーによる極東国際軍事裁判の設置命令。二月一〇日、GHQの憲法草案完成。敗戦後半年、東京では、歴史が音をたてて時を刻んでいた。

一月二〇日付で、東京に住む演劇の旧友、関口次郎から手紙が来た。

それには、戦争協力作家の執筆禁止者のリストを見たという話が出回っていることが記されていた。演劇関係では、「久保田、伊藤（キサク）、菊田、北條、八木、岩田、中野」という名が上がっており、出所は接収された第一生命が入っていたビルにある司令部（GHQ）にある戦争犯罪課という所らしいが、「山本有三と伊藤と藤森成吉が付加された」という話もあり、トンチンカンなところがかえって本当かもしれない、という。また、「久保田、伊藤、菊田は保留の線を彷徨している」との話もある。一昨日の合同通信紙に、名前はあげていないが、同様の趣旨の記事がでたので一応、お知らせする、というようなものだった。関口はどれもデマかもしれない、と断っているが、いろんな情報が飛び交って、みな、疑心暗鬼になっているようすがうかがえる便りだった。やはり、岩田豊雄の名前は入っていた。

そのころ、文六は旧知の『新青年』の編集者乾信一郎に手紙を書いている。『海軍』が進駐軍の目にとまってパージ（追放）になりはしないか、田舎にいると東京の様子がわからないので、わかるだけの情報を集めてくれという内容だった（乾信一郎『「新青年」の頃』）。乾は知り合いのNHKの人から、情報を得て、返事を送った。共産党系の『新日本文学』は、兵隊三部作で名のとどろいた火野葦平らと並んで、文六を「戦争犯罪作家」と名指しした。

文六の名前が載っている戦犯文士リストを掲載した新聞を見て、岩松の知人はこういったという。「お気の毒なことじゃが、軍人とはちがうけん、一年も、臭い飯食うたら、放してくれるにきまっとらい。心配せんと、おきなはれや」（『娘と私』）。文六も「最悪の時がきても、見苦しくないようにすること」などと、思いつめていた。

昭和二二年一月、第二次公職追放令が出て、追放の対象が、政・官界から経済・言論界、地方に広がった。

復員して故郷の南伊予に帰っていた毎日新聞の古谷綱武は、近くの岩松に文六が疎開していることを知り、訪ねた。のちに文芸評論家として名をなす古谷は、当時から文六小説のファンだったが、まだ会ったことはなかった。気難しいおやじと聞いており、会うのがいささか億劫だったが、訪ねてみると「意外なくらいの歓迎の態度で迎えてくれたのは、とにかく東京の様子を知りたい気持もつよかったためではなかったかと思う」(「南伊予の獅子さん」)。

そのうち、ぽつぽつと、東京や大阪の新聞、出版社から原稿の注文がくるようになった。文士への風あたりは案外弱いのでは、とも思うようになった。二二年五月、文六は家探しも兼ねて、一時上京、一〇日ほど滞在した。戦争責任問題の中央公職適否審査委員会の委員・岩淵辰雄と会食し、あなたが追放なんてありえませんよ、といわれたが、安心できなかった。

このとき、例のノートに、ちょっと面白い記述がある。

「一年四ケ月ぶりに東京入り。人が自分を無意識的に田舎者扱いしている。こっちは都会で生れ、都会で育ち、三年間疎開しただけと思ってるが、そんな由来や素性は、現在の東京で問題ではない。東京にいない奴は田舎者なのである。島根県や青森県生れの東京人に、田舎者扱いされてベソをかくこっちの心理、なかなか面白し」

都会人のプライドを傷つけられて、文六先生、フンガイしている。

文六はいったん、四国に戻ったが、田舎の退屈さに耐え切れない娘は、ひとまず先に一人で上京した。二〇歳を越した娘はもう一人前になったと思った。これまで、再婚した妻の手前、きちんと伝えていなかったこと、彼女の母マリー・ショウミーはどういう人間で、どこで生まれ、育ち、どうして自分と知り合ったか、日本にきてどういう暮らしをし、発病し、帰国してどんな風に死んだかを、数日かけて、まるで原稿のような分厚い手紙を書いて、送った。シャイで責任感のある父親らしい、やり方だった。

「追放」仮指定から解除へ

その年一〇月、文六夫婦は帰京した。新居は御茶の水にある主婦之友社の社員寮の一階四室である。石川社長以下、同社の面々とは執筆を通じて親しく、その縁から住宅難の東京で、住む家を確保できたのだった。この家は、かつてパリの社交界をにぎわした富豪・薩摩治郎八が建てた屋敷で、フランスの別荘風な建物だった。二階にも土蔵にも、罹災した主婦之友社員の家族が住んでいた。

毎日新聞の若い記者、村松喬が、その御茶の水の家を訪ねてきたのは、引っ越してすぐだった。村松は作家村松梢風の息子で、のちに「教育の森」シリーズの執筆で、毎日新聞の紙価を高める記者だが、当時はかけだしの文芸記者だった。村松は文六に連載小説を依頼した。

文六はまず、戦後の東京を知らねば、と毎日新聞社の車に乗って、精力的に東京見物をした。吉原の遊郭近くの吉原病院や、向島の娼家街である鳩の町から、国会や折から開廷中の東京裁判まで傍聴した。東京裁判では、被告の軍人・政治家を見て、一流の日本人、堂々たる人物が一人もいない、と感じ、東条英機については「どうしてこんな男が危急の天下を握ったかと思いやる。町長か村長の顔だ。しかし真面目である」という感想を持った。裁判に同行した記者が、「センパン」（戦犯）という言葉をごく普通に話すのを聞いて、「センパンという字に脅えた人間にとってへんな気がする。センパンとは今の日本と遠い特殊の世界のように人々は考えるらしい」とノートに記す。だが、この問題は、終わったわけではなかった。

連載開始の一月前、ようやく構想もかたまり、そろそろ書こうか、という昭和二三年三月二九日午後だった。散歩に出かけようとお茶の水橋の方へ歩いていると、向こうから毎日新聞の社旗を立てた車がやってきて、突然目の前で止まった。乗っていた村松は車から降り、緊張して言った。「ちょうど、伺うところでした。パージがきました。今発表がありました」。戦争協力作家の公職追放の仮リストがついに発表され、文六もその中に入っていた。やはり『海軍』が響いたのだ。

——来るものが来た。

敗戦直後から、ずっと、私を追いかけていたものが、遂に、形を現わした、という感じだった。

（『娘と私』）

火野葦平、丹羽文雄、石川達三、尾崎士郎ら、著名作家が入っていた。その日の晩のラジオのニュースは、罪びとのように、文六らの名前を読み上げた。

作家は公職とは無縁だが、追放になれば、新聞や雑誌に書くことはできない。糧道が断たれるわけで、痛手ではあるが、恐れていたように、監獄に入れられるわけではなかった。

追放といってもまだ仮指定だから、三〇日以内に書類を整えて、異議申し立てを求めることができる。このままでは連載が不可能になることを心配した毎日新聞と、当時『おじいさん』を連載していた『主婦之友』は、必死に工作した。書類を書き、各界の有力者から署名を集め、それらを英訳して当局に提出した。『海軍』を掲載した朝日新聞の関係者や、元朝日新聞の出版局長で今は米国系のリーダース・ダイジェスト社の編集幹部になっていた鈴木文史朗も、助言を惜しまなかった。文六はなれぬ申立書や履歴書、著作年表などを、写しが取れるようカーボン紙をはさんでガラスペンで書いた。

周囲の意見に従って、本当は平和論者だったが『海軍』は軍当局や朝日新聞社の強い要請で書いたにすぎない、と主張した。だがのちに、文六はこう記している。

　戦争に協力しなかったということを、書かねばならない。ところが、私は、協力しているのである。私が、『海軍』という小説を書いたのは、国への忠義のために若い生命をささげた一士官に対する、感動からであるが、そんなものを、戦時中に書くということは、戦争に協力してるのである。そして、もっと困ることは、その士官に感動したことも、そんな風に戦争協力をしたことも、腹の底で、悪いことをしたと、思っていないのである。

（『娘と私』）

関係者の奔走もあって、再審査の結果、一カ月半後、文六は指定を解除された。当時二〇万四〇〇〇人が仮指定され、異議申し立てによって非該当になったのはわずか一万一〇〇〇人だったという（増田弘『公職追放』）。作品は好戦的とはいえないし、大政翼賛会などの団体や組織とも縁が薄く、従軍作家の経験がなかったことも、プラスに働いたと思われる。この時期、東京に戻っていて種々の情報に接し、なにより、新聞・雑誌社が組織的機動的に動いてくれたことが幸いだった。石川、丹羽らも同時に解かれたが、火野、尾崎は追放が決まった。

さすがにこの騒ぎで、毎日新聞の連載は半年延びた。この間、急遽、村松記者に口説かれて文六の穴埋めをしたのは、大佛次郎だった。このときに書いた大佛の『帰郷』は、彼の代表作のひとつになる。

文六の戦後新聞小説第一作『てんやわんや』は、『帰郷』のあと、昭和二三年一一月から、毎日新聞に掲載が始まった。

「てんやわんや」な今の日本を

次の連載小説

……獅子文六氏は諷刺文学の第一人者としてわが文壇に特異の地歩を占めていますが、長篇小説の執筆は戦後はじめて、しかも本紙には『沙羅乙女』以来久々の登場です。……

作者の言葉　今度の小説に『てんやわんや』という題名をつけたら、或人が小首をひねって、一風変っていて面白いが、外国語の題名は大衆向きであるまいといった。私は腹の中で、ここにも日本の『てんやわんや』があると考えた。

私はなにも奇を好んでこんな題名を選んだわけではない。『てんやわんや』は少し古びているが、立派な日本語で、広く使われた言葉で、無論、辞書にも出ている。辞書には『われ勝ちに先きを争うさま』とあるが、一般には『混乱』『無秩序』そして『価値顚倒』『無意義』などの意味にまで用いられていた。

私は今の日本の『てんやわんや』が書きたいのだが、作家である私の胸の中も『てんやわんや』で、どういうことになるか。この時代のほんの一端でもとらえ得たらば本望というべきである。

（毎日新聞昭和二三年一〇月二一日）

毎日新聞にこういう社告が出て、『てんやわんや』は始まった。岩松とおぼしき地が主要舞台で、町の風俗、人びとの振る舞い、温暖な土地柄が作中にふんだんに織り込まれている。

保守党代議士の子飼いで、かつて情報局に勤めていた主人公・犬丸順吉は、戦犯で捕まるのを恐れ、代議士に秘密書類を託されて、喧騒の東京から四国の田舎町に逃れ、町の長者の食客になる。

「さア、こちらへ……」

子供のような、素直な声で、私を招いてくれたのは、岩のように盛り上った肩、満月のように円く白い顔、その中心に、剃《そ》り込んだチョビ髭《ひげ》が、虻《あぶ》でも止まったようで、やや滑稽であるが、対《つい》の大島を着た体軀が、まことに堂々たる巨漢で、四、五人の客の中央に坐ってるところから、私は、これぞ玉松勘左衛門その人であろうと、見当をつけた。

この地は、長者の屋敷に町の有力者が集まり、饅頭の大食いを自慢しあったり、奇妙な精神高揚運動を始めたりするのどかな土地柄で、四国独立を夢想する僧侶も出没する。

代議士とその秘書役の花輪兵子が、総選挙に際してこの町にきて、順吉に自派候補の応援を命じる。順吉は、土佐との境の山中の庵で、旅の者と契りを結ぶ美しい娘と出会い、一夜を過ごして夢心地になる。後日再び庵を訪れるが、娘はもういなかった。こんなあわただしい日々も、大地震がきて町が壊滅して終わりを迎える。預かっていた秘密書類も、あけてみればなんと春画だった。

地震から三日目に、私は相生町を去った。

国民服を着て、リュックを背負って——すべて、この土地へくる時と、同じイデタチであるのみならず、心理状態も、一年前と変らなかった。私の前途、ただ不安あるのみである。……私の頼みとする対手は、最早や一人も日本にいない。ただ、生来の臆病と非力の犬丸順吉個人だけである。一茎《ひとくき》のワラのような私だが、今は潔《いさぎよ》く、敗戦国の暗い激流の中に、身を投ずる覚悟である。

文六特有の大きな仕掛けのなかに、さまざまなエピソードや田舎の珍しい風俗が描かれ、くせのある登場人物が東京や田舎で大騒ぎする。テンポのいい展開、鋭い観察、ユーモアに満ちた会話、世相批評、いずれも文六の特徴がよく表れている。全編の基調になっているのびやかな明るさは、戦後の開放的な空気を映しているのだろう。

戦後の混乱ぶりを、都会ではなく田舎から描いたことで、視線が重層化した。文六は実際に四国に暮らしたので、細部にリアリティがあった。山奥の村で、美しい娘が旅の者を接待するエピソードは、とりわけ男性陣の関心を呼び、「そこに行くにはどの駅でおりたらいいか、そっと教えてくれ」といった手紙が来て、文六を苦笑させた。

新聞掲載時よりは、文庫本になってから広く評判になったという。やや話題を盛り込みすぎの感があり、切れ切れの新聞掲載では、読者は追いつきにくかったのかもしれない。

題名の『てんやわんや』は流行語にもなった。語尾の「や」のリフレインが、混乱、騒動のさまをユーモラスに示し、はからずも戦後の世相の風刺になった。なお、漫才師の「獅子てんや瀬戸わんや」の芸名は、この小説から生まれた。てんやが南伊予出身だったため、ここを舞台にした『てんやわんや』を芸名にしたという。獅子というのも、てんやの風貌が文六に似ているから、とのことだった。長らく芸名を無断で使っていたが、ある日、ふたりは文六の家にわびに来た。ひどく恐縮し、緊張しきって玄関先であいさつしたようすを、「漫才師が恐縮した場合は、あまり発言明瞭でないという事実を知った」などど、文六は楽しげに随筆（「てんや君とわんや君」）に書いている。

岩松で撮影された『てんやわんや』

『てんやわんや』は昭和二五年、映画化され、ヒロインの花輪兵子には、宝塚をやめたばかりの新人淡島千景が抜擢された。

私は淡島さんに、平成二〇年（二〇〇八）八月、お目にかかり、当時のようすをお聞きした。

「『てんやわんや』は映画のデビュー作ですから、五〇年以上前のことでもよく覚えています」という。「何しろ映画は初めてですから、監督（渋谷実）さんのいうとおり、やりました。ここで踊れ、とかトラックから飛び降りろ、とか、何回もやり直させられたのを、覚えています。宝塚出身だから、飛び跳ねるのは得意、と思ったのでしょうかねえ」となつかしむ。

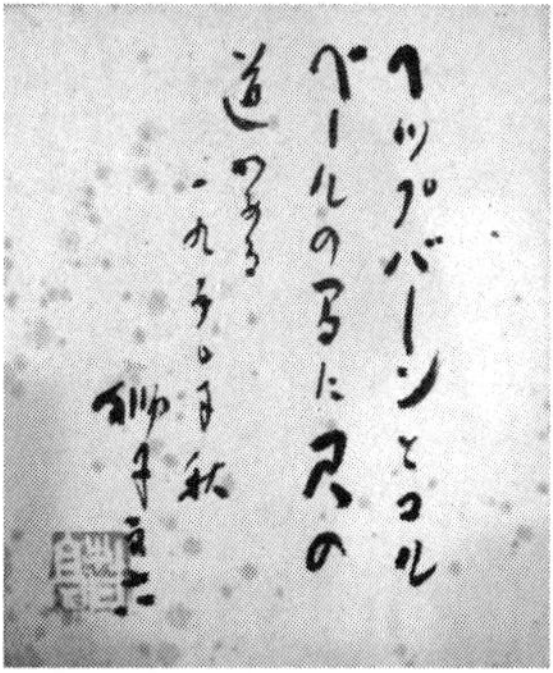

淡島千景さんに贈った色紙（淡島さん蔵）

ちょうど旅芸人一座が岩松に来て、ロケの途中、みんなで見物にいった。おひねりを投げたのは楽しかったそうだ。映画で闘牛を見物するシーンもあり、間近で本物を見たが「こわかったなあ」。

ロケが終わって、文六の大磯の自宅にあいさつに行った。渋谷実監督、山本武一プロデューサーの三人だった。「先生は、威厳のある気難し屋で、あまりしゃべらず、ふんふんと人の話を聞いて、しゃべる人の眼をじっと見つめて、観察しているようでした。私は、どんなに偉い先生かも知らず、ただかしこまっていました」

文六は色紙に筆で「ヘップバーンとコルベールの間に君の道がある　一九五〇年秋　獅子文六」という色紙を書いてくれた。ヘップバーンは、オードリーではなく、キャサリンの方。超美人ではないが、しっかりした感じのキャサリン・ヘップバーンと、都会的でウイットのあるクローデット・コルベール（『或る夜の出来事』のヒロイン）の間ということだが、「私はその道をいけばいいんだな、と思いました。今から考えると、私は女優として、確かに先生の言ったような道を歩んでいるのですね」と淡島さんは言って、少し黄ばんだその色紙を見せてくれた。

映画全盛時代である。岩松に、淡島や佐野周二、藤原釜足ら有名女優男優がロケに訪れ、渋谷監督、キャメラマンら数十人のスタッフが一カ月も滞在した。町中、大騒ぎで、大変なにぎわいだった。一分間のシーンを撮るのに、見物人の整理に一時間かかったという。ＧＨＱから、残酷で封建的な興行だ、と禁止されていた闘牛が、戦後初めて、映画用として特別に許可された。

連作に新境地

文六は、『てんやわんや』のほかにも、「岩松もの」とでもいうべき短編をいくつも書いている。

『無頼の英霊』は、戦死したはずの村の乱暴者が、生きて帰ってきて村を震撼させる話だ。喧嘩っ早く、権威にたてつく若衆宿の頭《かしら》が出征し、大壮行会を開いて送り出す。みんな心底では、厄介払いできたと、ほっとした。戦死の知らせがきてもっと安心し、墓もつくられた。戦争が終わり、しばらくして男は突然復員してきた。周りは腫れ物に触るように男を遇するが、男は以前と打って変わって、無気力になっていた。ある日、かつての配下で、今は男に代わって若衆頭になっていた若者が呼びつけられる。若者はびくびくして出向くが、自分の墓標の木で下駄をつくるから手伝え、という拍子抜けのする頼みだった。

出征と帰還をめぐる建前と本音。旧勢力復活を警戒する戦後派の思惑。復員してきた男を利用しようとたくらむ大人たち。時代の変化につれて人びとが右往左往するさまが、辛らつに、しかしユーモアを込めて描き出されている。

『共産党とエンコ』は、より時代色が濃い。町の講堂で開く共産党の選挙演説会に、町民が五〇〇人も集まった。町民は共産党への関心もあるが、実は、前回の演説会で乱闘騒ぎがあり、これへの期待が主だった。今日の演説会はおとなしく、みんな退屈して雑談し始めるが、突然、外を流れる川に馬がはまった。馬がエンコ（この地方の方言で河童）に引き込まれたらしい、と大騒ぎになり、「エンコが出たと」「はよ、馬助けにゃ」と演説会どころでなくなった。

人びとの飽きっぽさ、物見高さとともに、政治イデオロギーは社会の表面を撫でているにすぎず、愛すべき河童にはかなわないことを示す。エンコ騒ぎは対立する自由党の陰謀という説も出たが、「日本の保守政治家の通弊は学問的貧困」にあり、「心理的、民俗学的な知識と洞察が必要なこうした計画ができるわけはない」、と保守政治にも皮肉をきかせている。

『塩百姓』はもっと塩辛い。貧しい働き者の農民が、思いついて、巨大なトタンのかまどをこしらえて海水をひき、火をたいて、塩をつくり、大もうけした。欲ばって休まずに働いたため死んでしまうが、後を継いだ妻は、手伝いに来ていた怠け者の男といっしょになる、という話。

金稼ぎが自己目的化した人間への風刺だが、欲望肯定主義者の文六は、この農民を軽蔑もしないし、また同情もしない。こんな男がいた、と無情に紹介するだけだ。

いずれも、手馴れた話の運びぶりで読ませるし、題材も珍しい。独特のユーモアとともに、世相風刺があり、冷めた人間観察がある。人情話に落とし込まない。文六は長編小説家といわれるが、こうした小味のきいた短編も、なかなか捨てがたい。岩松での見聞を、文六は十分に活用した。

「やっさもっさ」語源論争起こる

昭和二七年二月、文六の長編『やっさもっさ』が毎日新聞に連載される。『てんやわんや』『自由学校』に続く「敗戦小説三部作」の最後の作品だ。これにあわせて、国語学の大家、新村出《しんむらいずる》の「やっさもっさ考」が同紙に載った。「やっさもっさ」という奇妙な言葉の語源について、毎日新聞が専門家にエッセイを依頼したと思われる。『てんやわんや』（毎日新聞）のときも、新村は同紙に語源考察を寄せているが、文六の斬新なタイトルは、各方面の知的好奇心を刺激したようだ。

「やっさもっさ」は、「（労働の際のかけ声から）大勢よってたかってのとりこみ。どさくさ。大さわぎ。もめごと」（『広辞苑』第六版）という意味とされる。新村は、この言葉の語源として、大槻文彦（『大言海』の著者）が主張するヤルサモドスサの短縮説を紹介し、このヤルサモドスサは古い文献にあまり出てこず、賛成とはいえない、とし、今後古い語例が発見されるだろう、と断定を避けている。数日後、新村は同紙に再び短い文をのせ、大槻のヤルサモドスサに対し、自分はヤルサモムサを提唱したい、モムの語例はモドスよりはるかに多いからだ、という。

一年後、新村は三たび「やっさもっさ」の語源を毎日で取り上げる。前年来、この語源に関して全国から手紙が一〇通ほどきたが、平安期の神楽歌《かぐらうた》に出てくるオサマサ説、やはり平安期『栄華物語』にある大工の掛け声エサマサ（エッサマッサ）説が興味深く、とりわけ後者は音形が酷似しており、これを正解とすべきだろう、としている。また、天理大学の中村幸彦助教授から、「やっさもっさ」の用例が、これまで指摘されてきたものより一〇〇年も前の寛文・元禄期にあるという報告もあった、と述べている。

それから一五年後、『文六全集』（朝日新聞社）の月報（昭和四三年九月）でも、語源が考察される。九州大学教授になった中村幸彦が「やっさもっさ・てんやわんや考」を寄せている。

それによると、江戸時代に「とっぱかっぱ」「しどろもどろ」など、一語が前後二部に分かれ、押韻を踏んだような形の、語感からなんとなく気分が推察できる俗語が、文学作品にも使われだした、とし、「やっさもっさ」については、ヤルサモドスサ説にはやや否定的で、『栄華物語』のエサマサ説などを紹介、さらに踊りの掛け声だった「やっさ」に、「もっさ」というあまり意味のない接尾がついたのだろう、と書いている。

中村は「てんやわんや」についても、式亭三馬ら江戸期の語例を挙げて、不統一、取り乱すさまの意味で使われたことを説明している。なお、中村は、夢野久作『ドグラ・マグラ』（昭和一〇年）も例に出し、三馬や夢野や文六らの作家たちは、「この音色の振子形の語群が、語自体に、苦しい時、いきどおろしい時さえも、庶民が持って来た本質的に庶民的なあの笑いの気分を蔵することを、見ぬいて来たようである」と、注目すべき感想を述べている。

演劇人でもある文六は、セリフ使いが巧みで、言葉の響きやイントネーションに敏感だった。「やっさもっさ」や「てんやわんや」の、おかしみがあって、しかもリズムのいい語感が、文六の胸に響いたのだろうし、中村の感想にある、苦しいときにも生じる笑いの気分も、込めたのかもしれない。

さほど一般には使われていなかった「てんやわんや」は、文六の小説や映画、さらには漫才師の「獅子てんや瀬戸わんや」の存在で、世間に流布し、今でも広く使われる。それに比べ、「やっさもっさ」が今日あまりお目にかからないのは、「てんやわんや」の、あわただしく、かつ滑稽味もある語感に比べ、おとなしいためか、あるいは「○○やっさ××もっさ」という漫才師が現れなかったためだろうか。なお、長編『可否道』は、映画化されると『なんじゃもんじゃ』というタイトルで公開された。（後に『コーヒーと恋愛（可否道）』に改題）。

ところで『やっさもっさ』は横浜が舞台の小説で、米軍兵士が闊歩する戦後の横浜の世相が描かれるが、シウマイが横浜名物として知られるのにも、貢献している。

当時、駅弁の販売は、車内や売店で買う現在と違い、列車の窓越しに売るスタイルだった。横浜の駅弁屋の崎陽軒《きようけん》は、赤いチャイナドレス風のワンピースを着せた若い女性の売り子を、停車している列車に沿って歩かせ、シウマイを販売した。「ベント、ベント—」となる駅弁売りの地味なおじさんとは対照的に、華やぎがあり、目についた。横浜は東京に近く、駅弁はなかなか売れなかったが、おつまみ風のシウマイは、いいアイデアだった。今、人気のあるシウマイ弁当はまだなかなかった。

崎陽軒の社長はある朝、毎日新聞を見て、驚いた。新聞小説（『やっさもっさ』）の挿絵に、自社のシウマイ娘が載っているではないか。さっそく、部下に調べさせると、以前、毎日新聞記者が取材にやってきたという。『やっさもっさ』は、しばしば列車で地方遠征に出かけるプロ野球選手が、横浜駅でシウマイ娘を見初め、恋人同士になるエピソードがあり、その場面だった。すぐに映画化され、野球選手役を佐田啓二、恋人役を桂木洋子という売れっ子コンビが演じ、シウマイ娘は全国に知られ、同時に、シウマイ娘が横浜名物として認知されるようになった。

文六は当時、大磯に住んでおり、東京への行き帰りで、横浜駅のシウマイ娘を目にしていたのだろう。大磯方面に行く普通電車は、よく横浜駅で急行の待ち合わせがあり、停車時間が長かった。文六は、真赤なワンピースにタスキをかけた華やかなシウマイ娘を、戦後の新風俗とみて、小説に取り込んだに違いない。

2　四国への手紙

素封家との交流

愛媛県宇和島市津島支庁に、文六が疎開中に世話になった地元の素封家にあてた手紙・はがきが約三〇通、残されている。貴重な資料として、素封家の遺族が町に寄託した。これらの手紙などをもとに、帰京後の文六と岩松の縁をたどってみよう。

東京へ戻っても、文六と津島町岩松の縁は続いた。

岩松の知り合いは上京すると、しばしば文六宅を訪れた。午前中に小説を執筆する文六は、午前は面会謝絶を常としていた。あるとき、所用で上京した岩松の浅野政美（町助役で、『てんやわんや』の饅頭食いの善助のモデル）が、昼前に文六宅を訪ねたところ、女中にその旨を聞かされ、手土産を置いて帰路についた。しばらくして女中が追いかけてきて、どうぞお入りください、という。家に戻ると、文六は笑顔で「浅野さんは別だよ」といって、歓迎してくれた。気難しい文六も、大の大人が饅頭の大食いを競うような、おおらかで享楽的な風土と人びとを好んでいた。縁の薄い東京からの疎開家族を、温かく迎えてくれた感謝の気持ちもあった。そうした人びとの中心にいたのは、文六一家の住み家を提供した素封家の当主だった。

素封家は一番の大地主だったが、戦後の農地改革や財産税の徴収などで、暮らし向きは急降下。文六が借りて住んだ別棟は、文六一家が上京してから、旅館に衣替えし、暮らしを支えるようになった。文六はそれを聞いて、手紙を書く。帰京して三年半のころだ。

旅館営業というものは男がやっては駄目で、奥さんに万事御一任なさるがよろしく、亭主は風呂焚き位していればよろしいそうです。……今後も世の中はどうなるかわからず、御油断なきよう願います。

（昭和二十六年〈一九五一〉三月）

新しく始める旅館のタオルに、文六の字を刷り込む希望を伝えたらしく、文六は二枚書いたからいいのをお使いください、手紙と一緒に送るとシワがよるので、別便で雑誌のなかに巻き込んで送った、と細かい配慮を見せている。最後に「また時々岩松のニュースを知らせてください。小生にとって懐かしき土地で、今頃は裏山の山桜も咲き、やがて庭の牡丹も咲くでしょう、ハヤもそろそろ釣れるでしょう」と綴っている。

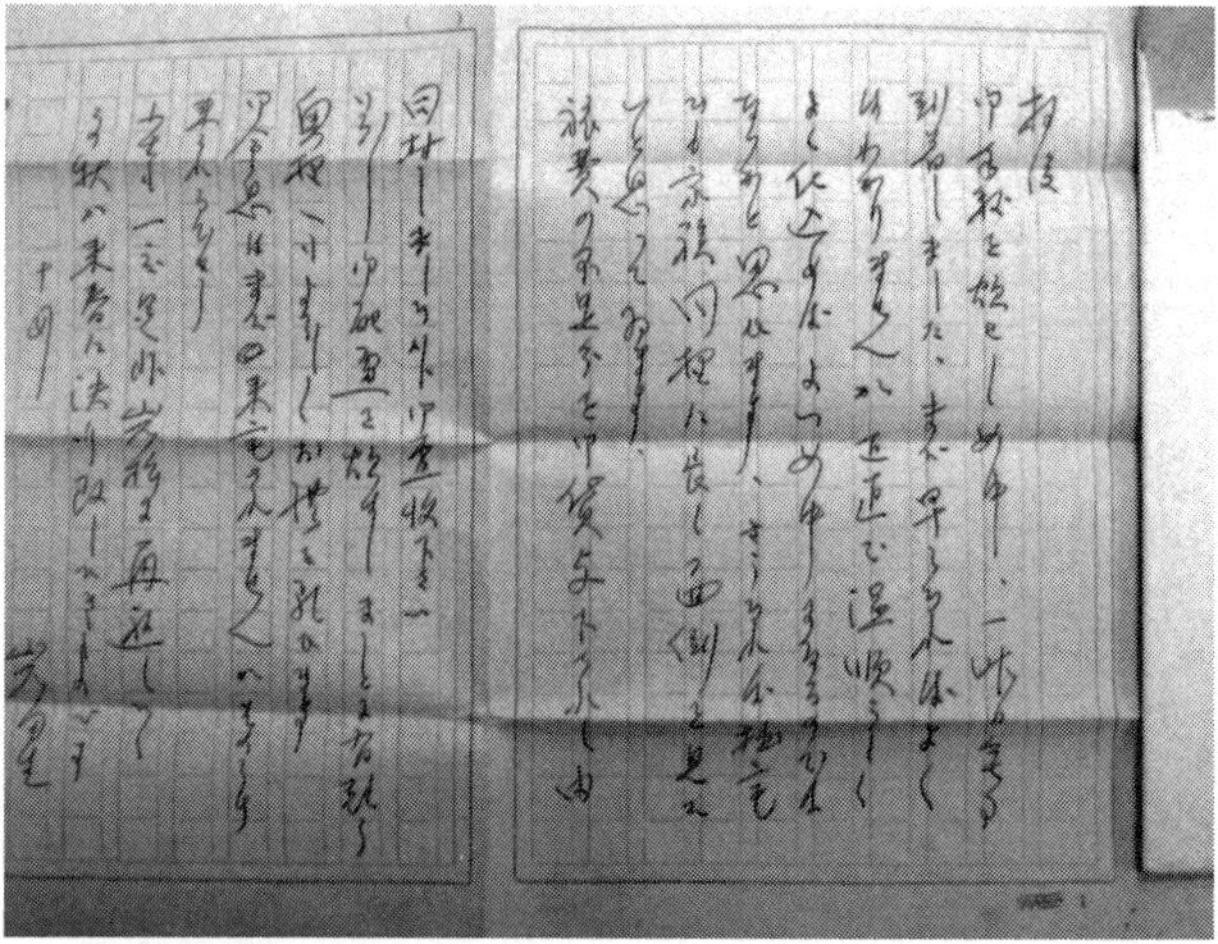

四国岩松の素封家への手紙

岩松と二本の映画

『てんやわんや』が評判を呼び、映画化が決まり、岩松でのロケがあったのは、ちょうどそのころだった。

今回、「てんやわんや」が松竹で映画化されること（と）なり、有名な監督の渋谷実氏が貴地へ下調べ（ロケ・ハン）に行かれます。万事よろしくお世話を願います。

（昭和二五年四月ごろか）

と前置きし、調査の候補地として、素封家の本家の邸内及び裏門や岩松町内の旧家の内部、小学校にある大鰻の標本などをあげて、「其他同監督の依頼する調査につき万端御援助を願います。

役場警察お（を）も尽力する様御手配下さい」と記している。

文六は、東京・御茶の水から神奈川・大磯に転居するが、素封家への転居通知の手紙にも、渋谷監督が近日中にそちらへ行くが、宿はそちらを指定した、土地の名物料理（鉢盛料理）を食べさせてやって、「宿料は遠慮なく沢山とって下さい」と書き添えている（同年四月二九日）。

私は数年前、朝日新聞（平成一八年〈二〇〇六〉一月一一日「土曜版be」）に、『てんやわんや』について書いたところ、千葉県の方からお便りをいただいた。自分は岩松近くの出身で、あの映画に出てくる闘牛大会の牛はわが家で飼っていた牛だ。映画の撮影が来るというので、宇和島に連れていった。故郷を離れて久しいが、故郷がとてもなつかしい――。この時代、全国各地で映画のロケが行われ、銀幕のスターたちが、わが町にやって来た。にぎやかに撮影が行われ、あこがれのスターの姿を垣間見た。人びとはこの思い出を今も大切にしている。

数年後、やはり大評判になった小説『大番』も映画化され、当地で撮影があった。主人公「ギューちゃん」の出身地が、岩松らしき四国の田舎という設定で、主演の加東大介はじめ、岩松に続々スタッフが入り、大々的なロケが行われた。このときも文六は、素封家に、映画撮影に協力を依頼する便りを出している。

第二の故郷

文六家では、四国を離れてからも住み込みの女中は気心の知れた岩松の人が雇われた。素封家のあっせんで岩松から派遣してもらった。その際のやりとりの手紙も数通残っている。当時、転居に必要だった「移動証明」を忘れずに、大磯駅に着いたら公衆電話で電話すれば迎えにやる、などと文六はこまごまと指示している。自作が本になると送り、また、素封家の子供のために、わざわざ子ども用の本をプレゼントしている。異例の心遣いといえよう。

素封家の旅館は新たに料理屋も始め、さらに県都松山に支店を出す話も出た。文六は、少なからず心配した。大地主のお坊っちゃんで、無類に人がよく、商売には向かない性格の当主に務まるだろうか。こんな手紙を出している。

> 小生も今頃男の子が生れて感慨無量であります。名前は敦夫（アツオ）とつけました。倫敦の敦の字で、昨年の渡英記念です。（略）松山支店も結構ながら、今年昨年の経済界の見通しから考えると、暫《しば》らく待機されるが賢明でしょう。
>
> （昭和二九年二月二一日）

松山への出店は結局、取りやめになったと思われる。というのは、文六の懸念のとおり、旅館経営はじきに行き詰まった。

先頃、廃業の御通知あり、その後如何なる御様子かと心をかけておりました。これからは金を儲けるよりも、金を使わない生活に切り替えられる方（が）賢明と存じます　（昭和三一年四月）

大きな借財を抱えた素封家一家は、とうとう代々の岩松の家屋敷をすべて売り払い、宇和島に転居した。

昭和三六年、『娘と私』がＮＨＫの朝の連続テレビ小説で放送されるのをきっかけに、文六は一四年ぶりで岩松を訪ねた。宇和島で出迎えた素封家当主は、地元の家屋敷が人手に渡ったあとも、恬淡《てんたん》としてもとの自分の屋敷や町を案内し、文六を痛ましい気分にさせた。

文六はこのときの再遊のようすを「第二の故郷」という小品に書いている。あれほどなつかしく思っていた岩松も、実際に来てみれば、「不思議と、感慨が湧かなかった。恐らく、胸迫って、涙の一滴ぐらいコボれるかと、予想していたのに、何のこともなかった」。一泊しての帰りも、さまで名残り惜しくなく、穏やかな天気で桃源郷らしい風光に満ちてはいたが、かつてのように「この土地に隠栖《いんせい》しようという気持は、私の心のどこにもなかった」。

何とかしてやりたいが

素封家と親しかった浅野政美とも、文六はしばしば手紙でやり取りした。浅野の娘婿の藤男さんによると、流行作家として経済的に余裕のできた文六は、零落した素封家に一時期、経済的な援助をしたこともあったようだ。藤男さんは、「もう援助をこれでおしまいにしたい、と先方に言ってほしい」という父政美あての文六の手紙を見ている。素封家は宇和島で先物取引の会社の出張所長をし、妻は保険の外交をしていた。その後の浅野あての手紙には、文六の気持ちがにじみ出ている。

お手紙拝見、実に驚きました。そして、気の毒なことで同情に堪えません。嘆願書にも役に立つの事、小生も署名します。四年前に行った時は小豆相場の店をやってると聞いたので「客に相場させるのが商売事だから、自分では絶対にやってはならぬ」と忠告して置いたのだが、やはり小生懸念せし如き結果となりました。今日となっては如何ともなし難し。

ところで貴信のきた日に、偶然にも当人が拙宅を訪ねてきたのです（宇和島の男という中年の男を同伴）。小生は何事も一切知らぬ態度で応対せしが、当人は全然その事件に触れず、また上京の目的も話さず、ただ岩松の話なぞして帰って行きましたが、確かに元気なき様子で、あの気の弱い男なれば自殺でもしはせむや、と小生心配になりました。

ほんとうに可哀そうな男です。何とかしてやりたいが二千万では手の及ぶところでない。その後の様子、時々御通知ください。一月十七日　文六生

昭和四〇年ごろに書いた手紙の全文だ。これによると素封家は、仕事につまずき、さらに大きな借財を背負い、厳しい事態に陥ったようだ。二千万という数字がなまなましい。

その後も素封家との交友は続き、文六のところには、受賞の祝いの便りや、ときには土地の名産品が送られてきた。昭和四三年一二月、文六は地元名産カマボコを送られた御礼に「どうぞそのようなご配慮は、今回限りにお願いします」というはがきを出している。文六死去のちょうど一年前だった。

二人の境涯は、知り合ったときと逆転したが、素封家による疎開中の庇護を深く感謝し、その後も文六は心遣いを忘れなかった。無愛想で傲岸にも見えるが、意外なほど細やかな配慮を示す文六の一面を、四国岩松にあてた手紙は物語っている。

前に述べた、神奈川近代文学館の「獅子文六文庫」にあるノートに不思議なことが書かれていた。

昭和三八年、文六七〇歳、四月に芸術院賞を受賞し、読売新聞連載の『可否道』がようやく終わったところだった。精力的に仕事はしているが、年齢に伴う心身の不調は隠せない五月、胃の不調で慶応病院に入院した。その入院中のベッドで書いたようだ。

病院の夕暮れや、老年を迎えた自分について、母の思い出などがしんみりと書かれているが、最近しきりに、岩松のことが夢に出てくるという。こんな夢をみた。

岩松から東京に帰ったが、事情があってまた岩松に戻ることになった。ところがあんなに親切にしてくれた岩松の人びとが冷たい。本当はずっとわれわれ一家を憎んでいたのではないか——。

「精神分析の人にも一度、聞いてみたい」と文六はさびしそうに短い文をしめくくっている。岩松の人びととは、ずっと親しい関係を続けており、こちらも誠意を尽くしてきた。だが、気持ちの奥底に、何か不安がわだかまっていたのだろうか。豪胆にみえる文六の、繊細な面がうかがえる。

3　漱石と文六

昭和の漱石をめざす

東京から四国に移り住んだ男が騒動に遭遇し、また東京に戻る物語、といえば、漱石の『坊っちゃん』を思い起こす人がいるに違いない。『てんやわんや』の外形が『坊っちゃん』と似ているだけでなく、文六と漱石は、多くの共通点がある。

朝日新聞からはじめて連載小説執筆の依頼がきたとき、というから昭和一一年（一九三六）のことと思われるが、朝日の新延《にいのべ》修三記者が千駄ヶ谷の家に現れて、夕刊用の小説の執筆を頼んだ。当時、報知新聞に書いていた最初の新聞小説『悦ちゃん』が好評で、文六に白羽の矢が立ったようだ。

新延の回想録『朝日新聞の作家たち』によると、文六は夕刊中編ものという注文がすこぶる不満のようすで、「書く材料はあるのだが、朝刊じゃないんだねえ」「たった二、三十回ぐらいじゃねえ。材料も勿体《もったい》ないし……」とためらった。だが新延の「じゃあ、よしますか。この際、目をつむって引受けといた方がいいんじゃありませんか。ここで成功すれば、必ず朝刊にでられますよ」という文句につられ、執筆を承諾した。これが『達磨町七番地』であり、新延記者のいうとおり、ほどなく、朝刊にもお呼びがかかるようになる。先に述べたように、当時は朝刊小説の方が格が上とみなされていた。

このときのやりとりは、文六の回想（「最初の註文」）では、ニュアンスがやや違う。朝日の夕刊執筆依頼を聞いてショックを受けたのは同様だが、夕刊に不満だったのではなく、当時朝日夕刊は文壇の清新作家が書いており、その朝日に書ける、という名誉からだった。ただ、今は報知に書いているので、これが終わってからにしてほしい、と「恐る恐る」「懇願する」と、いや、それはこちらの都合が悪い、との返事。じゃあ残念ながら、今回はお断りするしかないと、また恐る恐る話すと、「そうですか、しかし、あなたのオタメに、どうですかね。少しはムリをしても、今度の依頼を受けて置いた方が、よくはないですか」とやんわり脅された。「その頃、説教強盗の噂はまだ新鮮であったが、彼の手口もややそれに類していた。私は一タマリもなく、落城した」。二つを比べて読むと、若い文六の強がりと本心が透けて見えて、面白い。

さて、このときの原稿（『達磨町七番地』）の受け渡しの際に、新延によると、文六はこう言ったという。「僕はねえ。実は、昭和の夏目漱石を目指しているんです。必ず忘れないで下さい。何時の日か、漱石の坊ちゃんや猫を凌駕するユーモア作品を書いてみせますよ」。朝日に新聞小説を書くということで、朝日の新聞小説家だった漱石を思い起こすのは、ごく自然のことだが、「昭和の漱石を目指す」とは、なかなか勇ましい。

文六は漱石を愛読した。とくに『吾輩は猫である』は一〇ぺんは読んだという。橋口五葉の装丁、中村不折の挿絵の入った豪華な本の、初版か再版で読んだのが最初、というから、明治四〇年（一九〇七）前後、文六が中学時代のころだと思われる。

ふたりの共通点、相違点

ふたりとも町っ子、都会っ子だった。それも山の手の子といっていい。

漱石は東京早稲田の名主の家に生まれ、東京の山の手で育つ。文六は横浜の商家の生まれだが、両親とも武家の出で、暮らし方は山の手の中産階級といえた。その都会っ子が、長じて田舎にしばらく暮らすことになる。ふたりとも四国の町だったのは偶然だが、旅ではなく、居を構えて住んだことが重要だ。漱石は一年、文六は二年といずれも短い期間だが、暮らしてみなければわからない土地の機微を、ふたりの文学者は垣間見ている。彼らの作品に、旅行記や紀行では得られない生活感があるのはそのためだろう。

都落ち、という落魄《らくはく》感も共通だった。明治二八（一八九五）、二九年に、二〇代後半の漱石は、彼の生涯に何度かあるピンチの時期だった。人もうらやむエリートコースの帝国大学を出て、高等師範学校で教師をやるものの、将来の方向が見えず、精神的に不安定な日々が続いた。下宿先のお寺の尼さんが自分を監視している、と妄想をするほどで、鎌倉円覚寺に二週間も泊まり込んで座禅を組み、新境地に達しようとするが、ままならない。唐突に横浜の英字新聞社に応募し、英字紙の記者になろうともするが、書類選考で落ちて激怒したと伝えられる。

その直後の松山行きの原因は、諸説あって結論がないようだが、ここと違う場所、別の環境に身をおきたいという、切迫した気分があったのは間違いなさそうだ。将来を見据えて一時地方に行く、というものではなかった。当時、帝大卒業生が自分の故郷でもない四国の中学に行く、というのは珍しかったのではないか。

文六も、戦争直後の混乱期に、食糧事情、住宅問題、さらには文学者の戦争責任の問題もあって、東京（戦争末期に神奈川県湯河原に疎開していたが）から離れざるをえなかった。むろん永住する気はなかったろうが、あの混乱の時代に、喜んで四国まで行ったわけではない。

とはいうものの、むこうで、ふたりとも「先生」として遇された。漱石は文字どおり、中学の英語の教師、それも校長より高給とりの学士さまの先生であり、文六も東京からきた有名な小説家として「先生」といわれ、地元名士との会合では上席に座らされた。

むろん、違いはたくさんある。漱石はまだ二〇代の独身だったのに対し、文六は五〇歳をすぎ、妻と二〇歳の娘の家族連れだった。若い漱石は、刺激のない松山生活を楽しんだとはいえないが、文六は、はじめて体験する田舎暮らしを新鮮に感じ、風俗習慣などをいろいろと取材し、ノートにとっている。ふたりが四国に最初に着くところの描写は対照的だ。

いうまでもなく、漱石と『坊っちゃん』の主人公を同一視してはいけないが、『坊っちゃん』では、四国の町（松山の外港の三津浜とされる）に東京から着いたとき、こう描写される。

ぶうと云って汽船がとまると、艀《はしけ》が岸を離れて、漕《こ》ぎ寄せて来た。船頭は真っ裸な赤ふんどしをしめている。野蛮なところだ。……見る所では大森位な漁村だ。人を馬鹿にしてらあ、こんな所に我慢が出来るものかと思ったが仕方がない。威勢よく一番に飛び込んだ。

一方、『てんやわんや』の主人公が岩松をはじめて遠望するシーンは、先に紹介したように、

山々の屏風《びょうぶ》で、大切そうに囲われた、陽に輝く盆地だった。……いかにも、それは別天地であった。

と印象深く書かれている。「野蛮なところ」と「別天地」。印象はまさに対照的だが、異郷の地にはるばるやってきたときの、都会っ子のカルチャーショックであることは共通する。

ふたりともヨーロッパ留学経験のある大インテリだった。漱石は世界を支配した大英帝国の首都ロンドンに暮らした。一九二〇年代の文六のパリは、芸術の都、ヨーロッパ文明の華だった。漱石も文六も、当時の日本人にはめずらしい国際感覚を身に着け、文明批評的な視点を持った。偏狭なナショナリズムとは、縁がなかった。

作家デビューが遅かったことも共通する。漱石はもともと英文学者で、最初の小説『吾輩は猫である』を書いたのが三八、三九歳のころ。本職は帝大講師だった。プロの作家になるのは、四〇歳で朝日新聞に入社してからだ。文六も演劇活動で世にでた。戯曲や演出ではとても食べていけないので、筆名で小説を書き始めたのがきっかけだ。雑誌『新青年』に『金色青春譜』を連載したのは四一歳のころだから、漱石のデビューとほぼ同じ年齢だ。

新人時代のない作家なのである。むろん、初期作品といえるものはあるが、すでに自分のスタイルを持っている。それまでの社会人としての経験と蓄積が、狭い文壇意識を排し、目を社会に開き文章に平明さを与える。

ふたりとも新聞小説家だった。読者は新聞の読者、つまり不特定多数の社会人であり、いわゆる文学青年、文学少女ではない。漱石は『彼岸過迄』を連載するにあたって、緒言を書いているが、そこで「自分の作物を読んでくれる人は何人あるか知らないが、その何人かの大部分は恐らく文壇の裏通りも露地も覗いた経験はあるまい。全くただの人間として大自然の空気を真率に呼吸しつつ穏当に生息している丈だろうと思う。自分は是等《これら》の教育ある且《かつ》尋常なる士人の前にわが作物を公にし得る自分を幸福と信じている」といっている。漱石も文六も、主要な読者は文壇関係者ではなく、勤め人、教員、主婦ら、「教育あるかつ尋常なる士人」といえた。ある意味では、もっとも厳しい目を持った読者ともいえる。文六と漱石の読者層は意外に重なっている。

新聞小説家は、純文学系の文学者や批評家からは軽く見られる傾向があった。漱石でさえ、戦前までは、しばしば文壇から、あれは新聞小説家だから、と軽視されたという。文六のユーモアものの新聞小説は、なおさら文壇から相手にされなかった。文芸評論家でまともに文六を論じたのは、正宗白鳥くらいだ。

いうまでもなく、文六と漱石は違う。文六は、近代人のエゴイズムをぎりぎりまで追い求める漱石の精神性とは無縁だし、文章の肌合いもかなり違う。だが、文六は小説を書くにあたり、漱石を明らかに意識していた。『悦ちゃん』というタイトルも、『坊っちゃん』に似ているし、戦前に『主婦之友』に連載した『信子』という小説は、まさに『坊っちゃん』の女性版といっていい。

『信子』

方言を作品に巧みに取り入れて、効果を生んでいるところも同様だ。『坊っちゃん』の「なもし」は有名だが、文六の「岩松もの」も、方言が絶妙な味を出している。短編『塩百姓』では、「こがいなものですらい」(こんなものですよ)、「売ってやんなせ」(売ってください)というように、方言が、のんびりした南国の風土をたくみに演出する。『てんやわんや』でも、地元の長者ののほほんとした人柄を「ですらい」という語尾で、みごとに表じている。

しかしなんといっても、ふたりに共通するのは、豊かなユーモア感覚だろう。

漱石は若いときから落語を好み、文六も草双紙などを愛読した。湿っぽい明治の近代文学より、江戸文化の軽みに親近感を持っていた。留学で本場の風刺小説や喜劇にふれたことも大きかっただろう。『猫』や『坊っちゃん』は『ホトトギス』という気心の知れた同人誌が舞台であり、文六も『新青年』という青年雑誌でデビューした。いずれも、肩の力を抜いて、のびのび書いた作品だった。

『吾輩は猫である』が、猫の目を借りて、人間の欲望、名誉欲、虚栄心を皮肉るように、『てんやわんや』や『自由学校』では、価値観が百八十度転換した世の中で、昨日のことはすっかり忘れて新権力者にすりよったり、便乗したりの戦後の世相を、苦い笑いで風刺する。いずれも皮肉はこもるが、トーンは明るい。長者の家に、町の名士や精神運動を説く坊さんらが集まって、とっぽ（ばかばかしい）話に興じるところ（『てんやわんや』）や、元華族らが祭り囃子《ばやし》に興じる「五笑会」のようす（『自由学校』）などは、苦沙弥先生宅に、迷亭君や寒月君ら太平の逸民が集まって、罪のない蘊蓄《うんちく》を開陳する『猫』を思い起こさせる。

文六は、漱石の傑作は結局は『猫』だろうといっている。「漱石選集に」という題の選集の宣伝文に、こう書く。

結局、私は「猫」だと考えている。これは、明治から今日まで、誰も書けなかったものだし、また、これほど、漱石という人が現われている作品は、他にないと考えている。そのくせ、こんなデコボコで、いい加減な作品は、他に求められない。だが、これほど、光った部分を持ってる作品も、他にない。その輝きは、他のいかなる作家も、持たぬものである。私は、漱石が「明暗」や「道草」の「道」を追求するよりも、「猫」ばかり書いていてくれたら、よかったと、この頃では考える。

文六は戦後もずっとユーモア小説を書き続けていた。文壇から軽んじられても、日本の近代文学には珍しい、滑稽と軽みを、「追求」していた。漱石さん、わたしはまだまだ、滑稽を捨ててはいませんよ。この短文は、文六の漱石に向けたあいさつのように、聞こえる。

文六のユーモアは、苦みを含んでいた。

『てんやわんや』の主人公犬丸順吉は、戦時中、情報局の下級官吏であり、彼が四国に逃れたのも、ひとつは戦犯追及への恐怖だった。下っ端にすぎないのに、異常なほど、追及を恐れるさまは、戦争協力の「過去」を持った当時の一部国民の心境を映しているし、なにより、文六自身がそうだった。自己戯画のユーモアは苦い。村の坊さんの拙雲が唱える「求心運動」とか「四国独立」の妄想も、敗戦・占領の現実をリアルに認識しない政治家、言論人らへの皮肉かもしれない。文六のユーモアは、人情味あるペーソス、といった味ではない。

佐々木《ささき》邦《くに》というユーモア作家がいた。英語教師を務めるかたわら、マーク・トゥエインの『トム・ソーヤ』や『ハックルベリー・フィン』を翻訳、『いたずら小僧日記』などの少年向きユーモア小説を書いた。英米流の温和なユーモアが特長で、『トム君・サム君』（『少年倶楽部』昭和八年）という少年小説は、家の近所に住むアメリカ人の兄弟少年と仲良く遊ぶ友情物語で、そろそろきな臭くなっていた国際関係にあって、気持ちのいい作品だ。

そのころ、佐々木が会長になってユーモア作家倶楽部という組織が生まれ、文六も参加した。雑誌も出し、文六は『牡丹亭雑記』という連載随筆をのせたが、数年でクラブも雑誌もつぶれてしまった。大陸で戦争が始まる時代に、ユーモアはなかなかなじまないし、ユーモア作家という人種は、文六もそうだったように、偏屈で、団体活動が苦手な人たちだったのかもしれない。

佐々木のユーモアは明るく健康的で、善良な人間性への共感があった。内向的な人柄で、英語教師の匂いを多分に感じさせた、と文六は見ていた。辛辣な観察から生まれる文六のユーモアとは味が違うが、数少ないユーモア作家の先輩だった。

佐々木は戦後、あまり注目されず、昭和三九年、亡くなった。文六は訃報を知り、「佐々木氏は、日本の現代ユーモア作家の祖のような人で、また、外国の滑稽《こっけい》小説の流れを、日本へ持ち込んだ最初の人として、長く記憶さるべきである」と悼んでいる。漱石、佐々木邦、内田百閒、井伏鱒二、文六らの乾いたユーモアの系譜は、飯沢匡《ただす》、井上ひさしらが引き継いだが、日本の文学風土ではいまだに太い幹に育ったとはいえないようだ。

6章 敗戦と焼け跡——御茶の水

御茶ノ水駅ホームからバラック小屋の建っていた神田川の土手を見る文六（昭和42年ごろ、朝日新聞社）

1　『自由学校』

「出て行け」で話題に

ガシャガシャガシャという音。ミシンの音というものを、男性は、あまり好まぬようだ。第一に、うるさい。そして、楽器よりも鋭敏に、使い手の感情を伝えるから、困る。

怒気を含んだ細君の脚《あし》が、ペダルを踏む場合、どんな、みごとな演奏をするか。それから、女性の自覚が、決して、戦後に始まったものではなくて、ミシンが日本の家庭に普及されたのと、時を同じゅうするという見方も、捨てたものではない。とにかく、針箱の側《そば》で、妻が静かに手を動かしていた時代には、家庭も、今よりは静かであったことは、事実だった。

文六の代表作の一つ、『自由学校』は、こんな調子で始まる。ガシャガシャガシャという擬音は、戦後の騒がしい世相の隠喩ともとれるし、主婦がミシンを踏む行為は、女性が活発に働く表れでもある。

ミシンと格闘している細君の名は駒子、数えで三〇を超す主婦。良家の出で英文学を修めた才媛だが、無駄を嫌うしっかり者、内職で子ども服を仕立てて家計を助け、ぐうたらな亭主を尻に敷く。名のとおり、暴れ馬の気配も。亭主の南村五百助《いおすけ》は、平日の昼前だというのに、パジャマ姿のおおきな体を、濡れ縁にうつ伏せに横たえている。

五百助も、裕福な実業家の子息で、何不自由なく育った。通信社に勤める茫洋とした大人《たいじん》だが、茫洋としすぎて実務が苦手、会社勤めがいやになった。先日、とうとう妻に無断で、会社を辞めてしまった。言い出すきっかけがつかめず、一カ月、ずるずると今日まできた。結婚して九年、子どもはいない。

ミシンの音がピタリと止んだ。

「あなた、眠《ね》てるの」

「いや……」

空井戸《から》の底から響くような声だった。

「眠てないんなら、返事なさいよ」

「してるよ」

「十一時過ぎだって、いってるじゃないの」

「ああ、知ってる」

「知ってるなら、サッサと支度して、出かけたら、いいじゃないの」

「うん」

と、いったものの、五百助は微動もしなかった。

（略）

「ちょいと、ちょいと……もう、いい加減にしたら、どう？」

　駒子の声が、五百助の耳の端で聞えた。ミシンを離れて、側へ寄ってきたとすると、少し厄介なことになる。

　矢庭に、手が伸びて、五百助のパジャマの襟にかかった。すると、猫がつままれたように、二十二貫の巨体の上半身が、スルスルと、持ち上ったから、不思議である。心理が物理を支配する例は、家庭では稀《まれ》でない。

「さ、お出かけなさい」

　五百助は、毎日会社に行くふりをして出かけるが、実のところ、ぶらぶらしているだけだったことを告白、会社を辞めた理由を「自由が欲しくなったもんだからね」というセリフを聞いて駒子は激怒する。

いやな沈黙が、起きた。駒子が体中をブルブル震わせ、血の出るほど、唇を咬《か》んでる結果としての、沈黙である。が突然、

「出ていけ!」

すばらしい、大音声だった。駒子自身が、驚いたほどの声と、言葉の意味だった。ほんとに、無意識で、彼女はそう叫んだのである。しかし、気がついた時に、取消しをする気はなかった。彼女は、それを訂正しただけだった。

「あなた、とても、ご一緒に生活していけませんから、家をお出ンなって……」

五百助は、ジロリと、細君の顔を見た。

「そうですか」

ひどく、重々しく、彼は答えた。そして、ユックリと立ち上って、長押《なげし》の釘から帽子をとると、

「では、サヨナラ。退職手当の残りは、僕の机の引出しにあるぜ」

長い引用になったが、『自由学校』の文章、とくに出だしのところは、いつもにましてテンポがよく、快調だ。当時、朝日新聞の学芸部次長で、『自由学校』連載の窓口だった扇谷正造によると、連載一〇回目、駒子の「出て行け」あたりから、俄然、この連

載が話題になり始めた。男女平等、男女同権といわれ、選挙や教育など社会のシステムは、男性優位の戦前と大きく変わったが、私生活での実践になると、なかなか理屈どおりにはいかない。ところが、ここでは、妻が声高に「出て行け」と夫に追放を宣言、夫はすごすごと家を出るのだ。読者は驚き、これからどうなるんだ、と今後の展開に固唾《かたず》を呑んだ。「うちの五百助が」「うちの駒子にも……」という会話が、主婦やサラリーマンの間から、聞かれるようになったという。帰宅途中のサラリーマンが酒場で話題にする記事や小説は大当たりする、といわれるが、この作品はまさにそうだった。当時の朝日新聞は二ページ建てが基本で、連載小説は目立つうえ、宮田重雄のアクの強いさし絵とあいまって、新聞連載中から、これほど評判になった小説はなかった。

さて、家出した五百助は、お茶の水橋の下、神田川沿いの崖っぷちに建つ掘っ立て小屋に転がり込む。今でいうホームレスだ。ここには、一〇人足らずの人びとがモク拾いなどで、暮らしていた。雨露がしのげ、湧き水も出、簡単な共同便所もつくってあった。五百助は住民と仲良く暮らし、モク拾いや食堂の残飯を漁る生活を続け、はじめて自由を得た気がする。

東京都心を走る中央線を使うサラリーマンは、毎日、御茶の水あたりで、この光景を見ているから、小説をより身近に感じたに違いない。

お茶の水橋の小屋で取材

四国から戻って、文六が主婦之友社から借りた住居は、御茶ノ水駅近く、神田川の駿河台側だった。そこから庭の木立越しに、対岸に住む人びとがよく見えた。戦後のあわただしい世相とは無縁の、気ままな彼らの暮らしぶりに、文六は興味を持った。双眼鏡で覗いたこともあったらしい。『自由学校』を書くにあたり、文六は、朝日の記者らと、銀座、上野、新宿、池袋と盛り場を歩き回り、東京の新風俗の見聞に努めたが、主舞台は、結局のところ、自分の家のすぐ近くだった。

ここを書こうと決めた文六は、遠くから眺めるだけでなく、実際にようすを見たいと扇谷に相談、しばらくすると、扇谷は向こう岸と話をつけてきたようで、案内するという。新聞記者はこういうとき、腰が軽い。二人はシウマイとウイスキーを手土産に、対岸に渡った。ある小屋に入り、飲み食いしながら話を聞いた。「小屋の内部が案外清潔で、住む人たちの態度も礼儀があった」（「全集の出るまで」）と文六は回想している。

当時朝日の学芸記者で、のちに作家になる沢野久雄が連載の直接の担当だった。周辺をいろいろ取材して、データを提供した。神田あたりの大衆食堂で出すあやしげな雑炊は、進駐軍の残飯などを集めてつくるが、中からラッキーストライクの吸いさしなども出てきて、沢野はこれを食べて腹をこわしたという。川端康成に師事し、上品で風雅な小説を書くようになる沢野にとって、こういう仕事はきっと苦手だったことだろう。

沢野は、その後、敬愛する川端の新聞連載『舞姫』を担当する。始まった『舞姫』は、登場人物が皇居前の濠《ほり》をあっちいったりこっちいったりで、筋がさっぱり進行しない。業を煮やした社の幹部から「あれじゃ川端康成でなく濠端康成だ。なんとか濠から離れるようにいってこい」といわれ、頭を抱えた（『朝日新聞記者の証言4』）。続いて、湯川秀樹の自伝『旅人』を担当したが、これも誇り高い湯川を相手にさんざん苦労した。朝日新聞社を辞め、念願の作家になったのはその数年後だ。

時代相醸す造語

さて、『自由学校』だが、「とんでもハップン」（とんでもない）、「ネバー、好き」（大嫌い）など、英語と日本語が合体した奇妙な言葉を、少しイカれた若いカップルの会話のなかに登場させ、アメリカナイズされた時代の空気を写しこんだ。「キャンディ・ボーイ」は、見た目はきれいだが、中身は甘いだけの男、百合子はカタカナで「ユリー」と呼ばれる。「トッポイ」「ギョッ」「イカレ・ポンチ」などの流行語も作中で巧みに使われた。「トッポイ」「イカレ・ポンチ」などは、最近まで使われていたのではないか。こうした、大人には理解できないアプレゲールの若者の生態や会話が、さらに人気を押し上げた。

若者の新風俗や流行語を知るために、沢野は、たぶん文六の意向を受けて、神田の学生街で大学生から話を聞いた。新聞社の新入社員を集めて、座談会のようなこともして、新しい言葉、情報の収集もしたらしい。文六はかつて『悦ちゃん』の執筆時に、三越などデパートの売り子数人に集まってもらって新風俗を取材したが、まさにそのやり方だ。この方法は能率的だし、生きのいい新聞小説を書くには効果的で、のちに読売新聞に書くときも、同様なことをしたという。

五百助はその後、おだてられて怪しげな商売に巻き込まれ、逮捕される。一方、駒子も、若い男から言い寄られ、まんざらではない気分にひたり、あわや、という場面に立ち至るなど、ハラハラドキドキの展開が続く。だが、とどのつまり、五百助は駒子の元に帰り、駒子も五百助の大きさを知り、ふたりとも、わが家ほど安住の地はない、と悟るハッピーエンド。結末はいかにも予定調和的で肩透かしを食うが、さすがは文六先生、タダでは終わらない。これからは駒子が毎日勤めに出て、炊事洗濯家事全般は五百助が一手に引受ける、というオチをつけている。

斬新なタイトルだ。気まま、好き放題のニュアンスを持つ「自由」に、規則や道徳など堅苦しいイメージのある「学校」を結びつける意外性。「自由学校」とは、はて、どういう意味だろう、と思わせて、しかもシャープな字面だ。今の世の中は、自由を学ぶ学校なんですがね、みなさん、うまく学んでますか、という文六一流の皮肉なのだろうか。文六はタイトルのつけ方がうまいが、『自由学校』も、いい線いっている。

五百助の魅力も見逃せない。目玉大きく、太りじしで、悠揚迫らぬ男。いささか時代遅れでズボラだが、物事に動じない。西郷隆盛に通じるキャラクターで、戦前の『南の風』の六郎太以来の文六の理想像だ。このタイプはのちに、『大番』の主人公ギューちゃんに、装いを新たにして再現されるだろう。

この作品を一言でいうと、「自由追求の探険記、旅行記」（作者の言葉）だが、その自由追求の結果は、必ず幸福になるとは限らない、自由と幸福は直接には結ばれていない、という苦い物語でもある。世情もてはやされ、氾濫する「自由」について改めて考えさせ、それを理屈ではなくユーモラスに喜劇風に描いたのは、文六ならではの技だった。

『自由学校』が連載された昭和二五年（一九五〇）は、戦後の転換期といえる年だった。前年一〇月に中華人民共和国が成立、アジア情勢は大きく変わった。マッカーサー司令部は、日本の占領政策を、戦争放棄の平和国家から、自由主義陣営の兵站《へいたん》工場、基地へと、大きく転換した。吉田茂の自由党が発足し、全面講和か単独講和かの大論争が起こる年でも

平成18年刊のフランス語版『自由学校』表紙

あった。『自由学校』連載中、朝鮮戦争が勃発した。在日米軍は戦場に行き、国内では警察予備隊が発足した。朝鮮戦争によって特需景気が生じた。自由党の自由とリベラルの自由が混在し、自由の概念は、人によってそれぞれ違ってきた。自由を手に入れた近代ドイツ人が、社会不安のなかで、自由を圧迫するファシズムに傾斜していった経緯を、社会心理学から分析したエーリッヒ・フロムの『自由からの逃走』が翻訳・出版されて、大きな評判になったのは、翌二六年のことだ。こうした社会の動きと『自由学校』は併走し、時代風刺がいっそう意味をもった。

この『自由学校』が平成一八年（二〇〇六）、フランス語に翻訳され、出版された（"L'ÉCOLE DE LA LIBERTÉ" パリ・ロシェ社）。近現代の日本文学を翻訳・出版する文化庁のプロジェクトの対象作の一つである。戦後の混乱期の夫婦関係をユーモラスに描いた作品として、最近あまり読まれないにもかかわらず、選定された。日本文学に乏しいユーモア精神が決め手になった。パリの書店に並んで二年、そこそこ、売れているという。

翻訳者のジャン・クリスチャン・ブーヴィエさんは、日本での生活が長いフランス人。『自由学校』はやはり、ユーモアが魅力的でした。フランス的な感じがします。文六はいろんな意味でプロの作家だと思います」という。フランスでは私小説的な小説は歓迎されないので、フランス人妻が登場する『娘と私』は、残念ながら翻訳されにくいそうだ。

パリ留学が、公私にわたって生涯を決定づけた文六にとって、自分の小説がフランス語に翻訳され、パリの書店に並ぶ、というのは、どんな気持ちだろうか。

正宗白鳥が賞賛

文六の小説が、批評家から文芸時評などで取り上げられることは稀だった。私小説中心の純文学を尊しとする文芸風土では、新聞や『主婦之友』など婦人雑誌に発表される作品は、大衆小説、通俗文学、読み物小説として軽くみられていた。文壇は、ユーモア、笑いへの敬意が、ほとんどまったく欠けていた。そんな中で、ベテランの作家・批評家の正宗白鳥が『改造』(昭和二七年一月)で、『自由学校』をとりあげたのは、きわめて珍しいことだったといえよう。

白鳥は「新聞小説について」という批評文で、『自由学校』や、『帰郷』(大佛次郎)、『風にそよぐ葦』(石川達三)など、当時評判になった新聞小説について論じる。「『帰郷』には世界的風格があり視野が広いと云っていい。純文学が時世の推移を他所に、私小説に耽り、小味な味いを楽しんでいる間に、大多数の読者を相手に、近年の新聞小説家は大芝居をやっているようなものだ」といい、『自由学校』の作者には、「超然とした余裕があり、読者の喜びそうな今の世間の汚らしい有様や奇怪な事件を、真面目に検討して、面白ずくで作中に取り入れたにしても、作者自身はそれについて知ったか振りをしていない超然さを私は認めるのである」と評す。

五百助や駒子は、新聞小説にありがちの「涙ぐましく同情されるような型」でなく、「さらさらとしているそのくせ、案外人生味が豊かで、普通の滑稽諧謔小説風の馬鹿らしさはないのである。この小説一歩踏みあやまると、低調な、ふざけた小説に堕する恐れがありそうだが、そうでなくって、どこともなく、一ぺんを通じて人生味のにじみ出ている感じのするのは、作者に自から備っている芸術的天分に依るのであるか」と、文六が読んだら、それこそ涙が出そうな絶賛ぶりである。

白鳥は、戦前、文六のデビュー戯曲『東は東』を評価した、ほとんど唯一の文学者だった。無名の文六（当時は本名の岩田豊雄の名で発表したが）の作を、「充分に芸術の磨きがかかっている。愛玩に価する佳篇である」と認め、雑誌社の注文で、てっとりばやく書かれたような作品でないらしい、と述べる。フランス人妻との、切実で悲劇的な体験を、狂言形式で書きつけた文六にとって、この評は身にしみてうれしかった。

昭和三七年、白鳥の訃報を聞いた文六は、「正宗さんがツムジ曲りで、他の批評家が横を向く新聞小説に、わざと目を向けたのかも知れぬ」と書いた。新聞小説に注目する批評家は、それほど、珍しかった。

文壇から無視されたことについて、文六はそ知らぬふりをしているが、むろん、愉快だったわけはない。

文六は晩年の短いコラムで、こんなことをいっている。

読売の連載コラム『愚者の楽園』のなかの「真贋問答」で、評論家の臼井吉見と大宅壮一の対談を取り上げる。世の人物のニセモノとホンモノを論じた対談だったらしく、「臼井氏の前へ出ると、ニセモノは一目で、露見するそうだが、えらいものである」と、まずジャブを放つ。

美術品の真贋は興味深いテーマで、優秀なニセモノの腕は、その辺にいるホンモノづくりより上ではないか、と述べたあと、作家の素質をホンモノかニセモノか判断するのは、微妙で、多くの作家は混合体、複合体であり、「いちいちその比率を分析するとなったら、批評家も大骨折りだろう」。そして最後に「私は自分がホンモノだなぞと、自信は持てぬが、さりとて、まっ赤なニセモノであるとも、考えたくない。ひょっとしたら、一割ぐらいホンモノが混じっているかと、ウヌボレるのだが、その辺のところを、臼井、大宅両氏に、鑑定を煩わしたいものである」。

高踏的な批評家たちへの、強烈な皮肉のように読めるのだが。

2　妻の死

「またふたりになっちゃったね」

軽快でテンポのいい『自由学校』の裏には、実は文六の深い悲しみが宿っていた。そろそろ朝日新聞の新しい連載小説（『自由学校』）に取り掛かろうか、という昭和二五年（一九五〇）二月末、妻シヅ子が突然、倒れた。持病の心臓病が原因とみられる脳血栓だった。倒れて数日後、シヅ子は自宅前の病院で亡くなった。『娘と私』で描かれることの前後の叙述は、哀切の感が、とりわけ深い。

神奈川県大磯に転居を決め、その準備に忙しいときだった。ようやく借り家から脱し、騒がしい東京から離れ、海に近い大磯で、老夫婦が静かに暮らすつもりだった。戦前のフランス人妻の死も大きなショックだったが、まだ三〇代で、再起する力は残っていた。だが、初老を迎えての妻の死は、いかな剛直な文六も、なすすべもなく、うちのめされた。告別式の日はとりわけ寒く、モーニングを透かして肌へ滲みる寒気にガタガタふるえ続けた。弔問に訪れた知人たちは、あれほど弱みを見せるのを嫌った文六が、人前でも滂沱《ぼうだ》の涙を流すのをみて、胸をつかれた。私は数年前、娘である巴絵さんに、東京田園調布のお宅でお目にかかったが、このとき文六は、巴絵さんに「またふたりになっちゃったね」とさびしそうに語った、という。

妻とは、当初は隙間風が吹くこともないではなかったが、時を重ねるにつれ、互いになくてはならない存在になっていた。こんなことがあった。

文六は長編小説を終えると、一人で旅に出るのを楽しみにしていた。朝日新聞連載の『南の風』を書き終えた昭和一六年秋は、北陸から飛騨方面へ旅した。

最初の宿泊地、妙高温泉に着いて温泉に入ろう、とかばんを開けると、タオルがない。女中に買ってきてもらおうとすると、そんなもの、いまありませんよ、と笑われた。戦時経済に移行し、綿布の統制が始まっていた。物資不足を改めて実感した。女中から手拭いを借りて入浴したが、清潔とはいえず、不快だった。

翌日、楽しみにしていた金沢では、タオルの入手で頭がいっぱいだった。どこでも売っていなかったが、ある百貨店にタオル地でできた寝巻きがあり、これを買った。こんなものを買うのにも、住所氏名のほか捺印が必要だった。宿で袖を切ってもらい、タオルの代用にした。文六は、妻が旅行の必需品であるタオルをかばんに入れ忘れたからだ、あるいはわざと入れなかったのかもしれない、と癇癪《かんしゃく》を起こし、金沢から怒りのハガキを書き送った。

『娘と私』では、速達便のハガキにバカヤローと大きく書いて、妻へ出し、やっと胸が晴れた、としている。同じ経緯を書いた随筆「タオル事件」では、妻にバカヤローなどと書いたハガキは、妻の人格を侮辱し、離婚訴訟の有力な証拠物件になるだろう、として「妻はあのハガキを保存していないから安心というものの、二度とあんなことは書けない世の中」になったと苦笑している。

ところが、文六の書きぶりを真似ると、妻はチャーンと、あのハガキを保存していたのである。神奈川近代文学館の文六文庫にあるそのハガキの全文を紹介しよう。

妙高温泉一泊当地一泊本日和倉温泉へ向ふ。タオルが鞄に入っていないので大困難した。タオルも手拭もどこにも売っていない。仕方なしにタオル・ネマキを買って

それを切って使ってる。大馬鹿者

えんぴつの走り書きで、字も乱れ、怒りがにじみ出ている。金沢の消印があり、速達ではなく、普通便だった。「バカヤロー」の大書きではなく、末尾に「大馬鹿者」とあるだけだ。でも、文六がカッカしているのがよくわかる。いい大人が、こんなことに腹をたてて、怒りのハガキを出すなんて、なんだか子どもっぽいが、それほど夫は妻に頼

っていたのだった。

にぎやかな作品で乗り越える

納骨の前日だった。午後になると気が沈み、散歩に出ても、庭を歩いても、気分は晴れなかった。胃潰瘍のために続けていた禁酒を破って、夕食時に三合の酒を飲んだ。久しぶりに酔い、ごろりと畳の上に寝転んだ。夕食後、うたた寝をすることはよくあった。

そういう時に、フワッとした感触を覚え、眼を開くと、必ず、千鶴子（シヅ子）が、搔巻《かいまき》とか、毛布をかけてくれていた。それを気づいて、再び、眠りに落ちるのが、私の癖だった。

ふと、私は、肩の寒さに、眼を覚ました。誰もいない部屋に、明るく電燈がついていた。また、眠ろうとして、眼を閉じかけた時に、餉台《ちゃぶだい》を隔て、茶ダンスの前に――いつも、千鶴子が坐っていたところに、彼女がいた。

見覚えのある、鼠色に紫の小紋のある羽織をきて、彼女が、心配したり、悲しんだりしてる時の姿勢――首を、深く垂れ、両手を、膝に置いて、坐っていた。顔は隠れて、見えなかった。

（『娘と私』）

起き上がって名前を呼んだとき、シャボン玉が破れたように、幻は消えた。大きな感動に包まれた。だが、娘に話そうという気にはなれず、書斎へ行って、寝床にもぐりこんだ。

あわただしく葬儀を終え、予定どおり、娘とともに、大磯へ引っ越した。主婦のいない新居はさびしい。とても新聞小説を書く気にはなれず、連載延期を考えたが、周りから、執筆したほうがいい、といわれた。とくに、やはり妻を亡くした経験を持つ旧友の岸田國士からも、強く勧められ、予定どおり、五月から連載をスタートさせた。

お昼までに連載一回分を書き上げ、一人で昼飯。魚屋の御用聞きがくると、夕食用の魚の品書きを見て家政婦に指示する。午後は海の方に散歩に出かけ、日が暮れて娘が帰宅すると、ふたりで夕食をとる。一合ほどの酒を水で割って飲んだ。

そういう平凡な、薄暗い日常が、かえって、今度の新聞小説に、ハデな、騒がしい調子を、求めさせたのかも、知れなかった。『自由学校』という題の小説であるが、私は、およそ、私自身と縁遠い人物や、環境を選び、空虚な自由の名の下に、ガヤガヤする世の中を、書こうとした。

（『娘と私』）

いささか騒々しいトーンの『自由学校』は、対照的に沈んだ日常から生まれた。ところどころに当時の文六の感懐が垣間見える。

五百助のおじの羽根田老人を、文六はこう描く。

　彼は、細君の銀子と、ありきたりの見合結婚をして、三十六年間、これという風波もなく、今日に至った男である。芸妓遊びをした経験が、絶無というわけではないが、細君以外の女に心を移したことは、一度もないから、家庭の争いを起す機会もなかった。そして、べつに、細君に惚れたとも、ハレたとも思わないうちに、いつか、彼女なしには、一日も暮せない良人になっているので、夫婦生活とはこんなものかと、少し、甘く考えていた形跡が、ないでもない。（『自由学校』）

羽根田老人は文六でもあった。妻がいないと一日も暮らせない夫から、突然妻が消えた。文六は、小説の執筆で、乗り越えるほか、なかった。

小林秀雄との喧嘩

このころ、文六は酒をひかえ目にしていたが、若い時は、いくらでも飲めたらしい。中学時代から、母親の晩酌に付き合っていた。幼くして死別した父は飲まなかったが、母は酒が好きで、一、二合の晩酌を欠かさず、一人だときまりが悪いからか、時折、息子にも勧めた。大学時代以降は、もう野放し、「ほかに取り柄はないが、静かに酒を飲むことだけは、心得ているな」と伯父からほめられた。「打つ」ほうはのめりこまなかったが、「飲む」「買う」は随分やった。特に「飲む」ほうは磨きがかかり、フランス留学でワインの味を覚えて、ますます酒道に励んだ。励みすぎて、帰国後、警察に捕まり、留置場で一晩、やっかいになる「事件」があった。

昭和九年、千駄ヶ谷に住んでいたころだ。新設された明治大文芸科の講師になって、演出論を教えていた。当時明治大には、山本有三、小林秀雄、今日出海《こんひでみ》、横光利一、里見弴ら、そうそうたる文学者が教壇に立っていた。文六はそのなかでもとくに変わり者として知られ、明治大学三奇人といわれたという。大学に来ても、誰とも口をきかず、昂然とたばこをふかすばかりで、講義が終わるとさっと帰っていく。教員室で一切、口を開かないのは、室生犀星《さいせい》、萩原朔太郎と文六の三人ということだった。

今日出海の「回想の獅子文六」によると、「事件」はこんないきさつだった。

ある日、講師陣と学生で、親善野球の試合があった。文六は野球が好きで、背が高いから、僕はファーストをやると宣言、上野公園であった試合は学生に敗れ、その二次会が、銀座のバーに流れた。昼間の野球で体力を使い、しかもナマイキな学生連に負けて面白くない。隣に座ったのが、カラミ酒で有名な小林秀雄だった。きっかけは誰かのエ口話が本当かウソか、といったたわいもないことだったが、口論が高じて、「やい、小林、表に出ろ」「いいとも、いつでも表へ出てやらあ」。

ふたりが荒々しくスツールから下りて表にでたのを、今はあわてて追いかけ、みゆき通りに出ると、文六は、小柄な小林ではなく、太った大男と格闘中、あっという間に手錠がかけられた。男は刑事で、街娼を尋問中だったのを、文六は女を苛《いじ》めているチンピラと勘違いして、小林との喧嘩はそっちのけで、刑事に組み付いたらしい。

文六は車に乗せられ、築地署へ。今らは麴町の里見弴宅に行き善後策を話し合い、文六の年来の友人である岸田國士に電話すると、酒を飲まない岸田は「僕は酒飲みは好かないし、酒の上の一切の出来事に関心はなし、責任も負いたくない」とにべもない返事。翌朝、築地署へもらい下げにいくほかなかった。

阿部知二とともに、警察に出向いた今は、書類を手渡される。「岩田豊雄儀（明治大学講師）×月×日、明治大学教授陣と学生陣との野球仕合を上野自治会館付属野球場に於て挙行し、三対二にて惜しくも敗れ、無念やる方なく、上野山下三橋亭にてビールをあおり、余勢を駆って銀座に出て、酒場ルパンにウイスキーをしたたか飲み、帰途思わず公務執行妨害を致せし段、重々申訳これなき次第、深くお詫び致し、二度と再び右様のことこれなきよう戒心致すべく候也」。阿部は「この通りでございます」と平身低頭、二人は署名のうえ拇印までして書類を受け取った。係官から「教養のあるものが、往々にして飲酒上の間違いを起こすことがある。二度と間違いのないように……」と説諭された。

しばらくして文六は現れ、ご苦労でしたとも、ありがとうとも言わず、さっさと出ていってしまった。憤怒に身を震わせている形相《ぎょうそう》でもあり、恥辱に絶え入りそうに背を猫背に折り曲げて、逃げるようでもあった、と今は回想している。


「泥酔懺悔」


文六は酒に関するエッセイをかなり書いているし、「泥酔懺悔」という、その名どおり酒の上の失敗談も披瀝しているが、たぶん生涯でもっとも劇的なこの出来事については、沈黙している。よほどみっともない、と思ったのだろうか。なお、この事件の日は、二度目の結婚（シヅ子）の三日目だったという。酒癖のよろしくないのを先方も知っており、酩酊して外泊するようなことは一切しないと約束して結婚した経緯があった。今日出海によると、新妻にすべてありのままに打ち明けて許しを請うた、という。

その「泥酔懺悔」は、文六の名エッセイとして知られる。

胃潰瘍の手術をして、大酒を禁じられた戦後に書いた文で、若いころの泥酔ぶりを思い起こす。酔って待合の屋根に上がり、月明かりの下に輝く隣の家の屋根に飛び移れると確信、実行しようとして女中や友人に必死で止められた。案外うまく飛べたのではないか、と今でも考えている、というから困ったものだ。酒を飲むと、体力が倍加し、むやみに駆け出したくなって、実行すると、非常に速力がでて、イキ切れなぞはしない、頭脳の働きも活発をきわめ、「おれは天才ではないのか」とうぬぼれが生じた。

泥酔すれば、他人の迷惑、本人の恥辱と、いいことはないが、泥酔の魅力というのがあって、一週間もすればぼつぼつ魅力が回復し、一カ月後には、泥酔が完全になつかしくなる。あんな愚行がなつかしくなるのは、ワレを忘れる楽しみなのだろう、と「酒飲みの自己弁護」が続く。戦争直後、作家の中村真一郎の結婚式の後、中島健蔵と薬局から手に入れエチルアルコールを大量に飲み、ズボンが裂け、向こう脛《ずね》に血が滲んだ格好で、はうように帰宅した。シヅ子夫人は「もういい加減になさらないと……」と厳粛な顔をして言った。これが最後の泥酔だった。

もう、一生、泥酔することもあるまいと思えば、いささか、寂寥《せきりよう》の感なくもない。そして、死んだ妻の美点を索《さが》すように、泥酔の徳なぞを考えているが、ヨッパライになることで、多少、自分を鍛えた事実はあったと思う。……私は、酒に弱く、自分に弱く、大概のことに弱いから、泥酔した。泥酔の後は、自分の弱さを知り、少し傲慢《ごうまん》の鼻を折った。

と結んでいる。

疎開先の四国岩松では、振る舞い酒が楽しみだった。戦争直後とあって、田舎でも酒は自由に手に入るわけではなく、配給酒だけが頼りだったが、むろん、それでは足りず、「いつも、喉をグビグビいわせていた」。

東京から来たえらい先生ということで、時折、赤ン坊の名付け親を頼まれることがあった。親の名などを参考に、名前を考えるが、小説の登場人物の名を案出するのになれた文六には、容易な頼まれごとだっただろう。

やっかいになっていた素封家の家に男の子が誕生した。文六は名付け親を頼まれ、お七夜の儀式のあと、宴会になった。規定の一升を超えて、ふんだんにお銚子が運ばれ、いつもの仏頂面がみるみる、ゆるんだ。存分に頂戴し、ご機嫌で帰宅したのはいうまでもない。当時は、酒は一升かぎり、という規則があったらしいが、祝いごとではお目こぼしされたのだろう。

しばらくして、知り合いの町会議員がやってきて、孫の命名を依頼され、即座に承諾した。こんなことが数回続き、昔、堀部安兵衛が浪人時代、知らぬ他人の葬式に出かけて振る舞い酒を飲み、トムライ安と呼ばれた時分の気持ちは、かくあらんと同感したという。

ただ酒にありつくために、何度も子どもの名前を付けたが、「小説の人物の名を考える時と同様の苦心を払った。それだけに、良心に恥じない」(「安兵衛」)と力んでいるところが、なにやらおかしい。ここで四人の子どもの名前をつけたという。

文六には、岩松を念頭に書いた『第二の故郷』というエッセイ風の作品がある。『娘と私』同様、地名人名は架空だが、内容はほとんど事実とみていい。それによると、一〇年後、その地を再訪したとき、自分が名付け親になった少年少女ふたりが、親に連れられ、文六の泊まっていた旅館を訪ねてきた。どんな名前を付けたか、すっかり忘れていたが、先方からいわれると、思い出した。「二人の子供は、もう声変りがしそうな体つきだったが、容貌も、態度も、感じのいい少年少女だった」と嬉しそうに書いている。

3　映画『自由学校』競作

ゴールデンウィークの誕生

「ゴールデンウィーク」という言葉は、『自由学校』から誕生したことを、ご存じだろうか。

大評判になった新聞連載『自由学校』は、映画化の申し込みが相次いだ。扇谷の回想によると、各映画会社のコンペのようなものがあり、結局、松竹と大映が競作し、同時期公開という異例の事態になった。同じ原作を二社が同時に作り、同時公開するなんて、今では考えられないが、映画が娯楽の王者だった時代ならではのことだろう。映画人口は昭和三三年（一九五八）にピークの一一億二七〇〇万人を数えるが、当時はその上り坂の真っ最中、映画館はいつも満員だった。ちなみに平成一八年（二〇〇六）の映画人口は、その約七分の一の一億六四〇〇万人だ。『自由学校』公開の二年後の昭和二八年に、映画の強力なライバルで、またたくまに映画を凌駕するテレビ放送が始まる。

連載の翌年の昭和二六年五月五日に、二つの『自由学校』は、そろって公開され、大ヒットした。一つを見ると、もう片方も見たくなるらしい。この競作によって、それまで映画のかきいれ時だった正月やお盆より、この時期の映画館入場者が多かった。そこで、大映の役員がこの連休を「ゴールデンウィーク」と名づけた、という。ラジオのゴールデンタイムからきた和製英語で、その数年後あたりから、訳語の黄金週間とともに広く使われるようになった。もっともNHKだけは使わない。業界用語という理由だ。NHKは今でも「大型連休」という。

連休といっても正月やお盆は、家族、親族の行事があり、なにやら気ぜわしい。五月は気候もよく、存分に休みを楽しめる。高度成長時代の働き蜂やその家族にとって、ゴールデンウィークは待望の連休だった。当時はせいぜい三、四日程度の連休だったが、週休二日制以前は貴重な数日だったに違いない。手近な娯楽といえば映画だった。時代が下がるにつれ、ゴールデンウィークの楽しみ方は、映画の凋落と歩をあわせるように、行楽や温泉、さらには海外旅行へと移ってゆく。

豪華キャスト

映画のキャストを列記してみよう。

	松竹	大映
監督	渋谷実	吉村公三郎

五百助	佐分利信	小野文春
駒子	高峰三枝子	木暮実千代
ユリ	淡島千景	京マチ子
隆文	佐田啓二	大泉滉
羽根田	三津田健	徳川夢声
同夫人	田村秋子	英百合子
芳蘭	杉村春子	岡村文子
辺見	清水将夫	山村聡
平さん	笠智衆	藤田進
金さん	東野英治郎	藤原釜足
茂木	十朱久雄	斎藤達雄

そうそうたる男優、女優が並び、改めて映画黄金時代を思わせる。大映版では、若き新藤兼人が脚本を書いている。松竹版は、文六と関係深い文学座の看板女優杉村春子と、戦後復帰した田村秋子の競演が見もので、佐分利・高峰のコンビは、八年前のやはり文六作『南の風』（松竹）以来二度目になる。そのときの監督は、今回は大映でメガホンをとった吉村公三郎だった。淡島は、『てんやわんや』に続く文六作品だ。

その年（昭和二五年九月から二六年八月）の興行成績を見ると、大映版が二位、松竹版が八位と、好成績を記録した。一位は小津安二郎監督の『宗方姉妹《むねかたきょうだい》』（新東宝）だった。大映版は会社創設（昭和一七年）以来、最高の配給成績をあげたという（『日本映画史大鑑』）。また、批評家三八人による投票（二六年）では、松竹版一三位、大映版二〇位となっている。ちなみに一位は『麦秋』（小津）、二位『めし』（成瀬巳喜男）、三位『偽れる盛装』（吉村公三郎）、四位『カルメン故郷に帰る』（木下恵介）、五位『どっこい生きてる』（今井正）で、現在でも評価の高い作品が並ぶ。二六年九月に、ベネチア映画祭で黒澤明の『羅生門』がグランプリ（金獅子賞）を受賞したことをあわせると、そのころは戦後日本映画の最盛期だったといっていいだろう。

先日、この松竹版のビデオを見た。

淡島のアプレゲール（奔放でドライな戦後っ子）ぶりが楽しく、佐田啓二が珍しく三枚目役で、年上の駒子に熱を上げる若者を熱演していた。もっともかなりわざとらしい演技だったが。笠がシベリア帰りの暗い、荒くれ男を演じていたのには驚いた。この二年後に、あの『東京物語』の滋味あふれる父親を演じるとは信じがたかった。杉村が、息子（佐田）を誘惑してくれるな、と駒子（高峰）と口論する場面は迫力があり、杉村の早口の面罵と憎々しげな表情は迫力満点だ。一方の田村は、活発な駒子をゆったりと受け止める初老の婦人を演じ、ベテラン女優の貫禄を見せている。

文六は公開の直後、朝日新聞に競作映画の感想を寄せている。それぞれ一長一短がある、として、渋谷演出（松竹）が秩序整然、流れる水のごとくで、吉村演出（大映）は生気はつらつ、咲く花の如く、という印象で、前者が真面目になりすぎた部分、後者がハメを外しすぎた部分も、頭に残る、といい、原作者としての感謝も不満も、仲良く分け合っていただくほかはない、と正直に、しかし双方にキズをつけぬように述べている。文六はこのとき、映画感想の場を借りて、重要なことを言っている。

自分の小説では、主人公は必ずしも重要でない。「私は五百助や駒子よりも、「時代」を主人公に置いたのである」として、

登場人物はことごとくワキ役であり、極言すれば人間ではなく、人形である。それ故に各人物に、あのような類型を与えたのである。（中略）問題は敗戦日本という主人公が、どれだけ画面に活躍しているかということである。

（昭和二六年五月六日）

文六が『自由学校』で描きたかったのは、戦後日本という時代の空気だった。その意

味で、大映版の五百助をやった小野文春がもっともよかった。「彼が最も人形に近かったからであろう」。しかし、「長く見てると、やはり退屈する」と付け加えるあたりは、甘くない文六らしい。

いくらなんでも、俳優を人形に近い、というのは乱暴だが、実はこういうことだった。この小野文春とは、当時の文藝春秋出版企画部長、つまりサラリーマンだった。小太りで茫洋とした風貌が、五百助にぴったり、と多くの一般公募の中から選ばれたという。本名は詮造といい、文春という芸名は、文藝春秋からとった気配が濃厚だ。『文藝春秋』同年六月号に、小野は「五百助になった百日間」という映画出演日記を載せているが、署名の文春に、「ぶんしゅん」とルビをつけている。文六も、相手が素人だから、遠慮なく人形といえたわけだ。

文六は、大映多摩川撮影所に陣中見舞いにきて、「君、なかなかやるじゃないか。のんびりやりなさい」と激励した。小野は翌年、森繁久彌主演の『三等重役』（原作・源氏鶏太）にも出演していい味を出したようだが、この二本で映画と縁を切り、会社に戻り、のちに同社の役員になった。それにしても、普通のサラリーマンが映画の主役をはるとは、なんとものどかな時代だったと思う。

続々と映像化されるわけ

『自由学校』ばかりでなく、多くの文六作品は映画化された。戦前の『悦ちゃん』はじめ、長編はほとんど映画になっている。『大番』などは本編以外に、続編、続々編、完結編と四本も制作された。『映画・テレビドラマ　原作文芸データブック』によると、なんと三九本も映画化されている。テレビが始まれば、テレビドラマの有力な原作になった。ＮＨＫ朝の連続テレビ小説『娘と私』（昭和三六年）は、とりわけ有名だ。民放でも『箱根山』（昭和三八年、ＴＢＳ）など、いくつもドラマ化されている。

文六作品と映像はなぜ、親和するのだろうか。

文六は最後の一行まで頭に入れてから、書き始める、といわれる。構成をきちんと組み立て、筋をつくる。だから、構想中が一番くたびれる、ともらしている。書いているうちに、登場人物がひとりでに動いてゆき、自分でも先が読めない、という作家もいるが、文六はそのタイプではなかった。勢いより論理だった。物語の骨格がしっかりしているから、シナリオにしやすかった。演劇出身ゆえか、作劇術が優れ、場面転換やヤマ場のつくり方が、巧みだった。セリフの気が利いているのも、演劇で鍛えたからだろう。会話には、ユーモアがありウイットに富む。『自由学校』の「出て行け」もそうだが、決めゼリフが随所に見られる。

シーンに変化があり、具体的で、映像にしやすい点もあろう。『自由学校』では、御茶の水の崖下のうす汚れた掘っ立て小屋と、閑静な大磯の屋敷の対比が鮮やかだ。『てんやわんや』の、闘牛や牛鬼のお祭りなど南伊予の珍しい風俗も喜ばれた。

しかしなにより、映画を楽しむ大衆から支持されたのは、笑いと俗っぽさだろう。演劇を「鑑賞する」客層とは違って、映画館にやってくる大多数の客は、まず、娯楽を求める。欲望肯定論者の文六は、金も色も名誉も、人間の欲をそのまま認め、笑いで包む。皮肉ることはあっても、間違っても説教はしない。文六は大インテリの個人主義者であったが、通俗であることを厭わなかった。

7章　もはや戦後ではない――大磯

大磯の自宅で。熱中していたゴルフに出かけるところ（昭和29年、朝日新聞社）

1　三度目の結婚と『娘と私』

再々婚

昭和二六年（一九五一）は、文六にとって節目の年だった。

年初、大磯の自宅で吐血した。寝台自動車で、東京・築地の癌研究所附属病院に運ばれ、すぐに開腹手術を受けた。重症の胃潰瘍だった。長年の暴飲、暴食がたたったのだろうが、前年の妻の死、大磯転居などの心労も重なったに違いない。文六自身は「酒目当ての座談会に出過ぎたため」といっているが。

退院後、静養のためしばらく逗留した湯河原温泉で、来し方行く末を考えた。五八歳、妻を失って、ほどなくして大病したので、気が弱くなり、若いときには、あんなにもあこがれた孤独が、耐えられないものになってきた。余生を、どうすごしたらいいか。

二月末、妻の一周忌を執り行った。娘の結婚も初夏と決まった。文六は再婚を考える。正確には再再婚だ。

地元大磯に暮らす、一八歳年下の元華族の未亡人松方幸子を、自宅の向かいに住む評論家坂西志保に紹介された。大磯暮らしを楽しみにしていた妻が急死し、娘とふたりだけで転居してきた文六が、急に年を取り、しょんぼりしてしまったのを坂西は心配して、話をもってきたのだった。見合いの場所は、近所の樺山愛輔（白洲正子の父）の屋敷だったが、文六は照れ隠しに、背広姿に下駄ばきで出向いた。玄関で彼女の笑顔を見て、「あ、これは、大変な、お人好しだ」と好感し、「女史（坂西志保）が保証するような、賢明さは、首肯《しゅこう》されなかったが、邪悪な意志や、ヒネくれた感情の持主でないことは、会う度に、明らかになった」（『父の乳』）。

幸子は吉川子爵家に生まれ、松方コレクションで知られる松方幸次郎の四男勝彦と結婚したが、数年で死別、以来ずっと独り身だった。白洲正子とは幼馴染みで、大磯が実家の正子と親しかった。幸子から文六との結婚話の相談を受けた正子は、坊っちゃんや若様なんかより「海千山千」の大人の文士である文六の方が信用できる、と考え「すばらしい、きっと巧く行く。早く決めなさい」と断乎として答えたという。一方、文六からも、世間話のようにして、それとなく、幸子の人柄を聞かれた。正子は客間に飾ってある飛天の絵を指さし、「あんな方です」といった（白洲正子「ほくろのユキババ」）。

この見合いはたぶん、三月初めごろで、結婚式が五月二七日というから、超スピード結婚だ。六月初めに娘の結婚が予定されており、その前に再婚することで、娘がまだ家にいる間に、たとえ短期間でも、同居の経験を積ませ、それによってふたりの間の近親感を、自然なものとさせるためだった。いかにも合理的な文六らしい考えだ。だが、長年連れ添った妻の一周忌が明けてすぐに再婚、というのも、普通の日本人の感覚とはやや異なる気がするが、これも文六一流の合理主義だろうか。

前妻の葬儀が終わってしばらくして、主婦之友社から、妻を失った感想を書くことを求められたが、ショックが大きすぎて、断っていた。ようやく、書く気になってきたのは、娘の婚約が決まったころだった。娘が結婚するという事実は、娘が八歳のころに家に入り、一人前の娘に育ててくれた妻に、改めて感謝の気持ちを思い起こさせた。最初の妻マリーがフランスで亡くなり、定期的な収入もないまま、幼い娘とともに暮らした数年が、文六の生涯のもっとも暗い時代だった。シヅ子と再婚して出直しをはかるころから、作家として自立できるようになった。文六は、『娘と私』という題で、自分の家族史の物語を『主婦乃友』に書き始める。『海軍』を除き、つくりもの、フィクションばかり書いてきた文六が、はじめて自らの身辺を書いた私小説だった。

『娘と私』は、近代日本の自伝文学の傑作といっていいだろう。九〇歳を超す老ジャーナリスト徳富蘇峰は、一読して感動し、掲載された『主婦之友』の社長にわざわざ手紙をよこし、「必伝の作」と絶賛した。

嵐の日に横浜で生まれた赤ン坊はかわいい女の子に育ってゆくが、フランス人妻マリーは、心身とも調子を崩し、やがて故国で静養するため、帰国し、ついには亡くなる。翻訳の仕事も途絶え、病気がちの幼い娘を抱え、文六は立ち往生する。娘はひっきりなしに病気をし、その看病で原稿書きは滞る。娘の成長と健康には、母親が必要なのを痛感する。

こうした苦難を救ったのが、前妻シヅ子だった。彼女は、控えめでおとなしく、義理の娘に真実の愛情を注いだ。わがままで横暴な夫にもよく仕えた。戦争直後の困難な時代には、妻の故郷、四国の岩松へ疎開して一息つくことができた。前章で述べたようにその糟糠《そうこう》の妻の急死は、人生最大のショックだった。

文六は、責任感のある父だったが、いわゆるやさしいパパ、甘いおとうさんではなかった。

娘の婚約が決まったものの、住む家はない。相手はまだ外交官の卵の研修生だ。ほんとうに生活ができるなら、いつでも結婚しなさいと、娘にわざと冷淡にいった。「これからは、娘と、カケヒキを始める時がきたと、考えたからだった」

生活費が足りないなら補助してやろう、家も建ててやろう、では喜ぶだろうが、人生の貴重な第一歩を踏み誤る。責任なしの人生を始めることは、終生の禍いになる。「私の出よう一つで、彼女は、果《はて》のない甘え方を、覚えるだろう。ひいては、彼女の良人にまで、伝染していくだろう」。そう考え、家はかつて住んだ御茶の水の部屋の一部を提供してあげたが、生活費の定期的な補助は、助力をあてにするクセがつくと避け、一定の金の預金通帳を与えて、自分で生活の責任をもたせることがいいと判断した。

べたべたした湿っぽい関係は、まっぴらだった。同居なんてとんでもない。だからといって、冷たい父ではなく、娘に武骨な愛情を注ぎ、強い責任感をもって育てたことは、このエピソードのほか、全編を通じてよく了解される。『娘と私』が、娘をもつ世の男親に共感されたのは、こうしたシャイで思慮ある父親像にほかならない。

この長編は、娘が結婚し、夫の赴任先であるパリに一人で旅立つところで終わる。パリはかつて二〇代の自分がすごし、娘の母であるマリーと知り合った地である。このエンディングもなかなかいい。

娘の乗った飛行機は、夕暮れの羽田空港の滑走路を走り出し、夜空に、ふいと浮き上がった。

私は、それが、一羽《いちわ》の鳥に見えた。広い闇の中を、大きな翼で、掻きわけていく鳥のように見えたが、帽子を、烈しく振ってるうちに、麻理（娘）が、その鳥になったという気持になった。麻理が、大きな翼を生《は》やして、飛び去っていくのだ、という考えが、起ってきて、これが、ほんとのお別れだと、思った。途中を案ずる、コマゴマとした心配など、すっかり消えてしまい、彼女は、きっと、無事に、パリに着くと、思った。少し寂しかったが、安心と解放感が、結婚式の時に倍して、深々と、私を浸《ひた》した。

文六は、『娘と私』の自跋《じばつ》で、「亡妻のことを書くのに『娘と私』というタイトルはおかしい、と思うかもしれないが、亡妻を娶《めと》った動機も、娘の義母として適当の人間と思ったからで、事実、よく育ててくれた。彼女の追憶のどんな断片にも、娘が付随している。私と娘と亡妻の三人で営んだ生活を書きたく、亡妻への私の気持の中心は、結局、娘の存在にあるのだから、題名は『娘と私』がいいと思った」という趣旨を述べている。『娘と私』は文六作品に珍しく、「亡き静子にささぐ」という献辞が添えられている。

大岡昇平によると、評論家福田恆存《つねあり》は文六を評して「鋼鉄のような人だよ」といったという。福田は文学座を通して、文六の人となりをよく知っていた。文六を「地下鉄」になぞらえた人がいたことは、すでに紹介した。いずれも、堅牢で威圧的といえる外面と性格を表している。知人友人は、この『娘と私』を読んではじめて、硬い外皮の下に、柔らかく傷つきやすい内面が隠され、悩み多い人生を生きてきたことを知って、驚いたのだった。

この作品は家族の歴史であると同時に、小さな昭和史でもある。大正末年に帰国した文六が、西洋の演劇に刺激を受けて活動を始めるのは、昭和モダニズムのあらわれでもあり、また、日中戦争が始まってすぐ、盟友友田恭助の戦死に直面し、太平洋戦争期には、『海軍』を書く。疎開や戦争責任追及問題、与えられた自由と民主主義への期待と戸惑いは、戦後の世相そのものだ。文六とその家族を通じて、しばしば激動の時代といわれる昭和が、いきいきと私たちの前に、展開するのである。

還暦を迎えて息子を持つ

三度目の結婚は、静かで平安な余生をすごすためだった。半生を振り返る『娘と私』の執筆も、人生にある区切りをつける意識もあった。ところが、『娘と私』を執筆している時期、思いがけないことが、起きた。

昭和二八年五月、文六は英・エリザベス女王戴冠式の参列、取材のため、イギリスとフランスに旅する。二二年ぶりの訪欧だった。パリでは、かつてマリーと暮らしたアパルトマンを娘夫婦と見に行き、友人と犢《こうし》の紙包み焼きや極上のボルドーに舌鼓をうった。劇場も精力的に巡り、懐かしいビュー・コロンビエ座にも足を運んだ。そうした芝居で、もっとも興味をひかれたのは、アンドレ・ルッサンという劇作家の『子供の生まれる時』という喜劇だった。

政府の厚生大臣夫人が二十数年ぶりに妊娠し、同じころ、年ごろの息子は大臣秘書と通じ、娘も婚約者と婚前交際し、秘書、娘とも妊娠し、その上、召使の女中までも愛人の子を孕《はら》み、大臣邸は妊娠騒動で大騒ぎ、はては大臣の隠し子まで現れててんやわんや、という家庭劇だ。戦後のパリの妊娠、出産ブームを背景に、息子、娘世代のアプレゲール族を風刺する芝居だった。文六は日本のアプレ族と瓜二つだ、と感心し、これを日本でも上演できるように、文学座関係者に翻訳を指示した。

パリからロンドン入りして、いよいよあす、戴冠式を迎える日の午後、ホテルで午睡をとろうと、ソファに足を伸ばすと、テーブルの上に航空便が二通置いてあった。妻からの手紙だった。先に手に取った一通は、パリから回送された手紙で、留守中のあれこれが、書いてあった。

もう一通は、ロンドンの住所宛だから、最近に出したものと思われ、その封を切って、ソファに寝転びながら、読み出したのであるが、私は、アッと驚いて、起き上った。

(何ということだ、何ということだ……)

妻は、妊娠のことを、知らせてきたのである。

更年期障害と思った妻は、かねて診察を受けたことのある、ガン研婦人科部長のM博士のところへ、その手紙を書く前日に、出かけたら、確実に、妊娠四カ月と、いわれたそうなのである。

（何ということだ、何ということだ……）

私は、明るい窓際へ行って、もう一度、その手紙を読んだ。

（還暦のおれが、子供をつくるなんて……）

感動というのか打撃というのか、自分でもわからなかった。私の人生を、一変させるような、何かの波であって、喜びと不安とが、泡立って、私を襲った。

もう、英女王戴冠式なぞは、どうでもよかった。私の上に降ってきた、この大事件を、大声を出して、窓から叫びたいほどだった。

（『父の乳』）

偶然というのは、恐ろしい。パリで見てきたばかりの芝居の一幕が、そのまま、文六の身にふりかかってきたのだった。

帰国後、ルッサンの芝居は、『赤んぼ頌《しょう》』と改題されて、文学座で上演された。文六は演出を買って出た。その公演中の一二月、長男が誕生した。還暦での子ども、しかもはじめての男の子だった。ロンドン（倫敦）で妊娠を知ったから、敦夫と名づけた。

いつも文六から口やかましく叱られるばかりだった劇団員や、知人友人から、存分に冷やかされ、文六は頭をかくばかりだった。

人生は思いがけないことが起きる。まるで芝居のように。

長男はスクスク成長し、文六はデレデレになった。自宅廊下あたりで、幼い長男と電話遊びをしている写真があるが、文六の表情は、「鋼鉄」どころかザラメ砂糖の綿アメである。

長男は父親と同様、慶応幼稚舎へ進んだ。文六は父として、現役作家として、まだまだ稼がねばならない。

2　『大番』の夢

大型な人物の大型な運命を描きたい

昭和三一年（一九五六）二月から、『週刊朝日』で『大番《おおばん》』の連載が始まった。『娘と私』（『主婦の友』）がほぼ終了する時期だった。『やっさもっさ』（昭和二七年、毎日新聞）以来、久しぶりの本格的エンターテインメント小説だ。『大番』は連載が始まるやいなや、読者の圧倒的な支持を受け、足掛け三年にわたる大長編になる。

今回もまた、連載前の作者本人の言葉を紹介しよう。

私は自分が小人であるから、小人の小人生にはアキアキしている。できれば、蓋《がい》世《せい》の英雄が書いてみたいのだが、これは問屋が払底らしい。仕方がないから、少し大型の人物の少し大型な運命を書いて、我慢することにした。美人も、ほんとの美人は現代にいないそうで、準美人でいくほかはない。さりとは、うたての世や。

大番とはシャツなどに大、中、小とあるうちの大、つまり大型というほどの意味である。大判という字も使っているが、大判、小判とまぎらわしいので大番とした。

（『週刊朝日』昭和三一年二月一九日号）

四国の田舎の農家出身のギューちゃんは、丸っこい体にお盆に目鼻がついたような顔、太い眉の上に十円銅貨ほどの痣《あざ》があった。太い首を縮めていつもニコニコしながら、なかなか図々しく、でも憎めないところがあった。学校の成績はぱっとしないが、記憶と計算に優れ、農業が大嫌いで、東京に家出する。株屋の小僧にやとわれ、相場の世界に入るが、持ち前の度胸で運が開け、相場師として成功する。女出入りも盛んで、わが世を謳歌するが、勝負には浮沈がつきもの、急転落にもあう。戦後、中小証券会社の社長になって再び相場を張るが……。

主人公ギューちゃんを支える待合の女中「おまきさん」に、存在感があった。三歳年上、世話焼きな女性で、文六としては、ギューちゃんを巡る女性の一人ほどの位置づけだったが、「読者や、『大番』映画（淡島千景が扮した）の観客がこしらえあげた女主人公」というように、作者の思惑を超えて、おまきさん人気が急上昇した。しっかりものの妻（女）というのは、文六にはおなじみのキャラクターだが、あんな古臭い女のどこがいいのか、と作者本人がいぶかしがるほど、ファンが増えた。おまきさんは私よ、という読者が何人も現れ、文六は面食らうが、年下の愛人や夫をもつ女性が意外に多いのは、やはり戦後の現象だろうか、と感心する。また意外にも、男性の読者からも好感されているようなので、文六はおまきさんの登場シーンを増やしたそうだ。

あこがれの高嶺の花で、成功してから交際が始まる可奈子さん、僚友の新どん、兜《かぶと》町《ちょう》のインテリ木谷さんら、どの作品にもまして、登場人物がいきいきし、飽きさせない。ことに欲望を全展開する主人公ギューちゃんは、振幅の大きい人生をおおまたに歩くジャパニーズドリームの体現者であり、親しみやすいニックネームのゆえもあって、人気抜群だった。ギューちゃんとは、本名が丑之助であり、牛のようにのっそりとした風采でもあったからだが、なかなか考えたあだ名でもあった。

英語の牡牛bull（ブル）は、イギリスの株式の世界では、買い方を指すという。売り方はbear（ベア・熊）と呼ばれる。昔、イギリスで牛や熊と猛犬を勝負させる遊びがあり、牛は角で犬を跳ね飛ばし、熊は犬を手許に引き寄せて殴る戦法をとる。意外にも、のっそりした牛が積極戦法で、熊は消極戦法をとるとされ、株の方で、ブルが買い手、ベアが売り手という俗語が生まれた。株式市場では、おおむね、買い手が勝っている場合は好景気で、上向き、上昇のイメージある。ブルのギューちゃんとは、強気の買い一点張りのキャラクターに、ふさわしいニックネームなのだ。このあたり、文六は芸が細かい。

ギューちゃんのモデル

ギューちゃんのモデルは、昭和の伝説的な相場師、佐藤和三郎といわれる。明治三五年（一九〇二）、新潟県に生まれた和三郎は小学校を出て上京、兜町の株式現物店に小僧として入り、夜は大倉商業に通いながら株取引を見よう見真似で覚えた。小規模な株取引を扱う才取屋《さいとりや》で技を磨き二九歳で独立、買いのブーちゃんと呼ばれて兜町で注目され、強気の勝負で巨利をつかむ。戦中は一時、鉱山業に転じるが戦後、兜町に復帰、合同証券の社長になり、山一證券社長・大神一《おおかみはじめ》と組んで旭硝子や三越新株の買占めで、大もうけした。

規則のうるさいゴルフ場に芸者をつれて大騒ぎしながらプレイした、グリーンの木陰で用を足した、といった噂が出る、たたき上げの相場師・和三郎のキャラクターを、ギューちゃんの造型に参考にしたことを文六は否定してはいない。だが、実際に本人に会ったのは、連載が始まって三カ月後だったという。戦時中書いた『おばあさん』は、相馬黒光がモデルといわれたが、会ったのは連載が始まってからで、まさにそれと同様だった。

兜町のインテリで、ギューちゃんを励ます木谷さんも、東大を出て、相場の世界に入り、山一證券社長になった太田収がモデルといわれる。太田は和三郎の師で、やはり強気の相場師といわれたが、鐘紡株の取引で巨額の負債を負い、自殺する。『大番』でも、木谷の突然の死に、ギューちゃんは号泣するのだ。

このように『大番』はモデル小説ともいわれたが、そこはプロの作家・文六の人物造形力を認めるべきだろう。文六は「その人（和三郎）を見る前に、私の頭の中で丑之助（ギューちゃん）のイメージはできあがっていた。それは私の理想像の一つだから、現実の人間と隔《へだた》りが大きいのは当然である。私はそのイメージを、最後まで追求することに努めた」（「『大番』余録」）と書いている。

ギューちゃんの世界は「地道に、コツコツという歩き方が、通用する街道ではない。上役のご機嫌をとったから、昇進が早いなんて、ラクな世界でもない。学歴も、年齢も、コネも、一切、問われない代りに、人間の頭と腕が、これほど、ものをいう世界はない。株という勝負の世界で、よく勝ち、よく泳ぐ能力――その他に、何もない」（『大番』）。演劇界の岩田豊雄が、奇妙な筆名獅子文六で、雑文や戯作的な小説を書き始め、文壇とは無縁に、自分の「頭と腕」だけで頭角を現し、流行作家にのし上がっていった軌跡と重なる。文六は、性格は正反対だが、一匹狼のギューちゃんに自分を仮託し、また欲望を全開するギューちゃんの生き方に、欲望肯定論者として、羨望を込めたに違いない。

高度経済成長時代が主役

先に触れたが、『大番』は映画が当たってシリーズ化し、四編もつくられた。ギューちゃんに扮した加東大介の風貌と名演もあって、ギューちゃんは戦後小説でもっとも人気があるキャラクターになった。しかし、文六のどの作品にもいえることだが、「時代」と深く関連していた。

敗戦の混乱から朝鮮戦争の特需で息を吹き返した日本経済は、昭和二〇年代末から、鉄鋼、電力など素材産業の設備投資が回復し、輸出は上向き始めた。第一次合理化計画もほぼ完了し、本格的な景気回復が始まり、昭和三〇年ごろから、神武景気と呼ばれる好景気の時代を迎えた。翌年、GNP（国民総生産）の伸びは一〇パーセントを超え、昭和三一年七月に発表した経済企画庁の『経済白書』は「もはや戦後ではない」と高らかに宣言する。高度経済成長の時代が始まったのだ。『大番』はその年の二月にスタートした。

株式の世界も活況を取り戻した。昭和二四年、戦前の東京株式取引所を前身とする東京証券取引所が開設され、株式市場が再開された。戦時の統制経済のもとで姿を消していた佐藤和三郎ら相場師たちが兜町に戻ってきた。一般の個人投資家は少なかったが、相場師たちの動向が世間に知られ始め、混乱期を脱して小金を持った人びとは、相場に関心を寄せた。こうした世間の空気、時代の風を、文六は見事にとらえた。

『週刊朝日』での連載

『週刊朝日』という舞台も絶好だった。

扇谷正造という、これもまた伝説的な名編集長の陣頭指揮で、『週刊朝日』は絶頂期にあった。『大番』連載中の昭和三三年一月五日新年増大号は、なんと一五三万九五〇〇部を発行している。『週刊朝日』のピークだった。

『大番』が始まった三一年二月二六日号は、表紙が若き京マチ子の横顔の絵、フロントの大型企画記事は「東西私鉄くらべ—阪急と東急」で、小林一三と五島慶太の写真が並び、連載小説欄には、吉川英治の『新・平家物語』が掲載されている。『大番』の挿絵は宮本三郎、『新・平家』は杉本健吉で、作家も画家もいずれも大家だ。当時の『週刊朝日』の勢いがわかる。『大番』の連載が終わった翌年の三四年四月、『週刊文春』『週刊現代』が創刊され、週刊誌時代が本格的に幕開きする。

扇谷は、『大番』の第一回の原稿を手にしたとき、ブルブルッと震えたという。奇抜な人物が、鮮明に描かれている。こりゃいける、と確信した。三回目あたりから、社内外が『大番』でわき立ち、印刷工場で刷るゲラが、飛ぶように工場を回った。つまり、印刷現場の工員たちが、ゲラの段階で、先を争って読み出したというわけだ。こうなれば、しめたものである。

一回目、少年のギューちゃんは、町の駄菓子屋で、めくりと呼ばれる小博打に出会う場面。

最初、彼は、ニコニコ笑って、友達の賭《か》けを見ている。尤《もっと》も、金がないから、見物の外はない。大がい、フイの札が出る。当ってもせいぜい、二倍札である。

「わしに、モトを貸してやんなせ」

彼は、友達から五銭玉を借りるが、暫らく、それを指に挿《はさ》んで、盤面を見ている。ジッと見ている。やがて、名ある碁打ちが、石を下《おろ》すように、充分の自信をもって、紋章の上に置く。そして、静かに、紫色の帯紙の下に貼《は》ってある辻占式の紙を、破りとる。

「な、当りよったぜ」

二回目と三回目は、若衆宿に入ったギューちゃんが、いよいよヨバアイ（夜ばい）に出撃するところだ。文六は四国岩松に住んでいたころ、土地の風俗習慣をしきりに聞き、ノートにとっていたが、ヨバアイの実態なぞは、もっとも文六が知りたかったものだっただろう。ヨバアイのしくみや様子の描写には、当時のノートがずいぶん、役に立ったに違いない。

当初、連載は三カ月くらい、とされていたが、大好評の声を受けて、編集部はなんとかもっと引き延ばしてもらおうと、躍起になった。結局、『大番』は、二年以上続き、文六のもっとも長い作品になった。物語の中盤で、ギューちゃんは、大阪にしばらく滞在し、色町なぞに出入りするシーンが続くが、これも、「大阪にギューちゃんを呼んできてくれ」という関西方面の営業担当者の強い要望からだという。好評に気をよくした文六先生、なかなかのサービスぶりである。

経済小説のはじまり

『週刊朝日』というメディアは、『大番』にぴったりだった。『娘と私』を掲載した『主婦の友』は、いうまでもなく主婦向きの雑誌で、妻と娘の物語である『娘と私』にふさわしかった。だが、株や相場は、男の世界だった。新聞でもいいが、新聞だと一回分は短いので、株や相場の仕組みや背景を説明するだけで終わってしまう。週刊誌なら、新聞三回分くらいの量が書き込めるので、ストーリー展開にも余裕ができる。

なにより、受け手がよかった。大学生、サラリーマンや主婦ら知的大衆とでもいえる『週刊朝日』の読者こそは、「経済小説の原点」「株小説の始祖」といわれる『大番』にふさわしかった。自分でやるかどうかは別にして、株に興味を持つ層であり、相場情報はサラリーマンにとって、必修科目でもある。それに、一攫千金の夢は、だれにでもある。競馬や競輪よりスマートであり、一方で、博打のもつ荒々しい魅力もあった。

文六は株の世界に通じていたわけではなかった。子どものころに一時住んだ横浜南仲通りは、取引所がある町で、近所に株屋がたくさんあり、株屋の小僧さんと仲良くなり、合百《ごうひゃく》と呼ばれる、ごく初歩的な相場博打をした経験はあった。母の父の兄に、東京米商会所の頭取をした中村道太がおり、相場の雰囲気はある程度、知っていたようだ。中村は横浜正金銀行の初代頭取も務めた明治前期の実業界の大物だったが、米商会所の寄託金費消の罪で、警察に勾引され、失脚した。

その後は、株の世界とは縁がなかった。そこで、扇谷編集長は、連載にあたり、若い編集部員角田秀雄を『大番』担当に決め、相場を勉強させた。文学部出身の角田は猛勉強して株の世界を学び、現場を取材してレポートを定期的に文六宅に届けた。扇谷は、実際に取引しないとわからんだろう、と経理部長にかけあって、五万円を角田に渡し、角田は株を買って取引をしてみた。ビギナーズラックだろうが、値動きの激しい北炭株を買ってみたら大当たり、すぐに二〇万円になった。損する勉強もやってみろ、といわれてさらに勝負を続けると、予想どおりコケて、最終的には、とんとんに終わったという。それにしても、担当編集者に大金を渡して、株取引を実体験させるとは、なんとも豪気な時代だ。それだけ『大番』の期待と評判が高かったのだろうが、今では考えられないおおらかさだ。『大番』における株取引の仕組みや相場の動きなどのリアリティは、こうした元手のかかった角田レポートによるところが大きい。

毎週、取材データを届けるが、「なるほどね」というときはまあまあ、「こりゃ面白い」と相好を崩すときがたまにあってこれは上乗、なにも言わず、唇をへの字に曲げて眉の間にたてじわが寄っているときは身のすくむおもいだった、と角田は回想する。「じゃあ、ここをもう一度、来週までに調べ直してくれんかね」と文六は注文を出した。こういうときの文六の要求に、遠慮はない。

連載が終了して文六宅で打ち上げをしたときのこと。文六はニコニコしながら高さ三〇センチに及ぶ原稿用紙を紐で結んで角田に渡した。角田が毎週届けたデータ原稿の束だった。角田の仕事ぶりを評価し、「角田君は経済部へ行っても通用するよ」と、ねぎらった。

タイトル決定も文六のセンスが光った。当初は「大番」と「雲に乗る男」だったが、「大番」に決まってからも、編集部は読者に意味が通じるか不安だった。辞書には、中世、宮廷の警護を務めた役、などという説明がのっているが、文六が考える「大番」は、大きいスケール、度外れ、といったところだった。大盤振る舞いの大盤に近いイメージだろう。「大判」だとわかりやすいが、金貨かせんべいみたいだ。文六は辞書なんぞ目もくれずに、自説を押し通した。

角田によると、このネーミングは大成功で、全国各地の飲み屋街に「大番」という小料理屋ができ、「大番まんじゅう」なども生まれたという。『自由学校』や『てんやわんや』もそうだが、意表をつき、しかもシャープなタイトルをつけるセンスは、見事というしかない。

ギューちゃんという男は、愛敬があって、正直で、まっすぐだが、人が自分を軽く見て油断するのをいいことに、瞬時に得失を計算できる頭のいい男だ。自分の欲望にきわめて忠実で、金も女も、手に入れるのにためらわない。何人もの女を囲うほどの女好きであるが、初恋の女性で、華族に嫁に行った高嶺の花、可奈子さんを生涯思い続ける純情な面もある。落ちぶれたかつての名相場師「チャップリンさん」は、ギューちゃんを生まれながらの相場師、最後の相場師だという。もともと株屋というのはアウトローで、いったん勝負になったら、ネクタイを締めた証券会社員のモラルなんか超越する世界だ。文六は自分の理想、男の夢を描いた。

扇谷は「『大番』は、現代の小型太閤記だ」と喝破した。貧農出身で徒手空拳、愛敬と度胸で世のなかを渡り歩き、頂点を極めるというサクセスストーリーは、秀吉の生涯そのもの。高度経済成長のとば口にあって、明るい将来を夢みることが可能な時代にふさわしい読み物だった。頂点から一転して転落するという筋も、今読んでみると、その経済成長の終わりの時期に、列島改造をひっさげて鳴り物入りで登場し、のちにロッキード事件で失脚する今太閤・田中角栄を思いだす人もあろう。成金というだけでなく、金払いよく贅沢好きで女好き、でも純情な一面をもつ快男児、というのは、いつの時代でもヒーローである。

原作と映画が併走

映画『大番』は、はやくも『週刊朝日』連載中の昭和三二年に封切られた。ギューちゃん役の加東大介が評判だった。

小太りで、愛敬ある顔はぴったりだった。文六が四国岩松に住んでいたころ、加東は姉の沢村貞子らと芝居の巡業で岩松を訪れたことがあった。芝居がはねた後、文六にあいさつに来たが、小屋がけの後始末のため、ジャンパー姿で現れ、「電気屋のようですが、これでも俳優です」といって、文六を面白がらせた。その印象が残っていたのか、脇役専門だった加東は、異例にも主役に抜擢され、人気者になった。

文六映画のおなじみ、淡島千景のおまきさんも適役だった。可奈子さんは原節子、ギューちゃんの親友新どんは、若き仲代達矢が前かけをして熱演した。インテリ臭いといわれたが、兜町には、案外、彼のようなインテリタイプはいるものだ、と文六は仲代を弁護している。監督は全シリーズ千葉泰樹だった。

映画は大当たりで、その年に『続大番　風雲篇』、『続々大番　怒濤篇』、翌年『大番完結篇』と続いた。

原作と映画が併走した。文六は映画のイメージが目について、作品が書きにくくなった、とぼやいている。特におまきさんの淡島千景は、美人で男好きがし、中年男性に圧倒的に支持され、原作以上の存在感を持った。作者が書き続けているうちに、映画化が始まり、文六はその第一編を見て、淡島の好演に感心するとともに、「淡島千景のおまきさんが、作者の私にまで影響を与えるのには、まことに閉口した」。おまきさんを書く場合に、どうも、淡島のおまきさんが、眼の先にちらつき、「どうやら、次第に彼女が淡島化していく傾向を、生じてきたのである」(「『大番』余録」)と苦笑している。

3　友人・坂口安吾

戦争責任でタッグを組む

狷介《けんかい》孤高、社交を好まない文六は、文壇付き合いをせず、文士の友人は少なかった。だが、一〇歳以上若い坂口安吾とはうまが合った。ふたりは戦後知り合ったようだ。流行作家になった文六と安吾は、しばしば座談会や対談に引っ張り出された。そのなかでとりわけ面白いのは、ふたりと石川達三との鼎談（「人間・社会・文学」『坂口安吾全集』一七所収）だ。

将棋の名人戦や阿部定を語っているうちは、和やかだった。だが、天皇の戦争責任を論じるあたりから、白熱してくる。文六と安吾が、石川をやっつけるのだ。

石川は、戦艦大和で戦死した兵士たちは天皇のために死なされた、天皇には責任があり、退位すべきだ、と主張する。安吾は、天皇は人形であり、彼が戦争を仕向けたのではない、といい、文六は、敗戦はわれわれの責任だという。そして戦争中の言動に触れ、安吾は石川に向かっていう。

坂口　お前さんだって片棒かついでるじゃないか。
獅子　僕もそうだよ。
石川　そうじゃない。第一、俺にはそんな強制する力はない。
獅子　強制する能力はないんだからね。石川君は海軍の報道部であれだけ仕事をしてたじゃないか。そんなこと、問題にすることないよ。
石川　ちっとも仕事なんかしなかった。喧嘩ばかりしていた。
獅子　結果論だよ。
石川　よろしい。俺にも罪があることにしておけ……。
獅子　勿論、大有りだよ。

ふたりは、石川が戦争中、軍部に協力をしたことを詰問しているのではない。文六も『海軍』を書いている。そうではなくて、そのことを都合よく忘れようとして、戦争責任を一人天皇に押し付け、われは被害者なり、という考え方、敗戦の葛藤に正面から向き合おうとせず、世の風潮に乗って声高に民主主義を唱える啓蒙的な姿勢を、論難しているのだ。

石川　召集というのは天皇の名だから絶対命令なんだよ。それでなければゆきたくない者はいっぱいいいたんだ。
獅子　天皇のためではない。自分でワーッと行っちまったんだ。
石川　そんな言い方はない。それは兵隊を馬鹿にしているよ。
獅子　それは別なカルチュアがあったんだ。
坂口　あるんだよ、今だって。
石川　別なカルチュアなんて、そんなことでごまかせない。

文六はいう。「だから君は社会改良家だっていうんだよ。今日の問題を解決すれば君はすむんだろう」「石川達三に注文したいんだけれども、いま書いている小説（『風にそよぐ葦』）、あれは奮発してもらいたいね。新聞の論説と同じところへいっているから、それは突破しなきゃいけない。このことは、君、腹の中のどこかへ入れていてくれよ。僕は愛読者だから言ってるんだぜ」

『風にそよぐ葦』は、戦争中の出版人弾圧（横浜事件）を題材にした社会派小説だ。石川は、文六らの考えは、終戦直後の一億総懺悔と同じになる、と強く反論しているが、これもまた真実の一面をついている。結局、この戦後最大の宿題は、あいまいなまま現在に至っている。

安吾にゴルフを勧める

文六は不健康な生活を送る安吾に、しきりにゴルフを勧めた。睡眠薬中毒で暴れ、入院するはめになるのも、根は気が弱く、妄想にかかりやすいからで、もともとスポーツの好きな安吾に、ゴルフはぴったりと思った。自分もゴルフの面白さに取りつかれたころだった。

『坂口安吾全集』（筑摩書房）には、岩田豊雄（文六）からのごく短いはがきが六通載っているが、いずれもゴルフがらみのたよりだ。

ゴルフ道具、米国製、相当古い、いつかお目にかけた小生のと同じ程度の品物、ズックサックつき2000にて1セット、売りたしという人あり、御希望ならば取次ぎます、その後一度伊東へ参ろうと思ってなかなかヒマができません。

（昭和二六年一月八日、大磯の岩田豊雄より伊東市の坂口安吾へ）

文六は、これと思った人には細かな配慮をする男である。文六のエッセイなどによると、上記のはがきにあるゴルフ道具を売りたい人というのは、実は弟・彦二郎であり、売りたいというのは言葉のアヤで、弟が新しい道具を買ったので、余った道具を安吾に格安で譲らせよう、と画策したに違いない。かつて安吾が、一〇万とか一五万の高価な道具を買わされそうになったことを、知っていた。

伊東から群馬県・桐生に引っ越した安吾は、その道具で練習場に通い、プロに習った。文六の、我流に陥らないため、最初の数カ月はプロについて正しいフォームを身につけるべし、という訓戒を生真面目に守った。しばらくして川奈での文壇ゴルフ大会に参加した。

彼はシャれたシャツなぞ着こみ、喜び勇んでプレイした。その様子を見て、なぜもっと早く、ゴルフに誘わなかったかと、後悔した。ゴルフをやると、少量の酒で満足するし、気分も健康好きになる。彼は、決して本来の退廃文士ではない。気が弱いだけなのだからそっちの方へ引っ張ってやりたかった。

（「坂口安吾」）

こうした文六のさりげない配慮を、鋭敏な安吾が気がつかないわけはない。不撓不羈の安吾も、文六には一目おき、兄事した。

昭和三〇年二月、安吾は脳出血で急死した。まだ四八歳だった。文六は、こんなに純粋な文士、腹のきれいな男はいなかった、と悼み、唯一のゴルフの弟子を失った、と悲しんだ。

安吾没後、三千代夫人が銀座にバーを開くことになった。夫人は安吾が文六を慕っていたことを知っており、店の名前をつけてほしいと頼んだ。文六は、名付け親の役が、よくまわってくるようだ。文六が選んだ「クラクラ」（cracra）は、フランス語でふつう垢《あか》だらけ、うす汚ない、の意味の形容詞だが、野雀も指し、転じて、そばかすだらけの平凡な少女も意味するらしい。ほろ酔い気分になってクラクラする、という響きもあり、好ましいと思ったに違いない。バー「クラクラ」は昭和五九年に閉店したが、三千代夫人が安吾との生活を活写した名エッセイ集『クラクラ日記』（ちくま文庫）で、その名は残った。

4　グルマン文六

胃潰瘍後に鮎二六尾

文六が老いを意識したのは、六五歳ころだった。それまではわざと老人ぶって、世間をだましていたというから、人が悪い。そのころこんな俳句をつくった。

鮎と蕎麦食ふてわが老い養はむ

鮎は若いときからの好物だった。毎年、六月一日の解禁が待ち遠しく、塩焼きにつける酢にまぜる蓼《たで》を、庭の隅に植えて、その日に備えるほどだった。「そして、若鮎を手に入れて、ウマイ、ウマイ、ウマイと、食べ終ると、夏がきたなという気持が、腹から湧き出した」（「鮎の月」）。

胃潰瘍の手術の半年後、長良川で鵜飼を見た後、鮎の塩焼きをムシャムシャ二六尾も食べた話は、序章でも紹介したが、こんなに食べても、食べ飽きたという気にはならなかった。ドジョウのまる鍋も好物だったが、毎回、五、六人前食べるのは普通だった。食通（グルメ）というよりむしろ食いしん坊（グルマン）の文六らしい。

文六は、北大路魯山人、吉田健一、池波正太郎ら食通文人の系譜に入るが、彼らと断然、異なるのは、その偉大な胃袋だろう。食の細い味の鑑定家には見られない、健啖家の壮快さがある。

千駄ヶ谷時代は、朝は軽めにトーストくらいで済ませ、午前中は執筆に専念、昼にご飯を三杯半ほど腹に詰め込み、その腹ごなしのために、神宮外苑を一時間散歩するのが日課だった。老人になっても、食い意地は変わらず、てんぷら屋で厚さ五センチものかきあげをぺろりと平らげ、もてあます若い記者の胃袋の小ささを嘆いた。一方で、日本料理の微妙で繊細な味を感じとる舌も持っていた。作家嵐山光三郎は食通文人の列伝『文人暴食』で、「獅子文六は恐るべき食味批評家であって、料理に関する蘊蓄は、質量ともに昭和を代表する健啖家である」と評している。

神田や日本橋の有名蕎麦屋に足を向ける時は、「常に、イソイソとした気分」になり、旬のギンボ（ギンポ。魚）を手に入れた、とてんぷら屋から連絡がくると、「胸をワクワクさせて」出かけずにはいられない。まるで、遠足前日の小学生だ。大磯転居の理由のひとつは、おいしい魚が食べられるからだったらしい。

若いときは、むろん、濃厚な味も好んだ。病気のフランス人妻を伴って、船でフランスに渡ったときのことと思われるが、四〇日の航海中、船内のレストランで三〇種以上のチーズを食べつくし、味の違いを覚えたという。そのときのパリ滞在で、なけなしの財布をはたいて「トゥール・ダルジャン」など有名レストランを食べ歩きし、帰国後、「パリを食う」と題して評判記を書いた。今の海外グルメ情報のはしりであろう。

文六の食べ物エッセイは、こういう文にありがちの気取りやおためごかしがない。マズイと感じたらマズイと書く。宇治の黄檗《おうばく》料理を食べに行ったときのこと。ある塔頭《たっちゅう》で住職の薀蓄《うんちく》を聞きながら、黄檗の精進料理を食べたのだが、

昭和27年、うまいものに目を細める
（『獅子文六全集』第15巻より）

味のことであるが、私はかなり失望した。恐らく、昔はこの流儀で、ウマいものを食わしたにちがいない。今は、味の方は、まったくお留守である。近頃の若奥さんが、料理学校で習ったフランス料理を、メニュだけは忠実に揃《そろ》えて、亭主に食わせたといったようなものである。

（「黄檗料理」）

というふうに、遠慮がない。住職はじめ、食事をアレンジした関係者が後で読んで、ムッとするようなことも、平気で書く。ゴマ豆腐だけはおいしかった、と付け加えているが。

老年になってグルメ小説を書く

老年になって、ヒジキやゼンマイの煮たのが今、一番食べたい、などと書く一方、血のしたたるようなレアのビフテキや、脂ののった中トロに、魅力を感じなくなった自分を、くやしそうに嘆いている。

ところが、読売新聞に『バナナ』という小説を書くにあたり、神戸に取材に行くことになると、グルマンの血が騒いだ。おいしいものに目がない華僑《かきよう》を主人公とするこの小説は、「グルメ小説」ともいえるほど、いろんな食べ物が登場するが、神戸に住む華僑一族の生活を調べる必要が生じた。

私は例によって、食いしん坊の根性を抑《おさ》えることができず、土地の人の話や案内書によって、ウマいものの所在を訪ね歩いた。（「神戸と私」）

洋食屋でビールとローストビーフを食べ、すし屋でアナゴ寿司をつまみ、グリルで、コンソメとビフテキを食した。神戸の中華料理を満喫し、デリカテッセンで燻製の鮭を土産に買い、パンやソーセージの専門店も覗いて、バーにも寄った。むろん、一晩のできごとではないだろうが、このとき文六は六六歳、老いを意識した人とも思えぬ健啖家ぶりである。

『バナナ』のラストは、商売敵にハメられて警察に捕まった息子の身代わりになろうと、主人公が警察に出頭するところだ。彼は妻に、差し入れを欠かさないように、釘をさす。小説はこう結ばれる。「今晩は、神田のテンプラ屋の天丼でいいよ。明日の昼は、千葉田に頼んで、洋食にして貰いたいな。ロースト・ビーフの厚切りに、添え野菜を沢山つけてな。カラシも忘れずに……」。

文六は気易い人間ではなかった。シャイで無愛想で人当たりも悪い。とくに若いころは、それがストレートに出た。家庭的な不幸も続いた。だが食べ物への執念は、還暦後の男児誕生とともに、文六の尖った刃を、穏やかに包み込む役割をした。長年交友のあった今日出海はこう書いている。

私は彼とどこそこの店の料理は美味いとか、いやそれほどでもないとか限りなく口論して時を過したことを忘れない。よしなき話には違いないが、食い物の話になると執拗なまでに喋り続けて終ることを知らぬ人だった。息子の話と食べもので、偏狭で神経質な彼はどんなにか救われていたことかと言えるだろう。

（「回想の獅子文六」）

8章　文豪と文六——赤坂

松坂屋に軟禁されていたドイツ海軍水兵ら。昭和18年ごろ、箱根神社で（松坂屋蔵）

1　文学座分裂

二度の分裂

「文学座が分裂」「芥川比呂志、岸田今日子ら脱退」

昭和三八年（一九六三）一月一四日、毎日新聞社会面のトップ記事は、文学座の中堅、若手が脱退し、新たに劇団「雲」を結成する、という特ダネだった。

脱退するのは、芥川、岸田のほか、仲谷昇、神山《こうやま》繁、文野朋子、小池朝雄ら、劇団の中心を担っている俳優らだった。演目決定や配役の割り振り、劇団運営を巡り、杉村春子や中村伸郎ら幹部俳優と意見の相違が表面化し、大挙して退団、新劇団をつくるというもので、日本新劇界でもっとも古い歴史をもつ文学座は存亡の危機に立った、と報じた。かつて文学座に所属していた文芸評論家の福田恆存の「単なる劇団の分裂とか脱退ではなく、より大きな構想を持った芸術上の動きだ」という談話を載せ、福田が黒幕であることを印象づけた。記事の最後は、事実上の文学座の指導者である杉村春子の談話「世帯が大きくなると不満をもつ人が出てくるのも当然です。（中略）体質改善は長いことかかるものです。私たちもこれを機会に逆の体質改善ができるわけですから、そんなに心配していません」を載せた。

杉村には寝耳に水だった。スクープをものした毎日新聞の高野正雄記者から深夜、電話で一報を知らされ、仰天した。感情的になり「後ろ足で砂をかけて、こんなやめ方ってあるかしら、ひどいわ」と電話口で怒りまくったという。文学座の将来を心配する高野から、人数も増えすぎたし、少し身軽になったって言えませんか、と諭されて、新聞に出たような冷静な談話になったという（中丸美繪『杉村春子――女優として、女として』）。

この談話は好評で、ファンに安心感を与えた。

文六にとっては、必ずしも寝耳に水というわけではなかった。若手たちは文六の容赦のない批評を恐れながらも、終演後、楽屋に現れる文六のひと言ふた言を、固唾《かたず》を呑んで聞いた。長いキャリア、鋭い指摘、深い蘊蓄に敬意をはらい、赤坂の文六宅によくやってきていた。昭和三三年に文六一家は、長男の学校のこともあって、大磯から東京・赤坂の住宅地の一角に居を移していた。

このとき脱退した俳優神山繁さんに、平成二〇年（二〇〇八）二月、お目にかかり当時のお話を聞いた。神山さんは二〇代で文学座に演出志望として入ったが、文六に「どうせ観念的な芝居しかできんだろう。まず役者や美術をやって、五〇になったら演出をやれ」といわれて、俳優になったという。演劇、映画、テレビで長年活躍、実際に芝居を演出したのはまさに五〇になってからで「ぼくは先生のいうことをよく守ったことになる」と笑った。

文六は「貧乏しろ、高い精神をもて、アマチュア精神を忘れるな、大きく生きろ」と若手を叱咤した。食えない親父だったが、やんちゃでユーモアがあり、けっして品行方正ではなかった。明治が生んだ男性像で、親分ではあったが、親分肌ではなかった、と話す。

さて、分裂当時のことだが、神山さんによると、文六はしばしば、「杉村にやりたいようにやらせて、お前たちは男か」と、神山さんらを「煽動」していたという。明らかに、脱退組にシンパシーを寄せていた。神山さんは、「分裂は先生がけしかけたようなもの」で事件後、岸田今日子らとあいさつに行ったら「とうとうやったか」といわれた。とはいえ、決行の具体的な期日や正確な名前、人数などは知らなかったと思われる。

文六は六九歳、前年一一月から、新聞小説（読売『可否道』）を連載中で、とてもごたごたに介入する余裕はなかっただろう。第一報の翌日、毎日新聞に談話を求められ、「そう悲しむべき事件ではない。両方によければいい。僕は創設者の一人だから、従来どおり現在の文学座をもりたててゆくつもりだ」という話を載せている。なかなかのタヌキぶりである。

その年の五月、文学座創設者のひとり、久保田万太郎が亡くなった。岸田國士はすでに死去していた。七月、文六も幹事を辞めて顧問に退いた。創設者の時代は完全に過ぎ去った。

年末、文学座はもう一度、激震に見舞われる。三島由紀夫の新作『喜びの琴』の上演中止に端を発する幹部座員の脱退である。

文学座の演出部員でもあった三島は、一月の脱退劇では、文学座に残り、再出発を唱える声明文を起草するなど、大ハッスルした。その後も、運営や上演に積極的にかかわり、文学座から委嘱されて書いた戯曲『喜びの琴』を執筆する。でき上がった『喜びの琴』は、左翼分子による列車転覆事件が背景にある、信頼と裏切りがテーマの芝居だった。ちょうど、列車転覆の松川事件が最高裁で無罪判決が出た直後で、杉村らは政治的すぎると判断、上演保留、事実上の中止を決めた。激怒した三島は文学座と決別を宣言、さらに古手の幹部の中村伸郎はじめ賀原夏子、丹阿弥谷津子、南美江、矢代静一、松浦竹夫らが櫛の歯が抜けるように退座していった。賀原らは翌年、「グループＮＬＴ」を結成した。ＮＬＴは「NEO LITÉRATURE THÉÂTRE」、つまり、新文学座の略であり、文六が命名した。文六はＮＬＴの顧問になった。

文六は文学座に愛想をつかした。「文学座を嘆く」という毎日新聞に載せた寄稿（昭和三八年一二月一一日）では、もし私が幹事を辞めていなかったら、文学座を解散しただろうと述べ、文学座の首脳陣は新出発したらいい、創立の精神に立ち返るなどという古い看板をもち出すより、「現在の実情と意欲を明らかにし、同志的結合を求め、杉村春子一座でも何でもいい、堂々と新出発することの方が、望ましい。文学座なんてケチのついた名は、路傍に捨ててしまえ。私が拾う」と結ぶ。「杉村春子一座」とは、なんともきつい言い方である。

文学座の解散という発想は、戦争中の国策演劇活動のもとで、劇団を存続すべきか判断を迫られたとき以来だった。文六はそのときも解散を主張したが賛成は得られなかった。解散という主張は、文六の貢献を熟知している劇団員にも、不誠実に映った。先生は書斎に戻ればいい、でも、舞台がなくなったら、私たちはどこへ行ったらいいのか。先生はわがままな人だ。

昭和三八年の分裂劇以降、文六と文学座は、つかず離れず、の関係が続いた。

戦後文学座の道のり

さてここで、戦後の文学座と文六の関係をざっと振り返ってみたい。

文六は、四国から帰京後、文学座にも復帰して、創設者として指導する。ルナール『にんじん』や田中千禾夫の『雲の涯』などを演出しているが、戦後の文学座をめぐる大きな仕事といえば、芥川比呂志、加藤道夫、長岡輝子といった若手実力者が揃った「麦の会」を文学座に合流させたことと、文学座アトリエの創設だろう。

「麦の会」は、芥川や加藤ら慶応の学生時代に作った新演劇研究会に、長岡や荒木道子らが加わった演劇集団だった。知的で日本人離れした風貌の芥川、『なよたけ』の作者で、演劇の理想を熱っぽく説く加藤らの合流は、文学座の大きな財産になった。この合流は、文六が強引に進めて、実現にもっていったといわれる。

文学座は東京・信濃町に自前の稽古場を建設した。そこに小さな舞台を設け、「アトリエ」と称した。新人の勉強会の場であり、また、本公演に上がりにくい前衛的な芝居に取り組む実験室、工房だった。文六は「アトリエ」の命名者であり、牽引役だった。

文学座は所帯も大きくなり、杉村春子の当たり役『女の一生』のような、人気ある現代劇を上演するのは、経営的にも必要だった。文六がつねづね主張するフランスの良質なブールバール芝居に通じる中間文学的戯曲、大人が楽しめる芝居の路線だ。だが、一方で、「新劇と名乗ってる限り、前衛的方向を疎かにできない。それを忘れると、役者は職業的になり過ぎ、座内の空気がダレてくる。文学座の自衛のためにも、前衛精神が必要なのである」（『新劇と私』）と、文六は考えていた。

本公演では出番の少ない新人、欧米の最新の芝居にひかれる意欲的な若手に、活動の場を与える。これは古参にも刺激を与えるだろう。座員の基礎訓練の道場にもなる――。文六は、大きな組織を動かしてゆく要諦をよく押さえていた、というべきだろう。アトリエ公演には熱心な客がつき、カミュ、サルトル、アヌイらの前衛的な作品のほか、飯沢匡、三島由紀夫、中村真一郎、矢代静一、別役実ら新人の創作劇をつぎつぎと発表、新劇のフロントランナーとして現在に至っている。

杉村春子との葛藤

文六と杉村。都会っ子でフランス帰りの劇団創設者と、地方（広島）出身で、粘りとハングリー精神が身上のたたき上げ女優。二人は戦前から立場が大きく違い、テイストも異なった。文六は「大人の芝居」と「前衛精神」の両方を重視したが、「前衛」により共感を抱いていた。杉村は「大人の芝居」の中心的人物で、『女の一生』はじめ、『鹿鳴館』『華岡青洲の妻』ら人気作で主演し、劇団経営という厳しい事業の屋台骨を支えてきた。戦中戦後の困難な時期、文六は疎開などで東京におらず、劇団を実務的に支えたのは杉村や戌井市郎ら中堅だった。杉村が負けず嫌いの気性と精進で、めきめきと力をつけたのを、文六は認めていた。だが彼にとって、文学座の看板女優は常に田村秋子だった。

演劇評論家大笹吉雄によるインタビュー（『女優杉村春子』）で、杉村は戦前、中年の役が多かった自分に娘役がきたことを文六に電話で告げたときのことを回想している。杉村「それで岩田先生（文六）にあたしが、ファニー（娘役）をいただきましたって言ったら、笑ったの。岩田先生、電話の向こうで。あたし、今でも忘れない（笑い）」大笹「どういう笑いだったんですかね（笑い）」杉村「君ができるのかい、なんていうんじゃないですか」。こういうことは、女性は忘れないものらしいが、とりわけ、杉村のような人間は、五〇年前のことでも、忘れることができないだろう。若いころの文六は、他人を見下したように受け取られる言動があったようだが、本人は軽い揶揄《やゆ》のつもりでも、相手は傷つくのだった。

文学座は戦前、文六によって生まれ、戦後、杉村によって大きく育った。ふたりがいなければ文学座はない。三八年の分裂後、文六と杉村は疎遠になった。杉村が文六宅にひとりで乗り込み、文六を面罵し、側にいた文六夫人はとても聞いていられなかった、という話があるが、当時、文六宅に住み込みの女中だった福本信子さんの回想では、ずいぶん違う。

当日、夫人は外出中でいなかった。文六は訪ねてきた杉村と終始にこやかに話をしていた。帰り際、和装の杉村は、たたんで膝に置いていたみかん色の羽織を文六に渡して、背中を向けると、文六はそれをすまし顔で背中にかけてあげたという（福本信子『獅子文六先生の応接室』）。ふたりとも大人である。互いに言いたいことはあるが、杉村が劇団創設者にあいさつに行くことで、敬意を示し、文六もそれを諒としたのだろう。

文六宅には毎正月、劇団関係者がにぎやかに集まるが、分裂以降、杉村がくることはなかった。気性の激しい杉村は脱退組を憎み続け、映画撮影などの控え室で、ばったり脱退組の女優に遭遇し、丁寧なあいさつを受けても、完全に無視したという。文六の死後編まれた追悼集『牡丹の花』は、作家や友人知人、劇団関係者ら八〇人余りが追悼文を寄せているが、杉村の名はない。公演中かなにかで実際的な理由があったのかもしれないが、ふたりの微妙な関係を暗示しているように思えてならない。

ところで、杉村は花では牡丹が好きだったという。ばさっといきなり地に落ちるところが気に入っていた。文六も牡丹亭と自称するように、牡丹好きは有名で、大磯や赤坂の庭に牡丹を育てて、晩年の大きな楽しみとした。絶筆にエッセイ「牡丹の花」があり、追悼集のタイトルもそこから取られた。ふたりが好んだのがポピュラーなサクラやバラではなく、豊満な牡丹というところが面白い。水と油のようではあるが、案外、共通するところがあったのかもしれない。本人たちからは「とんでもない」といわれそうだが。

2　晩年の新聞投書

冷戦時代の風潮に釘をさすも

文六は昭和四三年三月、朝日新聞の投書欄である「声」に、投書している。亡くなる一年半ほど前のことだ。全文を紹介しよう。

責任ある「処士横議」を望む　東京都　岩田豊雄（作家　75歳）

処士横議（注＝官に仕えず民間にあって自由勝手に論議する）ということは民主主義の現れで、結構な現象ですが、やはり、限度がありましょう。主婦がわが子を戦場へ送りたくないから、戦争絶対反対を叫ぶのは、何人も傾聴せずにはいられないが、同じ人が、共産国は決して日本を攻めて来ないから、対策の必要がないと主張されると、耳をふさぎたくなります。

主婦ばかりでなく、大学の先生が（何のご専攻か知らぬが）日本は資源がないから、外国の侵略を受ける憂いなしと楽観されても、同調はできないのです。一家の主婦も、大学の先生も、ご自身の自信と責任の持てる問題で、処士横議をなさるがよろしく、国防や外交のことは、も少しご勉強の上になされたらいかがでしょう。

〈注＝処士横議の出典は、孟子・滕文公篇「聖王不作。諸侯放恣。――」〉

（三月一七日付朝刊）


投書欄だから編集者が手を入れて、短くした可能性はあるが、大家である文六の文章を大幅に直したとは考えにくい。見出しや注は、編集者が入れたと思われる。

この年は内外とも多事、激動の年だった。一月、米原子力空母エンタープライズが佐世保に入港、激しい反対運動が起きた。東大医学部学生自治会が無期限ストに突入、東大闘争・大学紛争の発端になった。ベトナムでは解放勢力がテト攻勢をかけ、全土に戦いが広がった。二月には社・公・共が日本の非武装・核兵器禁止の決議案を国会に提出、静岡県で金嬉老事件があった。こうした国際情勢、世相を受けて、「声」欄では、非武装中立の是非が論議の的になっていた。

文六の投書が載った日の「声」欄には「若い世代のために非武装中立叫ぼう」「たがための自衛隊」「福竜丸は水産大学で保存を」などといった投書も掲載された。「声」欄と同じ面には、大佛次郎の『天皇の世紀』の連載が続いている。

このころ文六は、胆嚢《たんのう》炎を患っており、大きな仕事をしていない。いつにもまして、新聞をよく読んでいたのだろう。

当時の新聞を繰ってみると、一週間ほど前の三月九日の声欄に、こんな投書が載っていた。「日本侵略ありうるか　非武装中立こそ真の国防政策」という見出しの、東京都の四〇歳の大学教授の一文だ。

日本には天然資源が豊富にあるわけでないし、他民族の人的資源ほど厄介なものはないから、侵略軍はゲリラに悩まされるに違いない、かつての日本軍部かジンギスカンでもないかぎり海を越えて日本を侵略する者があるとは思えない、しかし日本に外国の核基地があったら、そうはいかない、という趣旨の文だ。

そのすぐ下には「何のために日本を攻める?」という静岡市の五四歳の主婦の投書が載っている。たぶん、文六はこの大学教授らの投書にカチンと来て、筆をとったのだろう。「横議」の「横」には、気まま、ほしいまま、勝手の意があって、談論風発、活発な議論といったプラスのイメージはない。

『海軍』の反省もうお忘れか

文六の投書は袋だたきにあった。

声欄の「今週の声から」によると、掲載後五日間で関連投書が三六通寄せられ、そのうち文六の意見に賛成は七通で、あとはほとんど「岩田発言は黙視できない」という反論ばかりだったという（東京本社分）。

反対論に共通する意見は「国防・外交のことはもっと勉強してから論ぜよ、との氏の意見は、一般人の政治的判断力を愚ろうし、政治は政治家にまかせておけという愚民政治に通ずる危険な考え方だ」というものだった。

同欄の時事寸評「かたえくぼ」には、こんな一口話がのった。

『〝処士横議〟論争』

——火をつけたのが「てんやわんや」の先生だから
——大騒ぎだね

二二日の同欄で、三通の反論が掲載される。

六〇歳の主婦は「老大家よ、もっと教えて」という見出しで「数々の作品を書かれて婦女の涙をしぼらしめ、また『大番』と題する一代の快男児を描いたあなた」なら、日本がアメリカのカサの下に入ったり、軍備をしなければならない必要性を教えてほしい、という。四一歳公務員はもっときつい。「『海軍』の反省もうお忘れか」という見出しの一文は、文六の戦争責任問題にも触れている。

岩田豊雄さん。あなたが書かれた小説『海軍』、旧海軍を舞台にして真珠湾の九軍神の死をたたえた作品に感動して、どんなに多くの純真な若人が兵学校、予科練への道をあゆみ、そして死んでいったかをもうお忘れですか。

高村光太郎さんが戦後、自らに課した過酷なまでの反省の生活は、岩田さんにはなかったのでしょうか。

あなたの文章から感じられるのは、再び「物言わぬ日本人」に戻れということです。私どもは公務員や主婦として再軍備反対やベトナム反戦を叫んでいるのではなく、一人の人間として発言しているのです。

『海軍』が書かれ読まれた時代への反省が、今の私たちの「声」につながっているということを、岩田さんご自身こそお考えになって下さい。

文六はなぜ、新聞に投書までして、畑違いの安保・外交問題で意見を述べたのだろうか。

共産国は外国を侵略しない、という冷静に考えればありえない認識（実際、この半年後の同年八月、ソ連軍がチェコに侵入した）を多くの国民が信じ、非武装中立こそ、進歩的、民主的な考えだとする風潮に、リアリストの文六は我慢がならなかったのは想像に難くない。願望と現実をごちゃまぜにするある種の気楽な進歩主義に、保守主義者の文六は、ひとことあるべし、と思ったのかもしれない。彼は、色っぽい横山泰三の漫画を警察が問題視するのを批判する一方、『チャタレイ夫人の恋人』事件については、当時の文学者としては珍しく、「私は従来の発売禁止その他の措置に、たいがい、警視庁側の立場を認めてる人間である」として、「私はああいう文学が刊行されることに、必ずしも異議はないが、大部数が流布することを、黙視できないのである」という理由で、警察の打った手を肯定する人間である（朝日新聞昭和二五年八月二七日付）。

朝日新聞「声」欄の論争を受けた形で、日本経済新聞の「あすへの話題」欄でフランス文学者の河盛好蔵はこう記す。「だれでも自由に発言する権利と義務があり、しろうとの勘というのは案外正確ではあるが、付和雷同した大衆の世論ほど危険なものはない、さしたる根拠もないのに、お手軽に発言しすぎる近ごろの風潮を、危険なものに感じた点では私も全く同感だ」。

そのころ、文芸評論家荒正人は「引合わない日本の核武装」という投書を「声」欄に寄せ、『ビルマの竪琴』で有名になった評論家竹山道雄もエンタープライズ入港賛成発言が「声」欄で論争になると、竹山本人が「感情論で解決できぬ」という投書をしている。新聞に著名人が投書し、意見を表明することは、さほど奇異なことではなかった。

それにしても、孤高の文士の文六がなぜ、という疑問は残る。国民大衆だれにでも発言権はある、という正論に潜むある種の無責任さ、あやうさに、国民大衆に支持されて「文豪」になった文六は、やりきれない思いがあったのだろうか。文六は自由主義者であったが、必ずしも民主主義者ではなかった。

反論のなかで、旧作『海軍』に言及されたのには、こたえたのではないだろうか。戦後の戦争責任による公職追放では、追放の仮指定は解除され、法的に戦争責任者ではないと認められている。『海軍』という作品そのものも、時代に悪乗りした戦意高揚の安っぽい小説ではないという確信を持っていた。しかし、結果として、この作品に動かされて若者が海兵に進み、戦場に向かったことを、文六は痛いほど認識していた。

文学座の若手だった神山繁は、あるとき、『海軍』を読み、映画を見て感激した若者が海軍を志願しましたね、と話しかけると、いつもなら気の利いた答えがすぐに返ってくる文六は、黙って目を伏せてしまったという。神山はやはり『海軍』によって若者が戦地に向かい、死んでいったことに、辛い思いをしていたのだろう、と思って話を打ち切った。

さきほど紹介した反論の投書者は、戦争責任を痛感して戦後しばらく岩手の山奥に隠棲した高村光太郎を引きあいに出し、流行作家に返り咲いた文六を皮肉った上、自分は「一人の人間として」発言しているのだ、という、たぶん文六がもっとも好まない言い方をしている。文六の苦虫を嚙み潰したような顔が目に浮かぶ。ともあれ、世間は『海軍』を忘れていない、ということを、はからずもこの投書問題で、文六は思い知らされたのだった。

3　箱根山のドイツ兵

準備されていた滑稽小説

最晩年の文六は、今後、三つの作品を書く予定にしていた。

一つは、大正の実業家で喜劇作家の益田《ますだ》太郎冠者《たろうかじゃ》の生涯であり、もう一つは、最初の妻マリー・ショウミーとの出会いと死に至るまで、さらには、戦時中、箱根の温泉宿に滞在したドイツ兵の物語だ。

太郎冠者伝はポルトレ（肖像）の系統、マリーについては『娘と私』『父の乳』に続く自伝もの、箱根のドイツ兵はユーモア小説、と文六作品の主要ジャンルにわたっており、どれも構想だけで終わってしまったのは惜しまれるが、特に、日本の近代文学で軽視されてきたユーモア小説が、文六の晩年の熟達した筆によって残されなかったのは残念だ。

文六が亡くなって半年後の『文藝春秋』に、「手記」と題された文が掲載された（昭和四五年〈一九七〇〉四月号）。動脈瘤が発見され、そう遠くないであろう死とどう向き合ったらいいか、省察した遺稿だが、その中にこんなくだりがある。

長篇にタジタジとなる気持は、今度の病気以来で、体力の衰えと、筆力も鈍ったという自覚があるからだろう。確かに、インスピレーションもご不沙汰になったし、混み入った文章を書くのが、億劫になった。その代りに、風格でも出るといいが、そんなものも感じられない。画家は、老境のよさもあるが、文士のオイボレは、ダメなのではないか。谷崎なぞも、晩年作も面白いだけで、イキは悪い。

しかし、この夏、芦ノ湯に滞在して、旅館の主人から、戦時から五年間のドイツ海軍軍人数十名の軟禁生活を聞くと、猛然と創作欲が湧いた。大ユーモア小説となる材料で、久し振りに、そういう仕事をやってみたくなった。

でも、この体力で、どうなるものかと思い、また、その気になれば、やれるのではないかとも、思った。その気になるのが問題だが、約束の二作（注＝太郎冠者伝とマリーとのこと）よりも、この方をやりたいと思うくらいだった。

最晩年、猛然と創作欲の湧いた話

昭和三〇年代以降の文六の新聞小説は、ユーモアはあるものの、むしろ風俗小説としての面が強く、戦前の『達磨町七番地』や二〇年代の『てんやわんや』『自由学校』にあるような、やんちゃなこっけいぶりは、やや影を潜めていた。「久し振りに」というのは、本人もそう感じていたのだろう。では、病気や体力低下に加え、憂鬱症に沈む最晩年の文六が、珍しく「猛然と創作欲が湧いた」話とは、どんなものだろうか。

昭和一七年一一月三〇日午後、横浜港の埠頭近くで、大爆発があった。停泊中のドイツ仮装巡洋艦、輸送船ら数隻が沈没、ドイツ人六〇人はじめ作業員ら一〇二人が死亡した。横須賀の海軍が秘密裏に調査し、原因はドイツ船の作業事故あるいは乗員のたばこによる引火とされた。すさまじい爆発音と天空高く上る黒煙に、多くの横浜市民はなにごとかといぶかったが、戦時中とあって、翌日の新聞には「商船が火災」という一段の記事が載るだけだった。被災した仮装巡洋艦は、商船を改造して大砲を搭載した大型船で、連合軍の通商航路を妨害するため、はるばるドイツから、インド洋を経て、同盟国日本にやってきたところだった。

生き残ったドイツ海軍水兵らは、翌年春、箱根芦の湯温泉に移され、同温泉の老舗旅館「松坂屋」で事実上、軟禁生活を送った。ドイツは同盟国だが、防諜の見地から一カ所に集められた。絵心のある松坂屋の主人松坂康は、従軍画家としてウェーキ島に行った経験があった。その縁で、日本の海軍省から、一行の受け入れの要請があったという。多いときで一三〇人、平均すると一〇〇人近いドイツ人が、足掛け五年もこの箱根の山に滞在した。

軍艦の乗組員がそろって移ってきたので、規律がとれていた上、食糧も艦から持ってきたから、大きな心配はなかった。日本寄港前、南太平洋でオーストラリアの補給船を捕獲し、戦利品として缶詰などの保存食糧を大量に持っていた。海軍省からの支給もあった。軍艦だから、専門のコックや洗濯係がおり、日々の炊事は水兵が交代でやった。松坂屋では士官、下士官用に客間を、水兵用に大広間を提供するだけでよかった。家賃は海軍省から支払われた。

松坂屋にはのちに、横浜市の疎開児童もやってきた。むろん、棟は違うが、台所などで鉢合わせして、身振り手振りで話すこともあった。顔なじみになったコックから、手づくりのお菓子をもらった児童もいた。

彼らが帰国するのは、戦争が終わってかなりたった昭和二二年二月だった。故国ドイツは敗戦国であり、また東西に分断され、すぐには帰れない事情があったようだ。

文六は、戦争中、松坂屋に逗留していた知人を訪ねた縁でここを知り、疎開も考えた。だがドイツ兵がうろついているところに年ごろの娘をつれて疎開するわけにもいかず、結局、四国岩松に向かうことになる。

戦後、三度目の結婚をして長男を得た文六一家は、夏にこの芦の湯で一、二週間すごすのが通例になった。そのおり、主人の康や、その弟でドイツ語ができる進から、箱根山のドイツ兵のことを聞いた。

若いドイツ水兵たちは、旅館に逗留するだけで、とくにやることがない。ここは波高い海上でなく、敵を警戒する必要もない。自然、彼らの関心は女に向けられる。宿には、仲居さんや、若い女中たちが何人も働いていた。彼女らにとっても、同世代の日本人の男は兵隊に行って居らず、背が高くスマートで、女性にやさしいドイツ兵が気にならないわけはない。彼らは比較的自由に周辺を歩くことが許され、かたことでの会話も可能だった。女中さんらといっしょに、ジャガイモの皮をむく写真も残されている。彼らは黒パンやバター、コンビーフなどをプレゼントした。

文六は、この松坂屋のおかみさんを主人公にした『箱根山』という小説を朝日新聞に連載した（昭和三六年）。『箱根山』は、戦後の箱根開発を競う西武、東急など巨大資本の三つ巴のようすがテーマだが、そのなかに、滞在したドイツ兵と女中の間に男の子が生まれ、美しい少年に育つ挿話がある。文六は混血児の話のディテールを微妙に変えているが、これに近い実話はあった。

箱根湯元や宮の下あたりの芸者らも、どうやら、ドイツ兵と「交流」があったらしい。黒パンや缶詰が有効に利用され、あうんの呼吸というものが、あっただろう。『神奈川県警察史』には、芦の湯居住のドイツ将兵と交渉をもった女性のうち、二八名が妊娠し、大きな社会問題になったという記述がある。

芦の湯から山を越えた仙石原に、ドイツ人やオランダ人がやはり「幽閉」されて住む地区があった。家族連れもおり、若い女性もいた。元気いっぱいの芦の湯のドイツ兵は、夜、消灯後、ひそかに宿を脱出、道なき道を越えて仙石原まで行き、彼女と逢瀬を楽しみ、朝の点呼までに戻ってくる、ということもあったという。

芦の湯に移ってしばらくして、暇と精力をもてあます彼らに、上官は池の造成を命じた。防火用の池を作って地元に奉仕したい、という理由だった。長径二〇メートルはあろうという池を、スコップだけで三カ月で掘り上げた。まず三カ月という工事期間を設けて、スケジュールに従って毎日決まった仕事をこなしてゆく計画性に、周りの日本人は感心したという。この池はあじが池と呼ばれ、現在も温泉の入り口の国道わきに水をたたえている。

この池の完成のご褒美に、海軍省が日本酒ひと樽をドイツ兵に贈ることになった。芦の湯からひと下りした芦ノ湖畔の役場に、一斗樽を取りにいった水兵たちは、宿に帰る途中、樽からにじみ出る芳香に我慢ができなかったのか、つい開けてしまい、すっかりいい気分になってご帰還に及んだ。彼らは、即刻、宿の北面に設けられた営倉に入れられた。

戦後のことだが、テオという兵は、小田原あたりで粗悪なメチルアルコールを多量に飲んで悪酔いし、雨の中をズブ濡れで芦の湯に戻った晩、亡くなった。ここで死亡した唯一のドイツ人だった。松坂らは宿の近くの墓所にある杉の大木の下に埋葬し、「THEO ZEHRER geb.5.9.1919 Nürnberg gest.10.10.1945 Ashinoyu」と彫った石碑をたてた。ニュルンベルク生まれの海軍兵曹テオ・ツェラーは、二六歳で箱根芦の湯で亡くなったことが記されている。今でも在京ドイツ大使館員が年に一度、お参りに来るという。

自分はオペラ歌手だといって、いつも物干し台から、すごい音量で発声練習をする者もいた。その声は村中に響いた。庭の木陰や夜の食堂から「リリー・マルレーン」の合唱が、しばしば起こった。村人は意味はよくわからないが、なんてきれいな歌だろうと感じた。

このような人間味あふれ、抱腹絶倒のエピソードが、あの滅私奉公、禁欲的な時代に、箱根の山に満ちていた。ドイツ兵との交流は、宿の関係者にとっても、楽しい青春だったという。

これらの挿話は記録に残されたものだが、きっと、宿の主人からそぞろ夏の夜に聞く話には、もっといろんな、活字にはしにくい、愉快で際どい話もあったことだろう。

超非常時下の日本でありながら、ここ箱根の山での、青い目の水兵たちと、モンペ姿を装うても、中身はちがう、そういうタイプの、日本の女たちがかもし出す、連日連夜の珍にして奇なる行状は、獅子文学の好材料たること、疑いのないものであった。果せるかな、先生はそれらの話題に非常な興味を持たれ、以来、くる夏も、くる夏も、続、また続と、話はとめどがなかった。青い目の連中は、たとえ若手の水兵でも、その道にかけては、いっぱしの猛者揃いであるから、総員数十名の者、それぞれに主役を演じる物語となると、話はいつまでも尽きないのである。先生はいつも目を細め、笑いをかみしめながら、だまって私の語るのを聞いておられたが、話がサワリに及ぶと、いつも大笑いとなるのである。

（『牡丹の花』所収、松坂康「遺稿に憶う」）

「珍にして奇なる行状」は、人間の生のあかしであり、滑稽であり、また少し哀しい。文六の最も関心を寄せる分野でもある。これらの事例が脚色されて、文六によって奇想天外な「大ユーモア小説」が生まれなかったのは、かえすがえすも惜しい。

後日談を少し。

松坂進の長女の斉藤真理さんによると、二〇年ほど前、こんなことがあった。

宿の玄関に人の気配がする。行ってみると、初老の背の高い西洋人が玄関先でひとりたたずみ、滝のように涙を流している。涙が流れるまま、ただ、立ち尽くしている。あのとき、ここに滞在した元ドイツ兵だった。玄関あたりはまったく変わっていない。彼はそういって、また肩を振るわせた。戦後生まれの斉藤さんは、軟禁中のドイツ兵を、直接見ていないが、親からよく聞いていたから、すぐに事情はわかった。
その後、松坂進が中心になって元ドイツ兵と交流がはかられた。平成三年（一九九一）には、白髪の元ドイツ兵七人が芦の湯を訪れ、再会を喜び合った。四四年ぶりだった。そのうちのひとりは、例の、酒樽を途中で開けてしまって営倉に入れられた水兵だったという。

晩年に書かれた伝記

六〇代半ばを過ぎても、文六は驚異的な筆力で、大作を書き続ける。若いころより老人になってからの方が、はるかに勤勉になった、と本人も苦笑するが、長男の誕生と成長が刺戟になったのだろう。

『バナナ』や『箱根山』などの「つくりもの」の小説を書く一方で、自らの生い立ちから青年時代、さらに息子の誕生前後を回顧する自伝小説『父の乳』、明治女性の半生記『ある美人の一生』、日本とアメリカの混血女性の生涯を描く『アンデルさんの記』、稀代の風雲児薩摩治郎八をモデルにした『但馬太郎治伝』など、ポルトレを数多く手がけた。『但馬太郎治伝』は、七四歳になった文六が最後に書いた新聞小説（読売新聞）だった。

戦前パリで大パトロンとして社交界でならした薩摩治郎八と文六は、不思議な縁でつながっていた。文六が病妻を連れて帰った二度目のパリ滞在時、しばらくやっかいになったのは、パリ郊外の大学都市にある日本学生会館だった。城郭を真似た奇妙な建物で、治郎八が自費で寄付し、会館のお披露目パーティーには、フランス大統領も出席するほどの華やかな話題をまいた建物だった。彼の羽振りのよさ、とくに美人として有名な夫人の噂を聞いて、当時文六はうらやましく、かつ、いまいましい気持ちをいだいた。

戦後、御茶の水の主婦の友寮に住んだ。その家は荒れていたが、しゃれた古い洋館で、フランスの別荘を思わせた。ひょんなことで、この家がかつて治郎八の屋敷だったことを知り、縁を感じた。次に移り住んだ大磯の家は、伊藤博文の別荘・滄浪閣《そうろうかく》の近くだった。その家は別荘だった滄浪閣の、そのまた別荘としてつくられた屋敷の一部で、文六は四代目の住人という。驚いたことに、二代目は薩摩家で、当の治郎八も住んでいたという。文六は治郎八との度重なる奇縁に驚かざるをえなかった。

『但馬伝』は、そうした経緯をたどりつつ、帰国して現在、四国徳島に住むご本人と会見するまでを描く。二度目の妻の実家である徳島市内の炭屋の二階に逼塞する治郎八は、世間的には、尾羽打ち枯らした老残の身ともいえるが、会ってみると、老いて病気の後遺症もあったが、眉太く、眼がギョロリと大きく、芝居の悪役のようであり、また「中国の老大人」のようでもあった。香りのいいオーデコロンや、背広やネクタイの着こなしに、かつての伊達男《だておとこ》の面影をはっきり残していた。家を訪ねると、ワインとともに、とっておきのフォアグラで歓待してくれた。

文六のポルトレは、鋭い観察から生まれる人物の輪郭と、歳月の積み重なりから生じる奥行きが程よく交じり、どれも味わい深いが、この『但馬伝』は自らの半生も振り返り、晩年の作らしい読み物になっている。

4　最晩年

文化勲章受章

昭和四四年（一九六九）は、文六の喜寿の年だった。五〇歳で亡くなった父を思うと、こんなに長生きできるとは、思ってもみなかった。その年の秋、文化勲章を受章した。文化人として最高の栄誉だった。

式典で昭和天皇と会話を交わした。亡くなる一週間前にあった飯沢匡との対談で、文六はこんな秘話を打ち明けている。

獅子　お目にかかるのは、こんどで四度目ですかな。奏上の時間というのがあってね、一人三分ずつ自分の専門のことを申上げるわけですね。三分じゃ、なんにも言えないけれども、ぼくは芝居のことを申上げようと思ってた。そうしたら宮内庁長官の宇佐美さんがね、陛下は『信子とおばあちゃん』を見ていらっしゃいますよって。それならそういう話のほうがよかろうと思ってね、急にプランを変えて、そんな話をしたもんだから、つい、NHKの暴挙を直訴におよぶようなことになりましてね。

飯沢　原作無視のことですね。

獅子　原作とちがうのかい、とおっしゃったので、なにもかもちがうんでございます、とお答えした。

（飯沢匡対談集『遠近問答』）

『信子とおばあちゃん』は当時、NHK朝の連続テレビ小説で放送されていた番組で、文六の『信子』と『おばあさん』をもとにしていたが、文六は内容にすこぶる不満だった。それにしても、昭和天皇に直接、NHK番組の悪口を言ったのは、文六くらいではなかろうか。

受賞式のひと月後の一二月一三日、いつものように午前中、書斎で原稿直しなどをしていた。頭が痛むので、階下の妻幸子に薬をもらってきてくれるよう頼んだ。幸子は医者に電話した後、二階に上がり、その旨を伝えた。「私の言葉に返事をせず、ただ、上をむいていました。返事をしないのはいつものことなので、そのまま部屋を出ようとして、フト顔色の白いのが気になり、そばへよって見ますと、もうこときれておりました」（『牡丹の花』所収、岩田幸子「文六教信者に」）。数年前見つかって、しきりに心配していた大動脈瘤の破裂ではなく、脳出血だった。母、姉も同じ病気で亡くなっていた。満七六歳だった。

文六は、朝日新聞から正月用の読み物を頼まれており、几帳面な彼はすでに書き上げていた。「モーニング物語」というタイトルのエッセイで、パリ留学時代に誂えたモーニングの一代記だ。

絶筆となった『モーニング物語』を掲載した紙面（朝日新聞昭和45年1月1日）

大枚をはたいてモーニングを作ったものの、なかなか着る機会がなかったが、帰国後、フランス人妻の死を追悼して神田の教会で行ったミサで着た。戦後、二度目の妻が急死した早春の葬式のときに、再び着用した。「妻が死ねば、私はモーニングを着て、寒い思いをする（最初の妻のミサの日が、そうだった）運命を、持ってるのだろう」。モーニングの最後のお務めは、めでたい文化勲章の式典だった。パリ仕立ての服地は持ちがよく、襟の形も流行が一回りして、おかしくない。老年になってやせて、胴回りも間に合った。

「モーニングにするよ」

私は決断を下した。似合わない紋服よりも、私と共に半世紀を生きてくれた、古びたモーニングにする方が、今度の式にふさわしい気がした。ナフタリン臭いものを、陛下の御前に着て出るのも、恐れ多いが、幸いにして、その心配はなかった。所蔵あまりに長きに及んで、ナフタリンどころか、ラシャのにおいもせず寒厳枯木にひとしきものとなってた。

「気の毒だが、もう一度、奉公してくれ……」

モーニングに託して、自身の一生の変転をさりげなく描く小品で、エッセイの名手でもある文六の絶筆にふさわしい作品だ。昭和四五年一月一日の正月紙面に、遺稿として掲載された。

再びブームへ

続々復刊される文六作品

獅子文六の映画を特集するというので、見に行った。東京の名画座ラピュタ阿佐ヶ谷で、「獅子文六　ハイカラ日和」と題して、週替わりで一四本もの文六映画を上映するという。一本目は「大番」（千葉泰樹監督）。度胸とカンでのし上がる相場師ギューちゃんが主人公の快作で、文六作品でもっとも人気のあった小説のひとつだ。映画全盛時代の昭和三二年作だけに、主人公の加東大介ほか、男好きのする淡島千景、若き仲代達矢ら俳優陣に味があり、夜這いを若者に指南する三木のり平なんか、絶妙だった。観客はさすがに年配者が多かったが、三、四〇代とおぼしき層も目についた。「近年復刊が相次ぎひそかなブームとなっている獅子ワールド」とチラシにうたう。没後五〇年の令和元年（二〇一九）、文六は再び注目されている。

わたしが一〇年前に本書の旧版になる朝日選書を書いたときは、文六本はほとんど書店になく、執筆には図書館の全集や古書店めぐりをするほかなかった。かつては昭和有数の流行作家で、文庫本がずらりと書店の棚を占めていた。「こんな面白い作家が忘れられるのは、惜しいしもったいない」と、いわば義憤にかられて調査、取材し、執筆したものだった。

それが今や、ちくま文庫一四冊、朝日文庫三冊が次々に刊行され、従来からの中公文庫、河出文庫も改版、増刷された。現代風なカバーの効果もあって、書店の文庫売り場で文六本は異彩を放っている。ちくま文庫シリーズ第一作の『コーヒーと恋愛』(平成二五年再刊)は、なんとこの六年で二〇刷り、八万部強とか。出版不況のなかで驚くべき数字だ。『悦ちゃん』(平成二七年同)や『七時間半』(同)も三万部を超すという。『悦ちゃん』は戦前の作品なのに。近年、朝日文庫でもやはり戦前、戦中作の『信子』、『おばあさん』、『南の風』を出した。NHKテレビで『悦ちゃん』がドラマ化され、これも好評だった。再び広く読まれることを願って執筆したわたしにとって、こんなにうれしいことはない。文六はもどってきた。

文六を「発見」した新しい読者

再ブームで興味深いのは、新しい読者がついてきたことだ。

文六の読者の第一世代は、文六と共に昭和を生き、新聞や雑誌で連載を読み、満員の映画館で新作の文六映画を楽しんだ世代。もうあまりいないのではないか。

ちくま文庫を筆頭に新たな装いで続々と復刊される獅子文六作品

第二世代はその子どもたちで、親の本棚で見つけたり、ＮＨＫの朝の連続テレビ小説「娘と私」（昭和三六年）を見た記憶がある人たちだ。わたしもそのひとり。

今の新しい読者は第三世代にあたり、文六を新たに「発見した」世代だ。阿佐ヶ谷の名画座で見かけた三、四〇代もたぶんそうだろう。先入観なしに文六作品を手にした人々、この世代がブームの中核に違いない。それに、リタイアして余裕の出た第二世代が、大人の読み物としてあらためて文六作品を楽しんでいるようだ。ゆったりとした昭和の世相をなつかしみながら。

ブームの火付け役になった、ちくま文庫シリーズを手掛けたのは、三〇代の若い編集者で、やはり「発見」世代だ。朝日文庫の編集者も同世代。文六はつい一〇年前までは、「忘れられた作家」だった。文六ファンのコラムニスト山崎まどかさんは、文六作品を、古本屋で探し、名画座で上映される映画で出会った。「自分たちが見つけて楽しむ」という喜びがある。メディアや世評にとらわれず、自分の目で発見する楽しみ、誇らしさ。評判はツイッターや口コミでじわじわ広がった。獅子文六は時代を超えて発見される作家なのだ。こうなるとブンロクではなくブンゴウといえるかもしれぬ。

ここで特徴的なのは、発見世代に人気ある作品と、従来からの代表作にズレがあることだ。『てんやわんや』『自由学校』より『コーヒーと恋愛』『七時間半』にシンパシーをもつ。より軽妙で都会的、ハイカラな作品だ。『てんやわんや』など昭和二〇年代の作品は、軽妙なタッチで描かれるものの、底流に痛切な戦争経験が見え隠れする。いわば戦後小説だ。後者はその重みが薄れ、シャープな軽みが心地よい現代小説といえる。

なぜ、再び読まれるようになったか。

登場人物の生き方やふるまいがモダンで、いきいきしているからか。とくに女性が魅力的だ。パリで現代演劇を学び、昭和モダニズムの洗礼を受けた文六は、モダンのセンスをよく心得ている。描かれる当時の風俗も、レトロな味があって、むしろ新鮮にうつる。

再ブームの出発点になったのは、原著が昭和三八年（一九六三）刊の『コーヒーと恋

ブームのきっかけになった『コーヒーと恋愛』『七時間半』『悦ちゃん』。かつての代表作品とは異なる顔ぶれの現在の人気作品たち

愛』（原題の「可否道」よりこちらの方がすっきりしている）の復刊だ。主人公坂井モエ子は、元新劇女優でいまはそこそこ知られた中年のテレビ女優。八つ歳下のイケメンの舞台装置家と暮らしている。おいしいコーヒーをいれるのが特技。だが、新劇への夢忘れられず、男もコーヒーも捨てて、初心にかえって演劇の勉強に単身ヨーロッパへ旅立つ。かわいらしく、かつ潔い。小説の冒頭で、モエは「燃え」に通じているから、自分の名が好き、というところは、つい先ごろまでよくいわれた「萌え」を連想して、いつの時代の作品か、と思ってしまう。

　戦前の『信子』（昭和一五年）は、漱石『坊っちゃん』の女性版で、地方から上京して女学校の体育の教師になった女性の奮闘ぶりを描く。はつらつとした新米の女先生が体育の先生、という設定がニクい。体育や美術の教師は、校内ヒエラルキーの枠外にあり、教育者臭がないのだ。しばしば作品に登場する女中さん（お手伝いさんと呼ぶべきか）や食堂車ガールも、他人（男）に頼らず自活する女たち。自立しているが、肩に力が入っていない。文六は女性、とくに働く女性を描くのが実にうまい。最近はやりの「涙と感動の物語」とは無縁の物語だ。湿っぽい話にうんざりした大人の読者が、歓迎した。乾いたユーモアとテンポのいい進行が、感情の渋滞を許さない。甘くない。人情話に落とし込まない。むろん説教もない。涙は出ない。後を引かない。だから、読後感がすこぶるいい。

時代を越えて読まれる理由

もうひとつ指摘したいのは、時代との関係だ。すぐれた作品は、作者の伝記的事実や時代背景を知らなくても、充分味わえる。いやむしろ、かえって邪魔だ。テキストのみに向き合うべきだ、という人もいる。しかし私は、それらを知ると、理解はさらに深まり、時代の鼓動をじかに感じられる、と思う。文六は昭和初年に作家デビューし、日中戦争、太平洋戦争、戦後の混乱期を経て、高度経済成長を象徴する大阪万博の前年（昭和四四年）に亡くなった。戦前と戦後の昭和時代と並走した一生、まさに昭和の作家だ。

自伝的な作品『娘と私』にある、文六の盟友で俳優友田恭助の戦死は、戦前の軍国主義の世相をくっきり印象付ける。昭和一二年七月、日中戦争がはじまると、九月に友田は召集され、すぐに戦場におくられ、一〇月にはあっけなく戦死してしまう。「戦争が廊下の奥に立つてゐた」（渡辺白泉）という時代を、まざまざとみせてくれる。名うての個人主義者でフランス人女性を妻にした文六が、なぜ戦争協力とみなされる『海軍』を書いたか、戦犯作家と呼ばれた戦後、どのように復活したか。『大番』人気と日本経済の復興は切り離せない。『娘と私』は個人史と同時に時代のクロニクル（年代記）の風格を持つ。

新しい年号をむかえ、昭和はすっかり歴史になった。文六の人と作品は、「激動の」という形容がふさわしい昭和の時代の、かっこうの副読本でもある。

あとがき

先日、吉村昭さんのエッセイを読んでいたら、こんな話が載っていた。

吉村さんは、いちど見た人の顔をよく覚えており、家並みの間から出てきた普段着の人が、天気予報の番組のアナウンサーだったり、銀行に並んでいた女性が、数日前電車の向かいに座っていた人だと気付いたりして、夫人の作家、津村節子さんから「あなたって、おかしな人ね」と何度もいわれたという。そんな吉村さんが中学時代、というから戦争中のころと思われるが、「当時、悦ちゃんと言われて人気のあった子役が、母親とおぼしき和服の小柄な婦人と歩いてくるのを見たこともある。悦ちゃんは赤いベレー帽をかぶり、スクリーンそのままの愛くるしい眼をしていた」（『わたしの普段着』）。

悦ちゃん、といわれても、今の人はピンとこないだろうが、獅子文六の戦前の小説『悦ちゃん』が映画化されたときの主人公で、芸名もその名にした子役のことである。彼女が映画で被った帽子を真似て、「悦ちゃん帽」というベレー帽がデパートで売りに出されたというから、相当の人気者だったようだ。映画『悦ちゃん』の後も、何本か映画に出演して好評を博し、和製テンプルちゃんと呼ばれた、戦前の子役の代表格だ。吉村さんが文六に言及していないのは、ちょっと残念だった。

この『悦ちゃん』はじめ、ゴールデンウィークという和製英語が、文六原作の映画『自由学校』が、五月初旬に封切られたために使われ始めたことや、フーテンの寅さんの原型ともいわれる富島松五郎（無法松）を初めて舞台にのせ、世に広めたことなど、あまり知られていないが、文六が世間に影響を与えた事例は少なくない。

こんな興味深い人物であり、しかも平明でリズムある名文を書き続けた作家が、現在、ほとんど顧みられず、なかなか本も探せないのは、なんとも残念だし、じつにもったいないと思った。新聞に、文六を巡る記事をいくつか書き、さらに古書の専門誌『日本古書通信』に評伝を連載したのは、こんな思いからだった。私は記者になって三〇年になるが、文六関連の記事ほど、熱い便りをいただいたことはなかった。「戦時中の女学生時代、動員先で毎朝、新聞で『海軍』を読むのが楽しみでした」「戦後の飢餓の時代に、文六の小説を読んで救われた日々を思い出した」というように、自らの半生と重ね合わせる人が多く、文六への共感と同時に、昭和という時代へのファンレターとも思えた。文六は忘れられていない、いい読者がまだまだ存在する、と確信した。

まずは現場を見てからだ、と、出身地の横浜はじめ、千駄ヶ谷、四国岩松（現宇和島市）、広島江田島、大磯、箱根など、ゆかりの地を歩き回った。時は隔たっているが、土地の匂いや町のたたずまいを体感できた気がした。パリのビュー・コロンビエ座を訪ねたのも、大きな喜びだった。本書はこうした取材をもとに、連載に加筆した。

文学座代表で日本新劇界の最長老、戌井市郎さんはじめ、女優淡島千景さん、俳優神山繁さんら、直接、文六に接した人に、肉声をお聞きできたのは、何よりありがたかった。資生堂名誉会長福原義春さん、岩松の浅野藤男さん、箱根の旅館「松坂屋」の斉藤真理さん、『日本古書通信』編集長の樽見博さん、神奈川近代文学館の藤木尚子さん、朝日新聞出版の奈良ゆみ子さんにも、お世話になった。資料閲覧では神奈川近代文学館、早稲田大学図書館、宇和島市津島支庁にお手数をかけた。

文六の長女である伊達巴絵さん、長男の岩田敦夫さんにも、あらためてお礼を申し上げます。敦夫さんには何度かお目にかかり、あたたかいご配慮をいただいた。

この小著がきっかけに、文六作品が再び広く読まれることになれば、たいへんうれしい。

牧村健一郎

二〇〇九年三月三日

文庫版あとがき

JR御茶ノ水駅はここ数年、すっかりおなじみになった。大病して入院した大学病院がすぐ近くなので、入退院前後の通院でしばしば通った。ホームから見下ろせる神田川は現在、駅の改良工事のため工事現場のようだが、お茶の水橋あたりは、対岸の木々の緑がのぞめる。獅子文六の代表作『自由学校』の舞台となったところだ。ここをとおるたびに、よく文六さんを思い出す。

教育、規則を旨とする「学校」に、あえて「自由」をかぶせ、与えられた自由、価値観の大転換に右往左往する戦後の世相を軽妙に皮肉った。病院と学校は大嫌い、という文六さんらしいウイットに富んだタイトルだ。こんな文六さんの人と作品に惹かれて、一〇年前、本書（原題『獅子文六の二つの昭和』朝日選書）を書き、再評価を促した。今回、ちくま文庫で再刊されるのを機に、近年の文六再ブームについて一章を加えた。

文六さんの原稿や手紙などを所蔵する神奈川近代文学館（横浜）による二〇一九年一二月からの「没後50年　獅子文六展」開催もうれしいニュースだ。三五年ぶりの文六展という。各社文庫の競作、映画特集、文学展となれば、もう「ブーム」という語はふさわしくないのかもしれない。

この一〇年で、直接お目にかかってお話をお聞きした淡島千景さん、神山繁さん、戌井市郎さん、そして『娘と私』のモデル・伊達巴絵さんが亡くなった。昭和はますます遠くなる。

再ブーム（また使ってしまったが）の火付け役ともいえる筑摩書房の窪拓哉さんが、本書の文庫化を企画してくださり、アドバイスもくださった。どうもありがとう。文庫化を快諾してくれた朝日新聞出版、当初からあたたかいご配慮をいただいた、長男の岩田敦夫さんにも、あらためて感謝申し上げます。

二〇一九年秋

牧村健一郎

主な参考文献（登場順）

『福澤諭吉全集』岩波書店　一九五八〜六四
『フランスの歴史』ロジャー・プライス　創土社　二〇〇八
『1920年代の巴里より』資生堂企業文化部　一九九五
『言語都市・パリ　1862―1945』和田博文他　藤原書店　二〇〇二
『腕一本・巴里の横顔』藤田嗣治　講談社文芸文庫　二〇〇五
『木下杢太郎宛知友書簡集』岩波書店編集部編、岩波書店　一九八四
『夢声戦争日記』徳川夢声　中公文庫　一九七七
『新聞と戦争』朝日新聞「新聞と戦争」取材班　朝日新聞出版　二〇〇八
『伊藤整全集』二三　新潮社　一九七四
『九軍神は語らず』牛島秀彦　光人社NF文庫　一九九九
『占領下パリの思想家たち』桜井哲夫　平凡社新書　二〇〇七
『公職追放　三大政治パージの研究』増田弘　東京大学出版会　一九九六
『日本映画を歩く』川本三郎　JTB　一九九八
『正宗白鳥全集』二三　福武書店　一九八四
『朝日新聞の作家たち』新延修三　波書房　一九七三
『主婦の友社八十年史』主婦の友社　一九九六
『笛ふき天女』岩田幸子　ちくま文庫　二〇一八
『相場師奇聞』鍋島高明　河出書房新社　二〇〇三

『坂口安吾全集』一七　筑摩書房　一九九九
『クラクラ日記』坂口三千代　ちくま文庫　一九八九
『文学座五十年史』文学座　一九八七
『杉村春子――女優として、女として』中丸美繪　文藝春秋　二〇〇三
『女優杉村春子』大笹吉雄　集英社　一九九五
『明日に向かってねる』賀原夏子　劇団NLT　二〇〇四
『獅子文六先生の応接室――「文学座」騒動のころ』福本信子　影書房　二〇〇三
『神奈川県警察史　中巻』神奈川県警察史編さん委員会　神奈川県警察本部　一九七二
『権力と笑のはざ間で』飯沢匡　青土社　一九八七

引用出典

『獅子文六全集』全一六巻、別巻一　朝日新聞社　一九六八～一九七〇
『現代の舞台装置』岩田豊雄　中央美術社　一九二六
『近代劇以後』岩田豊雄　河出書房　一九四〇
『劇場と書斎』岩田豊雄　モダン日本社　一九四二
『観覧席にて』岩田豊雄　読売新聞社　一九五四
『新劇と私』岩田豊雄　新潮社　一九五六
『岩田豊雄創作翻訳戯曲集』岩田豊雄　新潮社　一九六三
『牡丹の花』獅子文六追悼録編集委員会　一九七一

本書は二〇〇九年四月に朝日新聞出版より刊行されました。

コーヒーと恋愛　獅子文六

恋愛は甘くてほろ苦い。とある男女が巻き起こす恋模様をコミカルに描く昭和の傑作が、現代の「東京」によみがえる。（曽我部恵一）

てんやわんや　獅子文六

戦後のどさくさに慌てふためくお人好し犬丸順吉は社長の特命で四国へ身を隠すが、そこは想像もつかない楽園だった。しかしそこは……。（平松洋子）

娘と私　獅子文六

文豪、獅子文六が作家としても人間としても激動の時間を過ごした昭和初期から戦後、愛娘の成長とともに自身の半生を描いた亡き妻に捧げる自伝小説。

七時間半　獅子文六

東京—大阪間が七時間半かかっていた昭和30年代、特急「ちどり」を舞台に乗務員とお客たちのドタバタ劇を描く隠れた名作が遂に甦る。（千野帽子）

悦ちゃん　獅子文六

ちょっぴりおませな女の子、悦ちゃんがのんびり屋の父親の再婚話をめぐって東京中を奔走するユーモアと愛情に満ちた物語。初期の代表作。（窪美澄）

自由学校　獅子文六

しっかり者の妻とぐうたら亭主に起こった夫婦喧嘩をきっかけに、戦後の新しい価値観をコミカルかつ鋭い感性と痛烈な風刺で描いた代表作。（戌井昭人）

青春怪談　獅子文六

婚約を約束するもお互いの夢や希望を追いかける慎一と千春は、周囲の横槍や思惑、親同士の関係からドタバタ劇に巻き込まれていく。（山崎まどか）

胡椒息子　獅子文六

裕福な家に育つ腕白少年・昌二郎は自身の出生から母、兄姉に苛められる。しかし真っ直ぐな心と行動力は家族と周囲の人間を幸せに導く。（家富未央）

バナナ　獅子文六

大学生の龍馬と友人のサキ子は互いの夢を叶えるためにひょんなことからバナナの輸入でお金儲けをする。しかし事態は思わぬ方向へ……。（鵜飼哲夫）

箱根山　獅子文六

戦後の箱根開発によって翻弄される老舗旅館、玉屋と若松屋。そこに身を置き惹かれ合う男女を描く傑作。箱根の未来と若者の恋の行方は？（大森洋平）

ちくま文庫

評伝《ひょうでん》獅子《しし》文六《ぶんろく》　二《ふた》つの昭和《しょうわ》

二〇一九年十二月十日　第一刷発行

著　者　牧村健一郎（まきむら・けんいちろう）

発行者　喜入冬子

発行所　株式会社　筑摩書房
東京都台東区蔵前二―五―三　〒一一一―八七五五
電話番号　〇三―五六八七―二六〇一（代表）

装幀者　安野光雅

印刷所　中央精版印刷株式会社

製本所　中央精版印刷株式会社

ISBN978-4-480-43639-9 C0190